# UM JOGO DE AMOR E SORTE

BETH REEKLES

# UM JOGO DE AMOR E SORTE

TRADUÇÃO
MARCIA BLASQUES

astral
cultural

Este livro foi revisado segundo o Novo Acordo Ortográfico da Língua Portuguesa.

**Produção editorial** Aline Santos, Bárbara Gatti, Fernanda Costa, Fernanda Villas Bôas, José Cleto, Luiza Marcondes e Natália Ortega
**Preparação de texto** Audrya de Oliveira
**Capa** Marina Avila
**Foto da autora** Copyright © Bethan Reeks

Dados Internacionais de Catalogação na Publicação (CIP)
Angélica Ilacqua CRB-8/7057

R255j Reeks, Beth
Um jogo de amor e sorte / Beth Reeks ; tradução de Marcia Blasques. — Bauru, SP : Astral Cultural, 2019.
320 p.

ISBN: 978-85-8246-937-8
Título original: Rolling dice

1. Literatura infantojuvenil 2. Adolescentes - Ficção 3. Amor - Ficção I. Título II. Blasques, Marcia

19-1274 CDD 028.5

Índice para catálogo sistemático:
1. Literatura infantil 028.51

ASTRAL CULTURAL É A DIVISÃO LIVROS DO GRUPO ALTO ASTRAL.

BAURU
Rua Gustavo Maciel, 19-26
CEP 17012-110
Telefone: (14) 3235-3878
Fax: (14) 3235-3879

SÃO PAULO
Alameda Vicente Pinzon, 173
4° andar, Vila Olímpia
CEP 04547-130
Telefone: (11) 5694-4545

E-mail: contato@astralcultural.com.br

*Para Fishbowl, cujas
excentricidades intermináveis
preencherão minha imaginação
por um bom tempo.*

# 1

— AH, UM LATTE, POR FAVOR — peço, sem nem mesmo olhar para o garçom. Não sei por que pedi isso. Nem mesmo *gosto* de café. Sou o tipo de garota que prefere um chá preto gelado ou uma infusão de ervas.

Mas sentar neste pequeno café com um nome tão elegante — Langlois — faz com que eu me sinta tão... não sei... cosmopolita? Alta classe? Descolada?

— É pra já.

O garçom se afasta e eu foco novamente no celular que está nas minhas mãos. É um modelo novo e sofisticado, e parece ser um bom aparelho. Tem a aparência de um bom aparelho. A mulher na loja *disse* que era um bom aparelho.

Pena que eu não tenho ideia de como ele funciona.

O manual está na mesa ao meu lado, mas a lombada é rígida, e o livro se recusa a permanecer aberto na página que vai me dizer como configurar a internet.

Quero dizer, não que eu saiba o que estou fazendo. Não sou apenas meio inútil quando o assunto é tecnologia — a menos que envolva baixar arquivos de música —, como também nunca tive um celular antes. Nunca precisei de um, na verdade. Não é como se eu saísse muito quando morava em Pineford.

Não penso naquele lugar como "minha casa". Por que deveria pensar assim? Não sinto falta nenhuma de lá. Estamos na Flórida há dez dias — ainda em contagem — e já adoro aqui. Para mim, não é só uma chance de virar uma página; é a chance de ter uma vida totalmente nova.

Um pigarro me distrai bem quando acredito ter compreendido essa coisa de internet. Percebo o motivo pelo qual o cara simplesmente não deixa a caneca branca fumegante sobre minha mesa: minha bolsa, a caixa vazia do celular, os cabos e o pequeno manual cobrem cada centímetro do espaço.

— Ah, sinto muito — digo, automaticamente. Tiro a bolsa e enfio o bolo de cabos de qualquer jeito na caixa.

O garçom coloca o latte na mesa e, pela primeira vez, olho de verdade para ele. Não tem nada de especial. Ninguém olharia para ele e pensaria: *Ah, meu Deus!*, por ele ser lindo de morrer. Só que ele é, devo admitir, meio que bonitinho.

O uniforme preto e o avental verde-escuro provavelmente o deixam um pouco mais pálido do que ele realmente é. O nariz é comprido e marcante, e seus olhos são bem verdes, com cílios grossos e escuros. O cabelo escuro é curto e bem cacheado. Se ele o deixasse mais comprido, aposto que teria um emaranhado de cachos que deixaria a maioria das garotas com inveja. É alto, mas não absurdamente alto. Alguns centímetros mais alto do que eu, talvez? Mas as pernas e os braços compridos o fazem parecer até um pouco desengonçado.

— Obrigada — digo.

— Deseja mais alguma coisa?

— Não, obrigada, é só isso.

Olho novamente para meu novo celular, e depois para o manual — que mantenho aberto com o cotovelo. Parece ser um monte de bobagem, para ser honesta, mas não vejo um modo de descobrir sozinha como essa maldita coisa funciona.

— Você, ah... precisa de ajuda?

Pisco, olhando para ele. Não tinha percebido que ele ainda estava ali.

— Você não tem que servir os clientes? — É provável que aquilo tenha soado um tanto esnobe, mas não era o que eu pretendia; só estava ficando frustrada com o celular. Há quase dez minutos que eu tentava mexer naquela coisinha de nada.

— Não estamos tão ocupados... acho que posso gastar uns minutos.

Ele estende a mão para o salão e vejo que está certo: três garotas fofocando, um casal no canto do fundo e um homem digitando alguma coisa no notebook.

— Todo mundo está na praia — ele continua, como que justificando. — Aproveitando os últimos dias do verão, antes do início das aulas. Em geral, este lugar é lotado.

Concordo com um aceno de cabeça.

— Então... quer ajuda ou não? — Ele me dá um sorriso amigável. É um sorriso um pouco torto, que sobe mais no canto esquerdo, mas parece peculiar e fica bonitinho nele.

Não sei se é o sorriso ou o fato de que realmente preciso de ajuda, mas aceito.

— Por favor? — digo, rindo timidamente.

Ele puxa a cadeira diante de mim, sentando-se nela.

— O que você está tentando fazer?

— Não tenho cem por cento de certeza. O manual dizia algo sobre configurar a internet antes de usar o celular, e havia algum tipo de código na caixa, mas não sei o que preciso fazer.

Ele estende a mão e eu lhe entrego o aparelho. Apoio a mão no manual, perguntando-me se ele precisa daquilo ou se sou uma idiota.

Acontece que ele não precisa do manual.

— Qual é o código?

Leio em voz alta o código da caixa e, depois de digitar alguma coisa no celular, ele me devolve.

— Aí está. Pronto.

Dou um sorriso.

— Obrigada! Eu juro, a tecnologia me odeia. Semana passada, eu quase quebrei o micro-ondas.

Era um pouco de exagero, claro. Eu tinha programado o aparelho errado e meu macarrão explodiu — depois disso, o micro-ondas desligou automaticamente.

O cara ri.

É agradável também, algo entre uma gargalhada grande, com vontade, e uma risada. Me faz querer sorrir.

Agora que ele está mais perto, vejo que há sardas por todo o seu rosto, em especial ao redor do nariz, sumindo conforme se espalham por suas bochechas.

— Você é nova por aqui, certo? Se não fosse, eu me lembraria de a ter visto por aí..

— Acabamos de nos mudar. Do Maine.

— Legal. Meus primos vivem lá. Estive na casa deles algumas vezes, para o Dia de Ação de Graças.

— É um lugar legal.

— Você prefere a Flórida?

Confirmo com a cabeça, talvez com um pouco de entusiasmo demais, já que ele dá uma risadinha.

— Pelo menos, o clima é melhor — digo.

— Você ainda não viu as tempestades que temos aqui.

— Mal posso esperar — falo, um pouco sarcástica, e ele sorri mais uma vez.

Eu estava muito preocupada que talvez fosse difícil fazer amigos aqui, que as coisas fossem como em Pineford, que as pessoas simplesmente não iam querer me conhecer... Especialmente por eu ser a garota nova: isso era uma via de mão dupla, como eu bem sabia. Elas tanto poderiam ficar fascinados pelo brinquedo novo quanto me evitar automaticamente.

Isso não significava que eu não sabia conversar ou não fosse simpática. Era só que, na minha antiga cidade, ninguém jamais se interessava em conversar comigo. Anos disso tornam qualquer pessoa um pouco tímida, para dizer o mínimo.

Mas fazer amigos é mais fácil do que eu imaginava.

— Em que escola você estuda? — pergunto, sentindo-me corajosa. Ele parece ter a minha idade, mas talvez já esteja no último ano do colégio.

— Midsommer. Imagino que você também esteja matriculada lá, certo?

Faço um gesto afirmativo e continuo:

— Estou no terceiro ano. Bem, estarei, em alguns dias.

Ele gargalha mais uma vez.

— Eu também. — Ele estende a mão. — Sou Dwight.

*Dwight?*

*Isso, sim, é que é um nome estranho*, penso. Nunca, em toda minha vida, conheci ninguém chamado Dwight. Mas, de algum modo, o nome combina com este cara.

— Madison — eu me apresento, apertando a mão dele. — Prazer em conhecê-lo.

— O prazer é meu. Como você não está na praia? Aproveitando os últimos minutos de sol, vendo os caras?

— Não queria ir sozinha. Além disso, precisava de um celular novo.

Falo "novo" de propósito. Teria parecido estranho se eu contasse para ele que nunca tinha tido um celular antes.

— Ah.

— E você? — contra-ataco.

— As ondas não estão boas hoje — ele responde. — Mas, de todo modo, preciso cobrir o turno.

— Ondas?

— Para surfar.

— Ah. Legal. — Eu o analiso um pouco. Ele não se parece com um surfista. Eu sempre imaginei sufistas como caras musculosos, de ombros largos e cabelos loiros despenteados. Também que surfistas eram bronzeados por ficarem muito tempo no sol. Ele parece tão pálido e desengonçado.

Bebo o latte para preencher um pouco o silêncio, e não consigo evitar uma careta.

*Eca. Definitivamente, nunca mais pedirei latte.*

— Quente demais? — ele presume.

— Ah, sim... obrigada pela ajuda — falo, rapidamente.

— Dê um grito se precisar de mais alguma coisa, ok? Tenho de voltar ao trabalho antes que meu chefe me diga que não devo me misturar com os clientes. — Ele sorri mais uma vez. — Vejo você por aí?

Parece uma pergunta em vez de uma afirmação, então, eu respondo:

— Sim, claro.

— Bom conhecer você, Madison.

— Bom conhecer você também, Dwight — digo, enquanto ele se afasta.

*Parece que você acaba de fazer um amigo.*

Sinto-me leve e animada por dentro. Talvez não seja tão difícil me encaixar aqui no final das contas.

# 2

A MORTE DA TIA-AVÓ GINA É PROVAVELMENTE a melhor coisa que já me aconteceu.

Não me leve a mal — eu a amava, e sinto a sua falta, mas ela tinha seus "favoritos" na família. Quero dizer, ok, o irmão do meu pai e sua família vivem em Nevada, então, estavam longe demais para que ela os visitasse. Por isso, era conosco que a tia-avó Gina passava os Dias de Ação de Graças e os Natais. Para os meus primos, ela mandava um cheque pelo correio.

Quando eu era pequena, devo admitir que morria de medo dela. Ela tinha oitenta e nove anos quando morreu — uma senhora alta, ossuda, com cabelos brancos finos e dentaduras que sempre se soltavam e faziam barulho quando ela falava. Porém, quando vi suas fotos, descobri por que ela havia sido uma modelo famosa na juventude. Apesar da aparência assustadora na velhice, tia-avó Gina era uma pessoa genuinamente boa.

Ela vivia na Flórida, em uma casa grande à beira-mar. E, quando morreu, deixou tudo para nós. E eu quero dizer *tudo*. Uma herança imensa, a casa e todas as roupas e as joias antigas.

No início, não tínhamos certeza do que fazer com aquilo. Vender a propriedade e, talvez, comprar uma casa melhor no Maine? Manter como casa de veraneio?

Enfim, ainda não lembro quem sugeriu que nos mudássemos para a Flórida, mas, quem quer que tenha sido, tem minha eterna gratidão.

Meu pai resolveu ver no que dava. Achou uma clínica particular perto da praia na qual a casa da tia-avó Gina ficava que precisava contratar um novo médico. Minha mãe encontrou uma bela casa de três quartos, com um jardim grande e até mesmo uma pequena piscina, no subúrbio, perto de um colégio. Sendo professora do ensino básico, ela não teve dificuldades para conseguir emprego na Flórida.

Jenna, minha irmã mais velha, já tinha deixado o Maine na época; ela estuda na Universidade de Nova York e não se importava se mudássemos de Pineford, Maine, ou não. Já estava longe de lá e planejava continuar assim.

— É tão entediante. Nada acontece aqui — ela disse para meus pais quando eles perguntaram por que ela não se inscrevia em uma faculdade mais perto de casa. — Além disso, o curso parece ser melhor em Nova York. Sem contar que quero sair, ver o mundo. Isso não vai acontecer se eu ficar em Pineford.

A única coisa que os teria impedido de ir em frente seria eu — e eu mal podia *esperar* para me mudar.

Não havia nada para mim em Pineford. No final do meu segundo ano do ensino médio, eu basicamente tinha parado de me esforçar nas aulas, e não era como se eu estivesse deixando para trás um milhão de amigos e uma vida social agitada.

Então, quando minha mãe me perguntou, hesitante:

— Madison, querida, tudo bem para você, tudo bem de verdade, se nos mudarmos para a Flórida?

Minha resposta foi instantânea:

— Já posso começar a empacotar as coisas?

Mudar para a Flórida significava que eu poderia ter uma vida inteiramente nova.

Minha irmã Jenna era a garota que todos conheciam na minha escola, em Pineford. Era membro do comitê de boas-vindas, presidente da classe e a líder de torcida loira que era, ao mesmo tempo, bonita e inteligente. A típica garota modelo norte-americana.

E, então, havia eu.

E eu... não era Jenna.

Tentei, claro, mas estava bem feliz comigo mesma — embora não fosse por escolha que eu nunca fosse às festas, não participasse das fofocas da escola e não tivesse um namorado... Eu não fiz de mim uma perdedora solitária; aquele lugar havia sido designado para mim pelas outras pessoas da escola.

Mudar para Midsommer, em Collier County, Flórida, era minha grande chance de ter uma vida completamente nova. Ninguém ia me julgar baseando-se nos padrões da minha irmã. Ninguém tinha de saber como eu fui nos últimos anos.

Eu podia ser eu mesma.

Só que, você sabe, uma versão melhor de mim mesma.

PEGO A PEQUENA COLHER QUE ESTÁ NO PIRES e a viro nas mãos, em um ângulo que eu possa ver minha imagem distorcida refletida. Ainda estou me acostumando a ver uma estranha quando me olho no espelho.

Quando percebi que poderia criar uma vida totalmente nova ao me mudar para cá, compreendi que era o momento perfeito para uma transformação. Porque é isso o que as pessoas fazem, certo? Elas se mudam para outro lugar e se recriam, tornando-se uma versão nova e melhor de si mesmas, não é? Então, foi o que pretendi.

Tudo bem, não tive de fazer nada muito radical. A Maddie Gorducha tinha desaparecido há quase um ano — não que alguém tivesse se importado o bastante para notar. Tirei o aparelho dentário no Natal passado. E usava lentes de contato desde fevereiro, então, tinha abandonado aqueles óculos horríveis.

Porém, quando as pessoas têm uma opinião sobre você, é muito difícil mudá-la. Elas já julgaram você, gostam de rotular, e desejam que você permaneça com esse rótulo para sempre. Você foi alocada em um lugar na sociedade delas, e é aí que querem que você fique.

Então, quando perdi peso, tirei o aparelho, e mesmo quando comecei a usar lentes de contato, simplesmente pelo fato de elas serem mais convenientes do que os óculos, ninguém se importou. As pessoas podem ser rasas e superficiais, mas de vez em quando são egoístas demais para reparar em você.

Cheguei ao ponto em que parei de me importar. Uma vez que você constrói barreiras, é difícil derrubá-las.

Agora, no entanto, eu *definitivamente* me importo com o que os outros vão pensar de mim.

*A nova Madison é descolada, espontânea, ousada.*

Olhando meu reflexo distorcido na colher, meio que acredito que estou a caminho de ser a nova Madison.

Toco meu cabelo com a mão — não por vaidade, mas porque ainda estou me acostumando a, tipo, não ter cabelo. É uma mudança bem drástica, na verdade: tive cabelo longo a vida toda. Em qualquer outra garota — como em Jenna —, as pessoas teriam sentido inveja, mas, considerando que o meu cabelo tinha um tom insípido de loiro, e que eu não ostentava camadas nem franja para levantar um pouco o visual, dá para ver por que eu cortei tudo.

Bem, não *tudo*. Mas quase.

Minha mãe se assustou quando viu o que eu tinha feito no pequeno salão da nossa cidade. Ela me encarou boquiaberta e de olhos esbugalhados:

— Achei que tinha dito que ia cortar *um pouco* mais curto!

Mas agora sorrio para mim mesma na pequena colher prateada, porque adoro meu cabelo novo. Optei por um corte curto, deixando o cabelo um pouco mais comprido na frente, para emoldurar meu rosto. Também fiz luzes para tentar deixar a aparência um pouco menos monótona. Ah, e a franja lateral, que quase cobre meu olho esquerdo, me dá um ar de "rock chique", segundo Bobby, meu cabeleireiro. Aceitei sua opinião sobre o assunto.

O que me levou a fazer isso, no entanto, foi que eu não queria nada que pudesse usar para me esconder. Não era só para deixar minha aparência melhor — embora isso *também* fosse um fator. Em Pineford, eu podia abaixar a cabeça e me esconder atrás dos cabelos, colocando o fone de ouvido e fazendo o possível para ficar invisível. Eu queria mudar isso, ser a nova Madison. Então, ao cortar o cabelo, eu *seria obrigada* a tentar. Seria mais difícil me esconder.

Não sou particularmente bonita — sei disso, e nunca esperei que um corte de cabelo, uma maquiagem, ou o que quer que fosse, mudasse isso. Mesmo assim, comparada a como eu era em Pineford, com os óculos feios, aparelho nos dentes e quilos a mais, estou bem — não tão tediosa. E isso é bom o bastante para mim.

Uma coisa na qual tive sorte, no que se refere à genética, foi herdar a pele impecável da minha mãe. Tudo bem, a minha não é *tão* impecável — os hormônios adolescentes não permitem isso —, mas é perto o bastante disso.

*A nova Madison é descolada, ousada, espontânea.*

Ousado era o novo corte de cabelo. Resolvi a questão de ser descolada comprando um novo guarda-roupa — você sabe, um que não fosse formado apenas por camisetas lisas e largas e jeans retos para apagar minhas formas. Meus pais ficaram bem felizes em financiar tudo isso no momento em que perceberam que eu finalmente começava a me comportar um pouco mais como uma garota normal de dezesseis anos.

Ainda tenho de lidar com a coisa do *espontânea*, mas isso é algo que eu realmente não consigo planejar.

Deixo a colher de lado e pego a caneca, engolindo o suficiente do latte morno para que ninguém saiba que, na verdade, não gosto daquilo.

Então, guardo minhas coisas, coloco a caixa do aparelho na sacola, e meu novo celular, agora totalmente funcional (e sem precisar mais ajuda de Dwight, o garçom, tenho orgulho de dizer), no bolso de trás do meu short jeans.

Dwight está limpando uma cafeteira quando me aproximo do balcão.

— Obrigada, mais uma vez — digo para ele. Estendo a conta, deixando uma nota de dez dólares, o que é uma gorjeta imensa para uma única xícara de latte, mas sinto que devo isso por ele ter me ajudado com o celular.

Quando falo, ele olha ao redor e, então, sorri para mim.

— Sem problema. Já está indo embora?

Confirmo com um aceno de cabeça.

— Preciso estar em casa para o jantar, então... bem, hmmm... eu... vejo você por aí. — Gaguejo. Então, dou outro sorriso e me despeço com um aceno de mão desajeitado antes de seguir para a porta.

— Ei! Hmmm, Madison?

Um pé está prestes a passar pela porta aberta, e eu me viro para olhar para ele.

— Sim?

Minha voz está surpreendentemente calma, considerando que meu coração acelerou de repente e as palmas das minhas mãos começaram a transpirar. Aperto a sacola de plástico com força. Minha boca fica seca, e engulo com dificuldade.

Porque, por um instante, penso: *Ah, meu Deus, ele vai me convidar para sair?*

*Não seja ridícula, Madison. Você não está tão bonita assim. Você acabou de conhecê-lo. Ele não vai convidá-la para sair.*

Então, Dwight fala, interrompendo minhas divagações internas e me trazendo de volta à realidade.

— O que você vai fazer amanhã?

Pisco.

*Ele estava... ele tinha... me chamado para sair?*

— Nada. Pelo menos, não acho que vou fazer alguma coisa. Por quê? — Acho que estou balbuciando, então fecho a boca com força.

— Bem, eu estava pensando, já que você é nova na cidade, se... você já foi à praia?

— Não, ainda não tive a oportunidade.

— Amanhã, eu só vou trabalhar no turno da tarde — ele diz com aquele sorriso meio torto. — Vai ter uma festa na praia à noite. Tem todo ano... sabe, tipo uma coisa de fim de verão. Achei que talvez você gostaria de ir. Você pode conhecer gente nova.

Todos aqueles pensamentos aleatórios sumiram; agora minha mente está em branco, e preciso de alguns segundos para responder. Porque: a) este cara acaba de me convidar para uma festa, e eu nunca fui a uma festa antes; e b) este cara, que na verdade é bem bonitinho, não me convidou para um encontro.

— Claro — consigo dizer depois de um tempo, com um sorriso. — Tenho de ver com meus pais, mas... — paro de falar. Era babaca demais da minha parte dizer que preciso pedir para meus pais?

Ele sorri de volta.

— Ótimo. Seu celular já está funcionando bem? — Quando confirmo com a cabeça, ele acrescenta. — Vou gravar meu número aí para você. Podemos nos encontrar em algum lugar antes, para que você não tenha que chegar lá totalmente sozinha.

Sei que ele só está sendo amigável, mas mal consigo conter um sorriso imenso. *Ele está me dando seu número de telefone!* Penso nisso, enquanto entrego o aparelho para ele.

— Em geral, começa lá pelas oito — ele me diz.

— Ok. Hmmm. Ok. Obrigada. Eu... ah... vejo você amanhã, então.

Será que se eu desse um tapa na minha testa conseguiria parecer mais idiota? Por Deus, não consigo nem formar uma sentença?

— Tchau, Madison.

— Tchau, Dwight.

Ao sair da cafeteria, estou no sétimo céu. Sério.

Vou a uma festa (assim que conversar com meus pais)!

Desço a rua. Aqui, nos arredores da cidade, há uma pequena faixa de lojas: o Café Langlois, o salão de cabeleireiro e a biblioteca; depois, uma farmácia, umas duas lojas de discos independentes e de roupas também.

Não tenho certeza do que chama minha atenção, mas, de repente, paro para olhar a loja. Não é muito grande, é um pouco escura, e não exatamente intelectual, como o resto da rua. Em letras cursivas grandes na vitrine, leio: *Salão de arte corporal urbana da Bette*. E as janelas estão cobertas com fotos de piercings e tatuagens. Fico parada ali, olhando, totalmente hipnotizada.

Eu me sobressalto com o barulho da porta se abrindo, e quase derrubo minha sacola.

Uma mulher fica parada na porta, braços cruzados, olhando para mim. Engulo em seco. Ela é como um catálogo do lugar — piercings por toda orelha e rosto, tatuagens nos braços. O som suave e ligeiramente metálico de uma canção antiga do Guns N'Roses vem lá de dentro. Ela é gorda, com cabelos ondulados grisalhos que vão até os ombros.

— Posso ajudá-la com alguma coisa, querida? — ela me pergunta, educadamente.

Fico encarando, sei que isso é mal-educado, mas não consigo evitar. Sua aparência é como se tivesse um pit bull aos seus pés e uma imensa Harley-Davidson ao lado; mas o jeito como fala é como se fosse uma mãe carinhosa que sempre faz biscoitos para os filhos.

— Hmmm — digo —, só estou olhando...

Volto a olhar para a vitrine. De canto de olho, posso vê-la me analisando, e isso faz com que eu me remexa, desconfortável.

— Já pensou em colocar um piercing no nariz, querida?

Nego com a cabeça.

— Não.

— Combinaria bem com você — ela me diz, e há um sorriso em sua voz. — Do lado direito, claro, por causa da sua franja.

— Ah, bem, eu nunca pensei nisso.

— Bem, você sabe onde me encontrar se mudar de ideia. Certo, querida?

Eu me viro para olhá-la, e ela me dá um sorriso caloroso.

Um piercing no nariz? Meus pais me matariam. Será que dói? E se infeccionar?

Mas a nova Madison tem que ser espontânea, certo?

E isso parece ser tão legal... além disso, combina com meu novo cabelo "rock chique", não é?

Mal terminei de pensar tudo aquilo e me escuto dizendo:

— Sabe do que mais? Claro. Por que não?

A senhora (imagino que seja Bette do Salão de arte corporal urbana da Bette) ergue as sobrancelhas para mim.

— Tem certeza, querida?

Sorrio e confirmo com a cabeça antes de segui-la para dentro, apesar do fato de estar bem assustada — porque: a) tenho a sensação de que isso vai doer muito; e b) vou ficar *tão* encrencada quando chegar em casa!

# 3

O PIERCING NO NARIZ DÓI COMO O INFERNO.

Quando me olho no espelho, mal vejo qualquer semelhança com minha antiga aparência. O corte de cabelo "rock chique" e a pedrinha azul brilhante em meu nariz já destoam, mas o short Abercrombie rasgado artisticamente e a bela regata azul combinando com os chinelos são ainda mais radicalmente diferentes da antiga Madison.

Eu me imagino do jeito que era quando comecei o ensino médio. Gorducha, com óculos de lentes grossas e aparelho nos dentes — que usei por pelo menos um ano. Um pulôver disforme e jeans, para deixar menos óbvio que eu estava bem longe do peso ideal.

Teria sido melhor se eu fosse invisível, mas não era. Teria sido melhor se eu fosse muito inteligente, mas só conseguia uma nota máxima quando me esforçava, então, não era uma nerd. Teria sido melhor se eu fosse da turma dos geek ou estivesse no clube de xadrez, mas eu não era como nenhum deles.

Balanço a cabeça, porque nada disso importa agora, não aqui. Não tenho mais de ser aquela pessoa. Vou esquecê-la.

Sorrio para meu reflexo. Definitivamente descolado, ousado e espontâneo.

Estou bem satisfeita comigo mesma enquanto volto para casa. Não só por causa do piercing nem porque um cara bonito salvou seu número no meu celular, mas porque finalmente tudo está dando certo para mim.

Bem, pelo menos até eu chegar em casa.

— É você, Madison?

— Considerando que sou a única outra pessoa no estado que tem a chave da casa, não, mãe, não sou eu — respondo.

A casa cheira a comida, e automaticamente sei que meu pai está fazendo macarrão. Inspiro profundamente: a comida do meu pai sempre tem um cheiro maravilhoso. Já o da comida da minha mãe, em geral, é um pouco mais... queimado.

— Você chegou bem na hora do jantar — ela diz, colocando a cabeça pela porta da cozinha por um instante. Enquanto tiro os sapatos, ela prossegue: — Conseguiu encontrar um celular?

— Sim. Tem internet e tudo mais. — Não especifico o que é "tudo mais", porque ainda não tenho muita certeza do que consiste esse "tudo mais". Só sei como mandar mensagem de texto, fazer uma ligação e acessar o Google.

— Que bom.

Ela nem me pergunta quanto custou. Só está feliz por eu agir como uma adolescente normal.

Entro na cozinha, que é toda decorada com móveis de madeira, piso de cerâmica e parede bege, enquanto meu pai serve o macarrão. Pego um prato e me sento à mesa.

— Terminaram de colocar o restante das caixas no sótão? — pergunto.

— Sim — meu pai responde com orgulho. Há *dias* minha mãe vem insistindo para ele guardar lá todos os álbuns de fotos antigas e brinquedos de quando Jenna e eu éramos crianças (você sabe, o tipo de tranqueira que se guarda no sótão) para ganhar espaço na casa.

Eles se sentam, e percebo como meu coração bate acelerado. Eles ainda não perceberam o piercing no meu nariz. Talvez não percebam — pelo menos por alguns dias. Ou talvez tenham notado e, milagrosamente, não se importaram. Não sei, mas não vou questionar.

Depois de alguns minutos, minha mãe diz:

— Você ficou bastante tempo fora.

— Fui a um café, para testar e configurar meu celular. Mas um cara que trabalha lá teve de me ajudar a fazê-lo funcionar.

— Um cara? — minha mãe fica mais atenta ao ouvir o detalhe. Eu sabia que isso aconteceria.

— Sim. Ele disse que... bem, ele *vai* para o terceiro ano do ensino médio, na mesma escola que eu.

— Sério? E como ele é? Bonito?

*Sim*, penso, *é bem bonito.*

Mas dou de ombros e digo:

— Claro. Acho que sim. De todo modo, ele foi bem gentil. Disse que vai ter uma festa na praia amanhã à noite. Tipo uma comemoração de volta às aulas...

— Ele convidou você?

Confirmo com a cabeça, mas rapidamente acrescento:

— Mas ele só fez isso como meu amigo. Para que eu possa conhecer mais gente antes que as aulas comecem. — Tenho de especificar que não é um encontro: minha mãe ficaria louca se achasse que sua filha, que finalmente estava saindo da casca e se tornando uma adolescente normal de dezesseis anos, tinha um encontro.

— Ah. — Ela parece um pouco desapontada, mas então diz: — Mas isso é ótimo! Ele parece ser adorável. Qual é o nome dele?

— Dwight.

— Dwight...?

— Não sei.

— Onde ele mora?

— Aqui por perto, eu acho. Não sei. Não pedi sua autobiografia.

— Mais importante — meu pai diz, apontando o garfo na minha direção —, e quanto a essa festa?

— É na praia. Parece que é para reunir os garotos que vão para o ensino médio. Dwight disse que começa às oito.

Meus pais trocam um olhar rápido, e então meu pai me diz, sério:

— Nada de beber, Madison. Você entendeu? Não queremos que saia e faça coisas estúpidas. Você não conhece essas pessoas, e não me importa se todos estiverem bebendo, você não vai beber.

Estou a meio caminho de discutir, só porque sim, mas a verdade é que estou animada demais com a festa — *uma festa de verdade!* — para brigar. Só concordo com a cabeça e digo:

— Sim, é claro. Pode deixar.

Meu pai acena com a cabeça e me dá um olhar de advertência.

— Ótimo. E você estará em casa às onze e meia.

— E se ninguém tiver ido embora neste horário? E se terminar à meia-noite, ou uma da manhã? — *Não quero dar motivo para ninguém pensar que sou uma perdedora*, acrescento, silenciosamente.

— Você pode estar em casa às onze e meia, Madison — minha mãe me diz. — Como seu pai disse, você não conhece essas pessoas, e não queremos que fique fora até de madrugada.

— Tudo bem — resmungo, mas não crio muita confusão. Um toque de recolher às onze e meia é melhor do que eles me falarem que não posso ir.

Comemos em silêncio por um minuto ou um pouco mais, e então minha mãe diz:

— Madison, olhe para mim por um instante.

Faço o que ela pede.

E seus talheres caem no prato, quase espalhando o macarrão.

— Que merda você fez com seu rosto?

Preciso de um instante para perceber do que ela está falando.

Mordo o lábio, e posso sentir meu estômago revirar.

— Confiamos em você para sair sozinha e comprar um celular, e você volta para casa com... com isso! — ela exclama. Seu rosto está vermelho de raiva agora. É muito raro que minha mãe fique brava. Ela é o tipo de professora adorável de jardim de infância que ama crianças. Jenna e eu sempre soubemos que, quando nossa mãe ficava brava, não dava para sair de mansinho.

Uma vez, Jenna quebrou um vaso antigo que minha mãe tinha herdado depois da morte de sua avó. Foi um completo acidente — Jenna tropeçou e bateu na mesa. Mas minha mãe ficou tão brava com aquilo, que Jenna ficou de castigo por uma semana.

Então, neste momento, quero virar pó, e gostaria de nunca ter colocado aquele piercing.

— É só um piercing — murmuro, na defensiva. — Não é como se eu tivesse feito uma tatuagem...

— Você fez *o quê?* — meu pai grita, mais chocado do que zangado. — *Por quê?*

— Sim, Madison — minha mãe está furiosa. Se um olhar pudesse matar... — Por que não nos diz exatamente por que desfigurou seu rosto desta maneira?

— Não sei — murmuro. O cheiro do macarrão, que parecia delicioso quando entrei, agora me deixa enjoada. — Eu só queria... eu achei que ficaria descolado...

— Ah, Madison, sua garota estúpida! — diz minha mãe, e, neste instante, toda a raiva parece abandoná-la. Ela não demonstra mais estar zangada, é mais como se estivesse chateada. Compreensiva, até. Como se a raiva dirigida a mim fosse a única coisa que a mantivesse ereta, ela se larga na cadeira como uma boneca de pano.

Então, minha mãe se endireita e reclina o corpo sobre a mesa, colocando a mão sobre a minha.

— Querida, sei que é difícil para você. Eu sei. E isso me mata por dentro. Sei que você quer causar uma boa impressão e fazer amigos... mas você não tem que fazer algo desse tipo. — Ela para de falar, dando um suspiro.

Ela pensou que eu tivesse feito isso para que as pessoas gostassem mais de mim.

Talvez ela esteja certa.

Quero dizer, achei que isso me tornaria moderna e descolada... um bom tema inicial de conversa. Algo que me impediria de ser relegada a segundo plano. Então, sim, talvez minha mãe esteja certa — mas quando fiz, esse motivo estava no meu subconsciente. Quem sabe? Não estou a fim de analisar "terapeuticamente" minhas ações agora.

Abro a boca, começando a argumentar que não era isso, mas ela me interrompe.

— Bem, você não pode tirar agora. Pode infeccionar. — Ela suspira. — Não fiquei feliz com isso, você sabe, Madison.

— Eu sei — murmuro.

Espero que ela diga que não posso mais ir à festa amanhã, e talvez até que me coloque de castigo. Nunca fiquei de castigo antes. Claro que eu nunca tinha feito nada que merecesse punição, mas que diferença fazia? Em Pineford, enquanto todo mundo ia para uma festa, eu ficava no meu quarto de qualquer jeito.

Mas agora, quando penso que realmente posso ficar de castigo pela primeira vez, sinto um pequeno pânico por dentro.

Então, minha mãe diz:

— Você já pensou no que vai usar na festa? — E é quando eu realmente, *realmente*, entro em pânico.

JENNA TELEFONA NAQUELA NOITE E, depois de quase dez minutos, meu pai me grita:

— Madison, Jenna está na linha para falar com você!

Tiro o fone de ouvido da orelha esquerda e me inclino até a mesa de cabeceira para pegar a extensão.

— Oi, Jenna.

— Piercing no nariz, hein? Vou dizer, Mads, que não esperava isso de você. A mãe não está nada feliz com isso. — Ela dá uma gargalhada. — Mas é bom para você. Aposto que ficou sexy.

— Óbvio que sim — digo com sarcasmo, mas na verdade meio que espero que pareça "sexy", agora que ela disse.

Jenna ri mais uma vez e, antes que eu possa perguntar como é Nova York, ela vai direto ao ponto:

— Conte-me sobre o tal cara da cafeteria!

— O nome dele é Dwight. Está no terceiro ano, como eu, e também vai para o mesmo colégio que eu. Então, isso é bom, você sabe, porque meio que já tenho um amigo. Ele é bem legal também... e tem um sorriso legal.

— Ooooh — minha irmã mais velha ecoa. — Como ele é? Alto? Forte? Parece que joga futebol ou algo assim?

— Bem, ele é meio bonitinho... — Giro uma mecha de cabelo no dedo enquanto falo, e há um sorriso nos meus lábios. — É alto. Cabelo escuro. E surfa — acrescento. — Mas só me convidou para a festa como amigo. Ele nem estava me paquerando, então não importa.

Jenna ignora totalmente a última parte.

— Sério? Ele é surfista? Uau. Isso é... — ela dá uma gargalhada. — Na verdade, isso é muito legal! Parece que você conheceu um cara bacana por aí! E a mãe comentou sobre uma festa...

Jenna fala festa como se fosse "feeestaaa", o que me faz dar uma risadinha e balançar a cabeça.

— Dwight me disse que vai ter uma festa na praia amanhã à noite. Me deu seu telefone, então...

— *Ele passou o telefone dele?* — Jenna grita. — *Aimeudeus!* Está falando sério? E você diz que ele só está sendo amigável. Até parece.

— Sim, mas só para nos encontrarmos antes. Ele estava sendo amigável! — insisto.

— Hmmm, Madison, não, ele não estava, confie em mim! Um cara que dá o telefone desse jeito — escuto ela estalar os dedos do outro lado —, gosta de você.

— Acho que não — digo, pegando um pedaço de algodão solto do meu edredom. — Eu realmente, realmente acho que ele só estava sendo legal. Você sabe, para que eu não tivesse de aparecer lá sozinha e ficar parada como... como um limão.

— Hmmm — diz, pensativa. — Você quer que seja um encontro?

— Meio que sim — murmuro. Eu não tinha falado isso para minha mãe, mas Jenna é diferente. — Mas isso não importa, porque *não é um encontro*.

— Tudo bem... bem, próxima pergunta: com que roupa?

— Neste momento, shorts e regata, e um suéter que nossa avó tricotou para mim no Natal passado.

— Estou falando de amanhã, na festa, babaca.

Nós duas rimos. Eu respondo:

— Honestamente, não sei.

— Bem, para que servem as irmãs mais velhas? Short, definitivamente. Você tem algum curto? E, quando eu digo curto, quero dizer curto de verdade. Do tipo que nossa mãe não aprovaria.

Dou uma risadinha e saio da cama para abrir o guarda-roupa. Jenna e eu conversamos por mais meia hora, e ela me fala o que acha ser apropriado para uma festa na praia. Considerando que nunca esteve em uma festa na praia enquanto morávamos no Maine, ela parece saber bastante sobre o assunto.

Quando destaco isso, Jenna simplesmente ri e diz:

— Madison, apenas confie em mim.

E eu confio.

# 4

Já experimentou aquela sensação de náusea ao mandar uma mensagem pela primeira vez para um cara de quem você gosta?

Bem, imagine isso: meu estômago está tão revirado que quase preciso fazer xixi, minhas mãos suadas, minha mente a mil. Digitei e deletei o texto pelo menos uma dúzia de vezes.

Só que é ainda pior — já que nunca mandei uma mensagem para um cara antes, ponto. Não tenho ideia de qual é o protocolo.

Perco quase vinte minutos tentando fazer um texto para Dwight. Neste exato momento, a tela do meu celular mostra: *Ei! Como você está? Eu estava me perguntando como vamos nos encontrar mais tarde, para a festa :)* —, e tudo o que consigo fazer é ficar olhando e me perguntando se está tudo certo. Será que eu devo apagar o *Como você está?* e acrescentar um beijo no final?

Não sei, não sei, não sei!

Largo o celular na cama e passo as mãos pelos cabelos, mordendo o lábio para conter um pequeno grito de frustração.

*Ping!*

Fico paralisada. Então, abaixo as mãos, arregalo os olhos e encaro o telefone. Acho que meu coração para de bater por um instante.

Corro para pegar e verificar o celular, encarando a tela, impotente.

A mensagem foi enviada.

Quando joguei o aparelho na cama, apertei o botão de enviar. Ouço um pequeno gemido de preocupação escapar da minha boca, e meu coração começa a bater novamente, com força.

Olho mais uma vez a tela do celular — sim, *definitivamente*, a mensagem foi enviada para Dwight.

Preciso de alguns minutos para controlar o pânico e a ansiedade. Provavelmente, aquele era o tipo de coisa que eu teria enviado para ele de qualquer maneira. Nem era algo tão importante assim. Eu estava sendo estúpida.

Agora, tudo o que preciso fazer é esperar que ele responda.

Lembro de que ele trabalha no turno da tarde, então, talvez ainda esteja no trabalho e não vai me responder por enquanto.

Enquanto isso, vou até o guarda-roupa pegar as peças que Jenna me ajudou a escolher. É um short minúsculo que só cobre um terço da minha coxa, jeans azul-claro, meio desfiado na barra, acompanhado de uma blusa branca, com decote baixo decorado com uma renda preta. Sandálias pretas, algumas pulseiras douradas e um fino casaco com capuz branco — porque, segundo Jenna, as pessoas não estariam muito arrumadas, e poderia fazer frio, mas, ainda assim, eu precisava estar bonita.

Não tenho certeza da blusa. Quero dizer, não tenho muito o que mostrar no que se refere a curvas. Jenna sempre me provocou (e ainda faz isso) por eu ser reta como uma tábua de passar. O que é um pouco de exagero, mas não muito.

Mas, ei, Jenna pode não ter estado em uma festa na praia, mas certamente sabe muito mais sobre festas e sobre o que vestir do que eu.

Estou tão concentrada avaliando como vou ficar usando aquela roupa que, quando meu celular faz *ping!* mais uma vez, dou um pulo de susto.

*Ah, Deus, ele respondeu!*

Coloco apressadamente as peças de volta no guarda-roupa, do jeito mais organizado possível, já que não pretendo sair amassada à noite. Então, pego o telefone.

*Uma nova mensagem: Dwight.*

Sorrio, mas ao mesmo tempo me sinto horrivelmente ansiosa. Porém, faço o que tem de ser feito: abro a mensagem.

*Ei :)! Onde você mora? Posso passar na sua casa às oito, se for bom para você.*

Respondo enviando meu endereço e digo que *será ótimo, obrigada!* Coloco uma carinha sorridente e aperto enviar, então, mergulho entre as almofadas da minha cama e sorrio.

Uma mistura de animação e medo percorre minhas veias. Honestamente, não sei o que pensar. Não consigo parar de sorrir, porque, finalmente, estou me tornando a pessoa que queria ser e conquistando o mundo real. Não vou ser deixada nas sombras nem vão rir de mim. Porém, meu estômago está totalmente revirado, já que nunca estive em uma festa antes e não sei o que farei lá. Não conheço ninguém, exceto Dwight, e não posso esperar que ele passe a noite toda comigo.

Sei que terei de conversar com as pessoas — e terei de encarar a maioria delas na escola, na segunda-feira. E se não gostarem de mim? E se eu não conseguir encontrar nada para dizer a elas, ou fizer papel de idiota?

Sinto como se estivesse sendo jogada no meio do oceano, sem ninguém para me lançar uma boia salva-vidas.

Sei que, provavelmente, isso é melhor do que apenas aparecer na escola na segunda-feira, uma ovelha perdida em um lago de piranhas. Pelo menos, com essa festa, terei a chance de conhecer pessoas, talvez até causar uma boa impressão.

E, antes que eu perceba, já são quase sete horas.

Entro correndo no chuveiro e depois levo um tempo extra para arrumar o cabelo, me vestir e passar alguma maquiagem. Após a mudança para a Flórida, minha mãe me convenceu a comprar um lote inteiro de maquiagem.

— Não que você precise — ela disse. — Você é linda, querida. Mas, quando quiser parecer um pouquinho melhor, vai sentir vontade de usar essas coisas, eu sei. Jenna era exatamente igual.

Ultimamente, eu só usava rímel, já que meus cílios eram tão loiros que pareciam quase inexistentes, e não me incomodava com muito mais. Se eu ia ao shopping com minha mãe, às vezes colocava um pouco de corretivo sob os olhos. Mas era só isso.

Nesta noite, no entanto, paro diante do espelho e, com cuidado, aplico tudo o que tenho direito: sombra, delineador, base, blush, rímel e gloss labial. Vou com tudo.

Mais uma vez, fico feliz por ter crescido tendo Jenna como irmã mais velha; apesar de nunca ter usado muita maquiagem, pelo menos eu sabia como aplicar cada produto adequadamente.

Assim que fico vestida e pronta, dou um passo para trás para conferir a produção no espelho. Estou me acostumando com esta versão estranha de mim mesma, mas fico chocada com o que vejo desta vez.

Pareço...

Pareço *bonita*. Nada — nada mesmo — lembra a minha antiga imagem. Encaro meu reflexo e me pergunto o que aconteceu com a Maddie Gorducha; me pergunto como diabos deixei de ser intimidada, solitária e, se tivesse sorte, ignorada, para ficar... assim.

Eu nunca admitiria em voz alta, mas pareço mais do que bonita. Supostamente, a nova Madison é descolada, ousada e espontânea. E, certamente, me pareço com a nova Madison.

Um sorriso se espalha pelo meu rosto. Eu me sinto confiante, como se pudesse encarar essa festa, como se pudesse sair e falar com as pessoas. Então, tiro as pulseiras do braço direito e coloco-as no esquerdo, porque não quero que ninguém veja minha cicatriz e me pergunte a respeito dela.

A campainha toca.

Fico sem ar. *Ele está aqui!*

Dou uma gargalhada, perguntando-me como eu me sentiria animada se o garoto que toca a campainha neste instante estivesse aqui para um encontro.

— Não é um encontro — digo baixinho para mim mesma, olhando a Madison do espelho direto nos olhos. — Ele só me convidou porque é um cara legal. Não é um encontro.

Solto o ar bruscamente, e então percebo que esqueci totalmente que Dwight está no andar de baixo, esperando na porta, até que meu pai grita:

— Madison! Seu amigo chegou.

Eu praticamente saio em disparada escada abaixo, caso meu pai me envergonhe — ou envergonhe Dwight. Não quero parecer ansiosa ou nada assim, mas, sério... quando Jenna trazia os rapazes até nossa casa, eu via como meus pais podiam ser constrangedores quando queriam — embora, geralmente, fossem legais. Mesmo assim, apesar de Dwight ser apenas um amigo, eu não estava disposta a permitir que nenhum de nós dois passasse por essa experiência.

Infelizmente, meu pai decide me envergonhar e diz:

— Você não deveria usar uma calça, Madison?

Aperto os dentes e reprimo o rubor. Ao longo dos anos, fiquei muito boa em não deixar meu rosto ficar vermelho depois de ser humilhada na escola.

— Toque de recolher às onze e meia, pode deixar — respondo. Então, me volto para Dwight com um sorriso, olhando para ele pela primeira vez.

Ele usa calça cáqui e camiseta branca. Não tem um corte muito ajustado, por isso, parece ainda mais desengonçado e magro — mas não de um jeito ruim.

Ele me dá aquele sorriso meio de lado.

— Pronta para ir?

Confirmo com a cabeça.

— Sim.

— Pegou o celular? — meu pai pergunta.

— Sim — respondo, meio irritada, porque tudo o que quero é ir embora.

— Ótimo. — Ele se volta para Dwight e acena rapidamente com a cabeça. — Divirtam-se, crianças.

— Tchau, pai — digo e sigo para abrir a porta.

Dwight tem de sair apressado para que eu não trombe com ele. Fecho a porta com uma mão e paro, olhando para ele e soprando o cabelo, para que minha franja saia do rosto por um momento.

Ele ri.

— É quase como se você estivesse envergonhada por causa de seu pai, Madison.

— O quê? — digo, fazendo uma careta como se não tivesse a mínima noção do que ele estava falando. — De onde você tirou essa ideia?

Ele dá uma risada e sorri de novo.

— Não se preocupe. Ele parece ser legal. Sei que minha mãe é muito pior. Uma vez, ela resolveu mostrar minhas fotos de bebê para meus amigos. E estou falando do tipo de foto de bebê que deveria ficar só juntando pó no sótão.

Dou uma risada, e lembro quando meus pais fizeram a mesma coisa com um dos namorados de Jenna.

— A propósito, gostei do piercing. Combina com você.

— Ah, obrigada! — Olho para ele.

Começamos a descer a rua.

Caminhando ao lado dele, percebo como Dwight é muito mais alto do que eu. Não sou muito alta e, desde que perdi peso, fiquei meio que pequena.

— Obrigada por me convidar esta noite — falo, preenchendo um pouco o silêncio.

— Sem problemas. Imaginei que você pudesse querer conhecer algumas pessoas antes do início das aulas.

Sorrio, grata.

— Deve ser assustador — Dwight continua, quando dobramos uma esquina. — Começar em uma escola nova, quero dizer.

Dou de ombros.

— Não pode ser pior do que minha escola antiga.

— O que aconteceu na escola antiga?

Fico em silêncio por um instante, punindo-me internamente. Não posso acreditar que acabei de dizer isso! Como posso ser tão estúpida?

— Me desculpe — diz Dwight. Acho que fiquei quieta por tanto tempo que ele imaginou que fosse um assunto delicado demais. — Não quis ser enxerido.

— Não, está tudo bem. É só que... essa minha boca grande — brinco e forço uma gargalhada. — É só que, hmmm, eu não estava realmente... minha escola no Maine não tinha gente muito legal.

— Ah.

— Sinto muito. Não quis deixar um clima constrangedor. Só que, de vez em quando, tenho uma boca grande... é minha culpa.

Estou falando bobagem. Não tenho uma boca grande; sei quando ficar quieta. Sou muito boa em ficar quieta. Também sou boa em guardar meus sentimentos para mim. Sou extremamente boa em não ter uma boca grande. Estou falando uma grande besteira.

Dwight sorri, alheio ao que se passa em minha mente.

— Está tudo bem, não se preocupe. Conheço a sensação... quando você diz algo sem pensar. Vou esquecer isso se você quiser...

Nego com a cabeça.

— Agora que eu já disse... não tem importância. Mas, me conte, como foi seu dia?

Ele dá uma risada, e então começamos a conversar. Eu nunca conversei com ninguém de verdade antes, por isso, é estranho como parece ser natural fazer isso com Dwight. Ele me conta sobre um cliente mal-educado e como a torradeira quase explodiu; conto para ele como meus pais surtaram quando viram que eu tinha colocado um piercing no nariz, e como gosto da Flórida. Não demora muito para chegarmos na praia. Já tem bastante gente, todos mais ou menos da minha idade, e imagino que todos estejam no ensino médio. O céu ainda não está totalmente escuro, mas quase. O sol está se pondo, e lança listras vermelhas, rosadas e púrpura no mar ondulante. Nunca vi nada parecido. Se desse para tirar o lixo, os destroços flutuando na água, e a garotada festejando, seria uma visão ainda mais impressionante.

Do jeito que está, não passo muito tempo olhando para o belo pôr do sol. Minha atenção é rapidamente atraída para o aglomerado de pessoas. Deve ter uns cem adolescentes ali. A maioria está bebendo. Estão todos conversando, rindo, se divertindo... alguns deles se beijando... o tipo de coisa que achei que acontecesse em festas.

E estou morrendo de medo.

Tipo, seriamente apavorada. Quero segurar a mão de Dwight, só para garantir a mim mesma que não estou sozinha, que tenho um amigo, que tudo vai ficar bem. Mas não faço isso, porque ele continuou andando enquanto eu parei para olhar ao redor.

Antes que ele perceba que não estou mais ao seu lado, saio correndo e o alcanço novamente. Torço meu pulso e flexiono os dedos; minhas mãos estão suando.

A confiança que senti mais cedo está se esvaindo rapidamente. Estou com medo de não conseguir conversar com ninguém. Estou com medo de que não gostem de mim. Estou com medo de que seja de novo como foi em Pineford.

— Ei — Dwight diz com suavidade, de repente, fazendo com que eu me sobressalte. — Você não precisa ficar tão assustada. Eles não mordem. Bem, alguns deles talvez, mas eu te aviso se algum se aproximar.

Dou uma risada, mas há um toque nervoso nela. Dwight bate o ombro contra o meu, nossos braços ficando juntos, e sorri, encorajador. De alguma maneira, respondo ao sorriso, e respiro fundo algumas vezes enquanto seguimos em direção ao fogo.

Troncos de madeira estão espalhados ao redor da fogueira, e alguns garotos se sentam neles, conversando e bebendo. Um cara amassa uma lata de cerveja vazia, atraindo minha atenção. Ele a joga no fogo e passa o braço ao redor da garota ao seu lado.

— Alguns de seus amigos estão por aqui? — pergunto a Dwight. Me sinto um pouco mal, imaginando se ele está achando que vai ter de passar a noite toda comigo por eu não conhecer ninguém.

No entanto, ele já está observando a festa, e vejo suas sobrancelhas se erguerem quando localiza alguém. Ele levanta a mão e acena com a cabeça, e acho que, quem quer que seja, deve tê-lo visto também. Fico na ponta dos pés e espicho o pescoço, tentando localizar a pessoa, mas é tarde demais, já não há mais ninguém acenando.

— Volto em um segundo — Dwight diz. — Quer uma bebida ou alguma coisa?

Nego com a cabeça.

— Não, estou bem, obrigada.

— Juro que não estou abandonando você. — Ele ri, e depois sorri de modo tranquilizador. — Volto em um minuto.

Solto uma gargalhada e digo:

— Claro. — E lhe dou um sorriso. Observo Dwight se afastar por um segundo ou dois, mas então me sinto estúpida, parada ali, sozinha. Dou alguns passos em direção a uma das toras ao redor da fogueira e me sento nela.

Brinco com o zíper do casaco por um momento. Não está frio, mas fico tentada a fechá-lo, para sentir que tenho algo atrás do qual seja possível me esconder. Eu meio que desejo não ter cortado o cabelo, pois me sinto totalmente exposta. Meu iPod está no bolso traseiro. Não gosto de sair sem ele, foi uma extensão do meu corpo nos últimos anos, quando eu estava na escola anterior. Estou tentada a colocar apenas um fone de ouvido, mas não posso. *Não vou* fazer isso. Me recuso a desistir tão cedo.

Aperto as mãos e as descanso nos joelhos, olhando o fogo. Sei que deveria conversar com alguém, mas quem? Quem é a "pessoa" certa para conhecer? Ficar sentada sozinha, esperando Dwight voltar, é a coisa errada a se fazer? Eu poderia estar me enturmando com os demais?

Decido esperar o retorno de Dwight. É o mais seguro. O mais fácil.

A conversa e as risadas ao meu redor são bem altas, mas o crepitar do fogo parece mais alto ainda. Sinto o calor no rosto, pescoço e pernas.

Não percebo o garoto se aproximar, até que ele fala.

— Ora, não dá para deixar uma garota bonita sozinha em uma festa sem uma bebida — diz uma voz profunda, amistosa e que, definitivamente, não é de Dwight.

## 5

Olho para cima, e o cara que se aproximou de mim está segurando um copo de plástico vermelho. Então, percebo que ele é muito lindo. Tem ombros largos, é bronzeado, e seu cabelo é loiro e um pouco ondulado. Seus olhos castanhos-chocolate, estão olhando diretamente para mim.

E então percebo que ele me chamou de bonita. E essa é uma ocasião na qual não consigo evitar o rubor.

Encaro a bebida que ele está me oferecendo enquanto, por dentro, estou meio que surtando — de um jeito bom — porque fui chamada de bonita, e sei que deveria tentar paquerá-lo — porque esse cara lindo está falando comigo. *Comigo!*

Em vez disso, deixo escapar:

— Sua mãe nunca disse para você não aceitar coisas de estranhos?

Mesmo enquanto estou falando, sei que não é o tipo de coisa que eu deveria dizer, mas já é tarde demais.

Ele ri como se eu tivesse acabado de contar uma piada das boas. E se senta ao meu lado. Estou surpresa, mas não reclamo: pela primeira vez na vida, um cara lindo resolveu se sentar ao meu lado, rindo como se eu fosse engraçada de verdade. Ele começa a falar novamente, mas, sem pensar, deixo escapar mais palavras:

— Você sempre usa essa cantada com as garotas?

Quero me estapear na cara. Depois, virar pó. Sou uma idiota *tão grande!*

— Só com as solitárias — ele brinca, e pisca para mim. Meu rosto fica vermelho de novo, não posso evitar. Engulo em seco ao ver o quão perto ele está, mas meu coração acelera com a emoção de ter alguém como ele interessado em mim.

— Sou Bryce — diz ele, me oferecendo a bebida novamente. — Tome. Agora não sou um estranho.

Dou uma risada e, dessa vez, aceito a bebida. Fico tentada a tomar um gole, mas sei que meus pais me matariam — além disso, nem mesmo sei o que é aquilo. Acho que é cidra, ou cerveja, mas, quem sabe? Então, não bebo. Simplesmente seguro o copo.

*Bryce*. Aposto que ele é *quarterback*[1] ou *linebacker*[2] do time de futebol americano da escola, ou algo do tipo. Ele simplesmente emana aquele tipo de posição social — a confiança, o sorriso vencedor, o jeito como se comporta. Tudo nele grita Sr. Jogador Astro de Futebol e Sr. Popular. Aquilo faz com que eu me pergunte por que ele está sentado aqui, conversando *comigo*.

E me pergunto ainda onde Dwight está. Ele já não deveria ter voltado?

Então, percebo que esse cara, Bryce, está esperando que eu diga meu nome, e penso: *sou mesmo uma idiota*. Devo ter feito uma pausa longa demais, já que ele continua falando:

— Então, de onde você é, Garota Solitária? Nunca a vi por aqui. — ele diz isso como se conhecesse todo mundo. E provavelmente conhece.

— Maine — respondo. — Sou do Maine.

— Sério? Ah. Isso é bacana.

— Não, não é. Los Angeles é bacana. Nova York é bacana. De onde vim, é entediante.

Ele ri de novo.

— Vou aceitar sua palavra sobre isso. Então, você vai estudar na Midsommer?

Confirmo com a cabeça.

— Vou para o terceiro ano — digo, quando Bryce não preenche meu silêncio novamente.

— Legal. Talvez nos encontremos pelos corredores.

---

[1] N. da E.: No futebol americano, quarterback é o líder e "cérebro" da equipe.
[2] N. da E.: Linebacker é o jogador responsável pela defesa.

— Claro.

Por mais que esteja lisonjeada por esse cara lindo e obviamente descolado e popular estar conversando comigo entre todas as pessoas, sinto-me completa e totalmente imbecil.

Sei que dizem "seja você mesma" quando estiver com algum garoto, e "nunca mude por um homem", ou o que quer que seja. Mas a coisa é que eu não sei ser eu mesma, pois me escondi por tempo demais. Esta é minha grande chance, minha única oportunidade na vida de recomeçar. E eu quero que as pessoas gostem de mim. Quero que os caras peçam meu telefone em uma festa. Quero uma vida social agitada. Quero ter amigos. Só não sei como fazer isso.

E estou morrendo de medo.

Então, fico sentada ali, sentindo-me uma otária, e sorrio para Bryce, porque: a) não tenho ideia do que dizer agora; e b) por que não? Mal acredito quando ele sorri de volta.

Ele tem até covinhas.

É claro que tem. Vai entender...

A luz da fogueira faz seus dentes reluzirem. Aposto que se o sol o pegar do jeito certo, vai parecer um comercial brega de pasta de dente.

— Ei, Bryce! Venha aqui! Você tem que ver isso! É muito nojento!

Sigo a voz, e Bryce faz o mesmo. Tem um cara alto, com cabelo espetado, acenando para ele: um grupo está reunido ao redor de alguma coisa. Eles se movem um pouco, e vejo algo de relance. Acho que é uma água-viva.

Eu me levanto primeiro, pensando mais uma vez onde Dwight estaria. Ele não poderia demorar tanto tempo assim, poderia? O que será que ele está fazendo?

— Foi um prazer conhecer você — digo para Bryce, meio desajeitada, e começo a me afastar, esperando ver Dwight em algum lugar.

— Espere. — Eu o ouço me chamar. — Você não vai me dizer seu nome, Garota Solitária?

— Acho que "Garota Solitária" é o suficiente por enquanto — respondo. Não que eu pretendesse fazer isso, mas aposto que se outra pessoa tivesse dito aquilo, indicaria que estava flertando. No entanto, Bryce parece pensar que eu *estou* flertando, pelo jeito como ergue uma sobrancelha loira para mim e sorri.

Eu simplesmente aceno e digo:

— Tchau, Bryce.

Ele está rindo quando responde:

— Vejo você por aí, Garota Solitária.

Enquanto me afasto, estou sorrindo por dentro e por fora. Uma onda de adrenalina e alívio toma conta de mim. Acabo de conversar com um cara lindo, sem dúvida popular, e nem mesmo fiz papel de idiota. Na verdade, acho que ele pode até ter me paquerado um pouco no final...

Provavelmente, não. Mas eu gostaria de pensar que sim.

Primeiro Dwight sendo amigável, e agora esse cara, que talvez estivesse flertando comigo. As coisas estão realmente melhorando.

— Ah, ei, aí está você! — exclamo, de repente.

Estive procurando pela festa, e agora corro até Dwight e dou um empurrãozinho em seu ombro — de brincadeira, claro. Ele para de falar no meio de uma frase por um instante.

Dou uma olhada rápida no garoto com quem ele está conversando — cabelo castanho bagunçado, que se ergue no ar, desafiando a gravidade. E não é por usar gel, eu acho. Ele usa óculos, e ergue as sobrancelhas por detrás dos aros, olhando de Dwight para mim, e novamente para ele.

— Oi — digo, porque é uma pausa um pouco constrangedora. Sorrio para o garoto com o cabelo que desafia a gravidade. Ele parece um pouco... não sei, na verdade. *Chocado* não é bem a palavra certa. *Atordoado*, talvez. Sim. Ele parece meio atordoado, antes de sorrir para mim.

— Oi, Madison — Dwight me dá um sorriso, mas a expressão não alcança seus olhos.

Seu amigo limpa a garganta propositalmente.

Dwight suspira e diz:

— Madison, este é Andy. Andy, esta é Madison. Ela acaba de se mudar do Maine.

— Oi. — Andy sorri.

— Oi.

— Como você conhece este cara? — Andy inclina a cabeça na direção de Dwight, que toma um gole do que quer que esteja bebendo.

Isso faz com que me lembre de que também estou segurando uma bebida, e que não havia tomado nada ainda.

— Eu o conheci no café.

— Ah, no *café* — Andy diz, provocador. Quando lhe dou um olhar questionador, ele explica. — Nós chamamos de cafeteria. Café parece esnobe. Sem ofensa. Quando você fala, parece meio engraçado, só isso.

— Andy fala muito quando bebe — Dwight constata.

— Ah. — Dou uma risada para Andy, e deixo aquilo de lado, mas sei que meu rosto está ameaçando ficar um pouco vermelho. — Hmmm, então você... estuda no colégio Midsommer, certo?

Andy assente.

— Sim. Aposto que é para onde você vai.

Confirmo com a cabeça.

— Vou para o terceiro ano.

— Assim como nós, então! — Andy dá um tapa nas costas de Dwight. — Legal. Ei, Dwight já apresentou Carter para você?

— Hmmm... — Nego com a cabeça.

— O quê? Ah, você tem que conhecer Carter. Venha... acho que ele estava por aqui na última vez que eu o vi. — Andy começa a se afastar, como se presumisse que nós o seguiríamos.

Dou uma olhada para Dwight.

— O que foi? — pergunto. Não posso deixar de sentir que, de algum modo, fiz alguma coisa errada.

— Hã? — Ele balança a cabeça de leve, um movimento bem sutil, e diz: — Anda logo, ou vamos perder Andy.

Nós o alcançamos bem a tempo de evitar que Andy desaparecesse na multidão. Tinha muito mais gente ali do que antes; isso faz com que eu me pergunte quanto tempo fiquei conversando com Bryce.

— Aí estão vocês. — Andy olha por sobre o ombro e volta a caminhar pela multidão. Dwight e eu corremos atrás dele.

Quando para de repente, trombo com ele, batendo em suas costas e vou para trás. Dwight me segura e me puxa para trás gentilmente, mas já é tarde demais. Minha bebida já caiu em cima de mim.

— Ah, olhe — murmuro, irritada, puxando a blusa encharcada. — Espero que o que quer que estivesse neste copo não manche...

— Madison — Andy diz, alheio ao meu acidente e gesticulando na direção do menino magrelo parado diante dele. — Este é William Maverick Carter.

— Apenas Carter — William Maverick Carter me diz. Ele parece um pouco envergonhado, não consegue fazer contato visual comigo, mas sorri mesmo assim.

Carter não é muito mais alto do que eu, e seu cabelo curto e grosso é meio despenteado e irregular. Não acho que estou causando uma impressão melhor, considerando que estou coberta de cerveja ou algo do tipo. Tiro o casaco. Então, percebo algo: ele só tem uma sobrancelha e meia.

Tipo, ele realmente está sem metade da sobrancelha esquerda. Sei que estou encarando, e sei que estou um pouco boquiaberta, mas não posso evitar. Não é todo dia que se encontra alguém sem metade de uma sobrancelha.

E como sou tão, mas tão, apta socialmente, deixo escapar:

— O que aconteceu com a sua sobrancelha?

— Estava salvando o gato de uma velhinha de um edifício em chamas — Carter me conta, e agora me olha direto nos olhos, sério.

— Ah, meu Deus! — Minha mão livre vai diretamente para minha boca. — Sério?

De repente, Dwight solta uma gargalhada.

— Carter! Sério que você acha que alguém vai acreditar nisso?

— Bem, *ela* acaba de acreditar — Carter se defende, rindo. Então, me olha novamente. — Enganei você por um minuto, não foi?

Como não tenho certeza se devo franzir o cenho ou rir, faço uma mistura estranha de ambos.

— O que aconteceu com sua blusa? — Andy me pergunta, só agora notando a mancha molhada.

— Derrubei minha bebida.

— Alguém é desajeitada — ele diz, rindo. Mas não fala de um jeito maldoso, por isso, dou risada também.

— Só um pouco — admito, tímida.

— Então, Carter, esta é Madison. É amiga do Dwight. É do Maine. Vai para o terceiro ano como nós. — Andy se vira para mim. — Mais alguma coisa a acrescentar?

*Tenho muito o que acrescentar*, penso. Mas apenas sorrio e nego com a cabeça, como se fosse uma adolescente completamente normal, despreocupada, e essa não fosse minha primeira festa...

— Bem, eu sou Carter. Também sou amigo do Dwight. E, ah, sou daqui mesmo. Orlando, na verdade, mas nos mudamos para cá quando eu tinha uns três anos de idade.

— Ah, legal — digo. Passo o peso do corpo de um pé para o outro e sorrio.

— Vou pegar outra bebida — diz Dwight, desculpando-se.

Em um impulso, levanto um dedo para indicar "um minuto" para Andy e Carter, e digo para Dwight:

— Espere um segundo... vou com você. — Apesar do fato de não ter intenção alguma de pegar uma bebida.

Ele não para, mas consigo alcançá-lo.

— Está tudo bem? — pergunto, nervosa.

Ele se vira para mim:

— O que Bryce estava falando com você?

Dou de ombros.

— Nada demais, acho.

— *Nada demais*. — Olho para Dwight, e ele está erguendo uma sobrancelha para mim, como um lado de sua boca curvado mais alto do que o outro, formando meio um sorriso, meio uma careta. — Se importa em ser mais específica?

Dou de ombros de novo.

— Bem, nós só... conversamos.

— Sobre...?

— Por que isso importa?

Acho que estou ficando um pouco mal-humorada, porque Dwight levanta as mãos, mostrando-me as palmas, como se estivesse se rendendo.

— Estou curioso, só isso. Bryce Higgins não tem exatamente, ah... a melhor reputação no que se refere a garotas.

— Hã?

Dwight dá de ombros.

— Não sei se é verdade... só sei o que ouvi. Rumores. Você sabe, a fofoca normal de colégio que corre por aí. É só que ele não é o cara mais *gentil* daqui, pelo que ouvi. Posso estar errado, mas cuidado nunca é demais.

— Que diferença isso faz? Eu só estava conversando com ele.

Dwight faz um barulho parecido com um grunhido, mas também pode ser um suspiro; é alguma coisa estranha entre os dois. Com isso e com o olhar que ele me dá — as sobrancelhas erguidas e a expressão compassiva —, fico com a impressão que ele não acha que Bryce é o tipo de cara que "só conversa".

Talvez não seja. O que eu sei sobre rapazes? E, por falar nisso, o que sei sobre Bryce? Alguns minutos conversando com ele me tornam especialista no tipo de pessoa que ele realmente é?

— Cuidado — Dwight diz de repente, estendendo o braço para me deter. Vou com o corpo para frente, derrubando o copo que ainda estou segurando, e o conteúdo cai nos meus pés e sandálias.

— Droga — murmuro, baixinho. Ótimo. Agora definitivamente vou feder a bebida quando voltar para casa. Espero que minha blusa e sapatos não tenham estragado.

*Uau. Nunca pensei que me pegaria pensando algo assim.*

Deixo aquele pensamento de lado, no entanto, e me volto para Dwight.

— Por que você me parou?

Ele aponta na direção do chão.

— Água-viva.

Olho para baixo e, com razão, há uma água-viva morta na areia. Acredito ser a que os garotos que estavam com Bryce olhavam antes. Me pergunto, por um instante, se ela estava viva quando eles a encontraram, e se não fizeram nada para ajudá-la.

As pessoas fazem isso de vez em quando. Não pensam nas consequências. E por que deveriam? Estão se divertindo. De vez em quando, não percebem que alguém está com problemas até que seja tarde demais.

Observo a água-viva morta, coberta de areia, um segundo mais antes de contorná-la. Dwight volta a andar ao meu lado e me conta um pouco sobre seus amigos, me fazendo rir e sorrir. E, enquanto estou rindo, sorrindo e conversando, é quase como se a antiga Madison jamais tivesse existido.

# 6

*NÃO JULGUE UM LIVRO PELA CAPA.*

Todos fazemos isso, acho. Você vira o nariz para o gato sarnento na lixeira, ou imagina que aquele cara com terno Prada, Rolex e um celular de última geração é algum homem de negócio esnobe que se acha melhor que você.

As pessoas sabem que não devem julgar um livro pela capa. Ao mesmo tempo, falam sobre a importância de causar uma primeira boa impressão.

É por isso que passo quase o fim de semana todo tentando decidir o que vestir no primeiro dia de aula. O subúrbio aqui é mais povoado por gente de classe alta do que de classe média: casas grandes, gramados impecáveis na frente e carros reluzentes na rua. Tenho a sensação de que muitos jovens por aqui são ricos. Porém, o colégio Midsommer é uma escola pública.

Eu meio que gostaria que fosse um daqueles colégios que fazem você usar uniforme. Sabe, aqueles que você precisa pagar e que os professores de ciência são todos "doutores" ou "mestres". Pelo menos, eu não teria de me preocupar com que porcaria vestir, era só colocar o uniforme.

Nunca me preocupei antes. Quero dizer, teve um ano em que tentei, depois de perder todo aquele peso. Fiz um esforço para parecer bem, para mostrar para todo mundo que eu não era mais a Maddie Gorducha. Não é preciso dizer que não deu certo — ninguém notou, ou, se as pessoas notaram, não se importaram.

Na segunda-feira de manhã, levanto uma hora e meia antes da aula para poder arrumar o cabelo e passar um pouco de maquiagem, deixando bastante tempo para decidir o que vestir.

Está calor lá fora, e úmido. O que as garotas vão usar? E se eu estiver chique demais? E se eu não estiver chique? E se, e se, e se?

Minha mãe bate na porta e coloca a cabeça para dentro.

— Acordou cedo — diz, e coloca uma caneca de chá de ervas na minha mesinha de cabeceira.

— Não tenho nada para usar! — exclamo, frustrada, puxando as pontas do cabelo.

Ela olha as roupas que atirei novamente dentro do guarda-roupa, vê a pilha de "talvez" espalhada na cama... e dá uma gargalhada.

Ranjo os dentes. Ela não está ajudando!

Então, ela me diz:

— Nunca achei que fosse ouvi-la dizer isso, Madison. — Mas ela parece quase... bem, ela parece praticamente *orgulhosa*.

Eu simplesmente bufo e volto para o guarda-roupa. Certamente há algo ali que seja perfeito. Tem de haver. Algo casual, mas que fique bonito.

— Vou deixar você em paz — diz minha mãe, afastando-se da catástrofe que é meu quarto. — Vou sair para o trabalho em um minuto. Faça o favor de arrumar isso tudo antes de sair.

— Sim, mãe — digo, irritada.

Antes de ir embora, no entanto, ela me dá um beijo no rosto e aperta meu ombro.

— Você vai se sair bem, Dice. Não se preocupe. Você é forte.

Sorrio, mas é um sorriso meio triste.

— Obrigada, mãe.

Dice é meu apelido desde pequena. Eu não conseguia pronunciar meu nome, além da parte do meio, que saía como "Dice". Ainda que embaraçoso, o nome pegou.

Estou trinta e seis minutos adiantada.

Meu pai me deixa na escola, porque ainda não sei o caminho — eu poderia me perder e chegar atrasada no primeiro dia.

Entretanto, fico realmente surpresa quando vejo a hora no celular e descubro que estou muito adiantada. O portão da entrada principal está aberto, mas, conforme entro pela porta da frente, não há ninguém por perto.

Há um pátio em um dos lados, com várias mesas de piquenique de madeira pintadas de preto. Do outro lado, fica o estacionamento. Tem alguns carros ali, mas acho que a maioria é de professores.

O cascalho do caminho principal é irregular, e cambaleio nos saltos pretos de cinco centímetros. Não são excessivamente chiques ou altos, mas não costumo andar de salto. Nem mesmo com os menores. É mais difícil do que imaginava.

No fim, optei por uma calça com a barra desfiada e uma regata branca. Estou usando uma echarpe rosa delicada também, só para acrescentar algo ao visual. Imaginei que, se parecesse muito elegante, eu poderia tirá-la.

Estou pensando demais nisso — eu sei, eu sei.

Mas estou assustada.

E, quando se está assustada do jeito que estou, é difícil não ficar paranoica com os mínimos detalhes.

Tenho um fone de ouvido na orelha esquerda e meu iPod no bolso. Posso estar muito mais feliz e mais confiante aqui do que jamais estive em Pineford, mesmo assim, estou insegura demais para sair sem meu "cobertor de segurança".

Em Pineford, eu costumava usar fones de ouvido o tempo todo, até mesmo durante as aulas. Não ficava necessariamente ouvindo música, mas aquilo me fazia sentir um pouco melhor. Quando estava com a música ligada, podia me desligar do resto do mundo, ignorando os comentários zombeteiros e brincalhões que eram feitos ao meu respeito, quando as pessoas passavam me empurrando de propósito.

Estou determinada a não usar o fone o tempo todo aqui mas, neste momento, preciso dele. Pelo menos, durante esta manhã.

Deixo que a guitarra, o baixo, a bateria e o vocalista tomem conta do meu ouvido. A música disfarça o quão rápido e alto meu coração bate.

Nem percebo o carro que chegou, até que a buzina toque.

Sobressaltada, tiro o fone e viro a cabeça. Mal notei que estava caminhando no meio da rua — só estava tentando ficar em pé naqueles malditos saltos.

— Sua mãe nunca te falou que precisa olhar para os dois lados antes de cruzar a rua?

Que sorte a minha. É Bryce.

— Sim — digo, porque ele está esperando uma resposta. — Aonde quer chegar com isso? — Por dentro, estremeço automaticamente diante da minha resposta sarcástica. Por que tenho de ser tão direta? Eu gostaria de conseguir agir de um jeito descolado apenas uma vez na vida.

Porém, Bryce ri, ainda inclinado para fora da janela. Dou uma olhada em seu carro. É prateado, e muito reluzente. É um Lexus conversível, e parece que custa muito dinheiro — mas a ferrugem no para-choque dianteiro e os riscos que noto na porta me fazem pensar que é de segunda mão.

— Você chegou cedo — diz, depois de uma longa pausa de nós dois.

Fico parada ali, sem jeito, uma mão segurando a mochila no ombro, a outra segurando o fone de ouvido. Sinto que começo a ficar ruborizada e tento lutar contra isso — embora meu coração esteja batendo de maneira errática. Respondo:

— Acho que sim, mas parece que não sou a única.

Bryce se vira no assento do carro, olhando para trás, e fico surpresa por constatar que talvez ele não seja muito esperto.

Ou talvez esteja só tentando ser engraçado.

De todo modo, falo:

— Eu estava falando de você.

— Sim, estou um pouco adiantado... — Ele ri, parecendo tímido e olha para mim novamente. Ele é meio que adorável, penso distraída. — Mas, ei, pelo menos agora posso mostrar a escola para você!

— Ah...

*Vamos lá, diga sim! Ele está interessado! Caras como ele não falam com garotas como você a menos que estejam interessados! Diga sim!*

Sorrio.

— Sim, claro, será ótimo! — falo tão rápido que ele parece confuso por um momento, tentando decifrar o que eu disse. Mordo minhas bochechas, irritada.

— Ótimo. Encontro você na escadaria da frente da escola, então. Pode ser?

— Ok. — Saio da rua para que ele possa passar com o carro e, assim que ele se vai, continuo na direção da porta do colégio.

O colégio Midsommer é um grande edifício de tijolos à vista, com quatro andares. Li no site da escola que foi construído em meados do século XIX. Degraus de pedra cinzenta levam até imensas portas de madeira com grandes maçanetas ornamentadas de ferro escuro. As janelas brilham nas primeiras luzes da manhã. É bem impressionante — e muito intimidador.

Não ando rápido, já que não sinto segurança em caminhar naquele cascalho solto de salto. Cheguei aos pés dos degraus e Bryce apareceu de repente ao meu lado.

— O que você está escutando? — ele pergunta enquanto caminhamos. Antes que eu possa responder, ele pega o fone de ouvido que não estou usando. Tento recuperá-lo, mas é tarde demais, ele já reconheceu a música.

— Jessie J?

— Era My Chemical Romance — murmuro. Mais alto, digo, com sinceridade: — Minha irmã comprou o álbum, e ela... — Antes que possa terminar, dizendo que ela pegou meu iPod e achou que eu gostaria das canções, Bryce me interrompe.

— Não tem nada de errado com um pouco de música pop, Garota Solitária. — Ele me dá um sorriso iluminado, que provavelmente faz com que todas as garotas corram para ele. Certamente, fiz meu coração saltar.

— Claro — respondo, sarcástica. — Diga isso para quem foi transferida do Maine.

Ele ri novamente, percebendo como música "pop" é um termo engraçado.

— Popzinha. Acho que gosto mais do que Garota Solitária. Você sabe que ainda não me disse seu nome.

— Eu sei.

Sinto, mais do que vejo, que ele olha para mim. De canto de olho, vejo que sorri para mim, o divertimento brilhando em seus grandes olhos castanhos.

Eu realmente me sinto meio... meio que *descolada*. Quase flertando. Como alguém que saberia conversar com um cara tipo Bryce, o sr. Popular.

Paro de olhar para meus pés que me levam inseguros pelos degraus e me viro para sorrir para ele; abro a boca para dizer alguma coisa quando...

Ploft.

Gemo.

— Ai...

Eu sabia que deveria ter usado um sapato baixo. Malditos saltos.

Levanto o rosto e verifico meu nariz, em busca de sangue. Não preciso de um nariz quebrado hoje!

As mãos de Bryce estão em mim — nas minhas costas e no meu cotovelo — ajudando-me a ficar em pé novamente.

— Você está bem?

— Fora me sentir humilhada — dou uma risada, trêmula, ainda mexendo no nariz dolorido —, acho que sim...

— Tem certeza?

— Não.

Digo isso de maneira tão direta, que nós dois caímos na risada. Vejo sinais das covinhas dele mais uma vez. Percebo que ele ainda está me segurando — só que agora não há motivo para isso, e olho para sua mão no meu cotovelo. Ele deve ter percebido a indireta, mas não se afasta nem tira a mão.

Bryce me leva até a secretaria, dizendo que todos vão receber seus horários daquele ano nas salas de aula.

Há uma mulher de meia-idade bebericando café e folheando uma papelada atrás da mesa da qual nos aproximamos.

— Oi, sra. Willis — Bryce diz de maneira agradável.

Ela levanta os olhos, surpresa, e então sorri.

— Oi, Bryce. Como foi seu verão?

— Nada mal — ele responde, educadamente. — Esta é, hmmm... uma aluna nova. Transferida do Maine?

— Madison — digo baixinho para a senhora, quando ela olha para mim. — Madison Clarke.

— Ah, sim, eu sei! Volto em um minuto — ela fala, sorrindo de maneira encorajadora. Acho que devo parecer um pouco tímida, ou nervosa. — Só tenho de encontrar sua transferência e garantir que tudo esteja em ordem.

— Ok — respondo. Ela entra no escritório e remexe em alguns arquivos, abrindo e fechando as gavetas ruidosamente.

— Então... — Bryce se encosta na mesa e vira o corpo, erguendo as sobrancelhas para mim. — Madison Clarke.

— Sim.

Ele me encara por um instante, e afasto o olhar e passo um dedo pela borda brilhante da mesa.

— Acho que ficarei com Popzinha — Bryce me diz, e olho novamente para ele. — É fofo.

— Como preferir — respondo, dando de ombros, mas meu coração faz uma coisa estranha em meu peito, e contenho um sorriso ao pensar que tenho um apelido. Não um apelido depreciativo. É, como Bryce disse, meio que fofo.

— Você parece ser bastante amigo da secretária — continuo, apontando na direção do escritório cheio de arquivos.

Ele ri, timidamente, e muda ligeiramente de postura.

— Sim...

— Se importa em ser mais específico?

Ele ri mais uma vez.

— Meu padrasto é diretor da escola. Que tal isso como conexão familiar?

— Ah, acho que os professores não dão muitas detenções para você, então.

Bryce ri mais alto desta vez, balançando a cabeça.

— Quem me dera! Não, meu padrasto não gostaria de nenhum tipo de tratamento especial.

— Ah, certo — concluo, desajeitada, sem saber que tipo de resposta eu deveria dar.

— Tudo bem! Aqui está, Madison. — A sra. Willis reaparece com alguns papéis organizados em uma pilha para mim. Ela grampeia dois deles antes de colocá-los novamente na pilha e empurrá-los pelo balcão. — Então, aqui está seu horário de aulas... e um mapa da escola. Aqui está uma lista de todas as atividades extracurriculares, caso esteja interessada, e as regras da escola... e a combinação do seu armário.

— Ok.

— Bryce, você pode mostrar a escola para Madison? Ou pelo menos levá-la até a classe? — a sra. Willis pede. Para mim, ela acrescenta: — Tenho certeza de que você fará amigos sem problemas, e alguém poderá mostrar onde fica a aula seguinte, se você precisar de ajuda.

Concordo com a cabeça, mas me sinto um pouco em dúvida em relação à parte do "fazer amigos sem problemas".

Olho para meu horário, só para ver que aulas me foram designadas: Artes e Fotografia, Álgebra II, Francês, Literatura Inglesa, curso preparatório de História Mundial, Educação Física, Biologia e...

— Ah, droga — sussurro.

— O que foi? — pergunta Bryce.

— Tem algo errado? — a sra. Willis se volta para mim, curiosa.

— Sim, tenho um pequeno problema... — Coloco meus horários na mesa e viro a folha para que ela possa ver. — Curso preparatório de Física.

— Sim — ela disse, assentindo. — Sua transferência dizia...

— Não, a senhora não entende — eu a interrompo. Posso sentir o pânico que começa a se instalar na boca do meu estômago. — Não curso Física. Eu mal consegui um B no ano passado. Não posso fazer o curso preparatório de Física.

A secretária franze o cenho, e então diz:

— Dois minutos... Vou ver se há vaga em qualquer outra aula neste horário.

— Vai dar tudo certo — Bryce me diz. — É provável que encontrem algo no qual possam encaixar você, não se preocupe.

Mordisco meu lábio inferior. Não posso estudar Física — muito menos fazer o curso preparatório de Física. Vou ser reprovada, com certeza. Não sou a pessoa mais inteligente, mas prometi a mim mesma que iria me esforçar. O problema é que não acho que consiga passar no curso preparatório de Física, independentemente do esforço que eu fizer.

Se Bryce diz qualquer outra coisa para me confortar, não escuto, por causa do sangue que corre rápido em meus ouvidos. Não ouço nada até a secretária limpar a garganta. Mas é um tipo horrível de pigarro, como se estivesse se preparando para dar más notícias.

— Sinto muito, Madison, parece que houve uma confusão na sua transferência. As únicas outras aulas que você poderia fazer neste horário são os cursos preparatórios de Trigonometria e História Norte-Americana, mas você já está fazendo História e...

— Tirei C em Trigonometria.

— Bem, sinto muito, Madison, mas não há nada que eu possa fazer por você sem refazer todos os horários de aula, e muitas disciplinas já estão lotadas... Posso conseguir arrumar alguma coisa no próximo semestre, mas, até lá, não sei se seria bom você mudar...

Quero hiperventilar, surtar e insistir que ela refaça meu horário de aulas de algum modo que eu não tenha de frequentar o curso preparatório de Física (ou de Trigonometria), não importa o tempo que leve ou quão ocupada ela esteja, mas não faço nada disso.

Em vez disso, respiro fundo, sorrio educadamente e digo:

— Está tudo bem. Obrigada mesmo assim.

Começo a me afastar e, no momento seguinte, Bryce está ao meu lado.

— Maldição — diz ele. — Isso é um porre.

— Hmmm. Tanto faz. Não há muito o que eu possa fazer a respeito disso agora, então, não adianta criar confusão.

Bryce dá uma gargalhada.

— Você é uma pessoa muito estranha, sabia?

— Isso é ruim?

Ele para de andar, o que me faz parar também. Ele me analisa por um longo momento, apenas olhando para mim com um sorrisinho brincando em seus lábios que quase começa a mostrar suas covinhas. Fico parada ali, olhando-o nos olhos, como se fosse destemida, confiante e não estivesse enlouquecendo internamente por causa do curso preparatório de Física.

— Não — ele diz. — Definitivamente, não é uma coisa ruim.

# 7

A ESCOLA PARECE FICAR LOTADA BEM RÁPIDO, com hordas de alunos atravessando as portas e os longos corredores. Bryce e eu ainda não chegamos ao meu armário. Outros garotos enchem os corredores rapidamente; o som da conversa animada e das risadas ressoa nas paredes. Armários são abertos, mas a maioria simplesmente se recosta neles e conversa com os amigos.

É o tipo de cena que eu via todos os anos. Todos animados para rever os colegas, conversar e trocar histórias, risadas e brincadeiras. E, todos os anos, eu ficava parada ao lado do meu armário, vendo a lista de músicas do meu iPod, tentando parecer ocupada, intencionalmente alheia a tudo o que ocorria ao meu redor.

Agora, no entanto, estou sem os fones de ouvido, e com alguém que quer conversar comigo. Sinto-me perdida. E um pouco claustrofóbica.

Não posso evitar: diante da visão familiar de um corredor cheio de armários e alunos no primeiro dia de aula, fico paralisada. Embora esteja em um estado completamente diferente, a cena é dura demais. Lembro do meu primeiro dia de aula no Maine, depois que Jenna saiu da escola.

Eu estava atrasada. E tão nervosa com o primeiro dia, sem minha irmã mais velha para cuidar de mim, que me esconderia no banheiro, trancada em um dos cubículos reservados. Não me importava em receber uma anotação pelo atraso, eu só queria evitar as pessoas. Não tinha dado certo.

Fui empurrada contra meu armário, um cotovelo acertando minhas costas.

— Preste atenção — disse o garoto que me atingiu. Eu não deveria ter dito nada. Eu não pretendia dizer nada em voz alta, mas murmurei:

— Você podia ter dado a volta, assim não precisaria passar por cima de mim.

Infelizmente, eles me ouviram. Algumas garotas começaram a dar risadinhas. Não me importava quem era o garoto, porque eram todos iguais. Vi de relance a jaqueta com o emblema do colégio, o que indicava que ele era um atleta. Claro que era.

— Dar a volta? — ele repetiu, rindo de um jeito que fez meu estômago se apertar. Fiquei feliz por não ter tomado café da manhã, porque assim não tinha nada para vomitar. — É bem difícil fazer isso quando você ocupa o corredor inteiro, Maddie Gorducha.

Meu rosto quase pegou fogo, mas mantive o olhar fixo no armário, respirando pausadamente. Eu não deixaria que vissem o quanto me afetavam. Não mesmo. Era isso que os estimulava — lágrimas não me ajudariam agora, e certamente não causariam pena em ninguém.

— Oinc, oinc — ele fez, imitando um porco.

Eu me encolhi e fechei as mãos com força. O único fone de ouvido que eu usava não era o bastante para abafar o som deles, imitando porcos e rindo de mim, tentando conseguir algum tipo de reação. Quando viram que eu não ia irromper em lágrimas, desistiram e se afastaram. Ombros e cotovelos me acertaram nas costas, e um deles colocou o pé diante de mim, para que eu tropeçasse e fosse direto de encontro ao meu armário. Eu estava prestes a hiperventilar. Tudo o que eu queria era correr para o banheiro, ou talvez para casa. Mas não fiz nada disso. Peguei alguns livros que tinha deixado guardados durante o verão, fechei a porta do armário, e coloquei o outro fone de ouvido, aumentando o volume do meu iPod.

Agora, estou morrendo de vontade de correr para o banheiro, ou talvez até mesmo para casa.

Não vou fazer isso.

Respiro fundo, e sigo ao lado de Bryce, que cumprimenta as pessoas e nem mesmo percebe que fiquei um pouco para trás.

— Bryce! Ei, cara, como foi o verão?

— Oi, Bryce!

— Ei, Bryce!

Espero que ele me deixe de lado e comece a conversar com essas pessoas, mas tudo o que ele faz é cumprimentá-las com a cabeça e dizer oi de volta, falando que mais tarde conversariam. Ele para diante do que presumo ser meu armário. Já que não tenho nada para colocar lá dentro, não me incomodo em abri-lo.

O sinal toca e a multidão de alunos começa a se dispersar para as classes.

Bryce olha para meu horário e diz:

— Suba as escadas e pegue o corredor à esquerda. Sala 27B.

— Hmmm, ok...

— Você não parece ter muita certeza. — Ele ri.

— Não tenho.

— Quer que eu acompanhe você? — ele oferece.

— N-não — gaguejo, e então alguém tromba em mim, me fazendo perde o equilíbrio, e me chocar contra os armários. Eu engulo em seco. — Não — repito. — Está tudo bem.

Bryce segura meu braço.

— Venha, eu acompanho você.

Deixo que ele me guie até a escadaria no final do corredor. A multidão diminui conforme subimos as escadas e entramos à esquerda; ele para quando chegamos na 27B.

— Aqui está.

— Obrigada — digo, uma onda de alívio se espalhando em mim. — Sério, eu fico muito agradecida.

— Sem problema. Ei, eu... hmmm... vejo você por aí mais tarde, ok?

Ele me dá outro sorriso, e me pego sorrindo de volta.

— Claro. Sim. Obrigada mais uma vez.

— Estou à disposição sempre que precisar, Popzinha. — Há riso em sua voz quando ele diz isso, e então ele volta pelo mesmo caminho pelo qual viemos.

Quando me viro para vê-lo partir — embora não tenha certeza de por que faço isso — descubro que há uma garota parada bem atrás de mim.

A primeira coisa que penso é como ela é intimidadora. Isso está em sua postura — uma mão com as unhas perfeitamente pintadas no quadril e a outra solta graciosamente ao lado do corpo, com o quadril inclinado de lado, a cabeça erguida — e no jeito como ela olha. De algum modo, essa garota consegue fazer com que um jeans com a barra cortada e uma regata branca simples pareçam algo saído de uma revista de moda; eu pareço mais como se estivesse relaxando em casa.

Meu segundo pensamento é como ela é bonita — o tipo de beleza do qual as garotas têm inveja, embora a queiram como amiga. Ela tem a pele negra e grandes olhos castanhos, e o rosto é suave e redondo, o que faz com que pareça uma boneca. Uma vibração me faz perceber que, quem quer que seja, ela é popular.

— Como você conhece Bryce? — Até seu tom de voz soa com a arrogância da elite.

— Ah... eu, hmmm, eu o conheci... na festa na praia... — gaguejo e engulo em seco.

Não sei dizer se ela está zangada por eu conversar com Bryce, ou se está apenas curiosa.

— Você é nova, né? — Agora, sua voz é mais suave, mais amigável.

Confirmo com a cabeça, e engulo o nó de ansiedade que sobe pela minha garganta.

Então, o inesperado acontece: seu rosto se ilumina em um largo sorriso e ela diz:

— Sou Tiffany.

— Madison.

— De onde você é?

— Maine. Mudei para cá no verão.

— Legal.

— Na verdade, não é, não — digo. — Não sei por que todo mundo pensa isso.

Ela ri, e joga o cabelo por sobre o ombro antes de pegar sua mochila. Acho que é uma mochila de marca. Tento ver o fecho de metal na frente — tenho quase certeza de que é uma Gucci.

Tiffany percebe que estou olhando, e sorri mais uma vez, virando a mochila para que eu possa vê-la melhor.

— Gostou? Ganhei em Milão, em julho. É verdadeira, antes que pergunte. Um presente de aniversário atrasado da minha tia.

— Não duvido que seja — digo com honestidade. Eu não ficaria surpresa se tudo nela, dos brincos ao jeans, fosse caro e de marca. Ela aponta com a cabeça na minha direção.

— Gostei do piercing. É fofo. Em especial, com seu cabelo. É, tipo, tão punk rock. Muito chique.

— Ah — dou um sorriso largo, lisonjeada por seu elogio. E também aliviada pelo fato de o piercing no nariz e o corte de cabelo terem valido a pena. — Obrigada.

De repente, ouvimos alguém limpando a garganta, e olhamos ao redor para ver uma professora parada com os braços cruzados e as sobrancelhas grisalhas erguidas para nós.

— Estão planejando entrar na sala de aula em algum momento hoje, senhoritas?

— Esta é Madison — diz Tiffany, com uma voz animada e feliz, segurando meu braço como se fôssemos velhas amigas. — Ela é nova.

— Ah, entendo. Bem, Madison — a professora se dirige para mim —, não vamos causar uma má impressão no primeiro dia cabulando as aulas, vamos?

— Desculpe — digo baixinho, abaixando um pouco a cabeça. Nunca me meti em encrencas em Pineford. Mas é claro que, na verdade, eu nunca fazia absolutamente nada naquele lugar. Eu não queria tornar um hábito irritar os professores este ano, mesmo que eu fosse a nova Madison.

A classe está repleta de conversas animadas, que diminuem levemente quando entro com Tiffany logo atrás de mim. Não é a pausa horrível e significativa que eu esperava. Ninguém encarando, nenhum comentário sussurrado ou zombarias. Só uma pausa na conversa: pessoas me olhando e imaginando quem eu sou. A coisa que mais odeio é quando olham para mim — faz com que meu coração bata contra minhas costelas de um modo doentio. Mas, então, a conversa retorna e não sou mais algo que chama a atenção.

— Tiff! Aqui! — uma garota chama, animada, e olho em sua direção para vê-la puxando uma carteira no meio da classe. Tem mais um lugar vazio na frente daquele.

— Vem... — Tiffany passa por mim, acenando. Ela se senta graciosamente na carteira puxada para ela, perto da garota loira. Eu a sigo, mas devagar, hesitante. Minhas pernas estão trêmulas, e parecem instáveis. Definitivamente, os saltos não me ajudaram em nada até agora.

— Esta — Tiffany anuncia, a voz alta e clara o bastante para alcançar toda a classe, mesmo que só esteja falando com a garota loira — é a Madison. Madison, está é a Melissa.

— Ah, oi — digo, e lhe dou um sorriso.

Melissa tem cachos perfeitos e a pele beijada pelo sol, e está vestida quase tão bem quanto Tiffany. Sinto uma certa inveja por elas fazerem aquelas roupas casuais parecerem tão... *uau*.

Ela me olha de cima a baixo, e posso ver que está analisando cada detalhe. De repente, fico superconsciente da mancha de lama no meu sapato, e me sento na carteira diante de Tiffany, mas ainda encarando as duas.

— Oi — diz Melissa. — Bem-vinda ao colégio Midsommer. O lar dos Hounds.

— Certo, todo mundo — diz a professora. Eu me viro em meu assento. — Estou com os horários de vocês aqui. Distribua isso — ela diz para o garoto sentado mais perto dela, entregando-lhe uma pilha de papéis.

O garoto suspira e se levanta para entregar os horários de todos. Imediatamente, as pessoas começam a comparar, seja reclamando dos professores ou suspirando de alívio ao verem que seus horários estão ok.

*Sorte para alguns.*

Fico sentada ali até que o sinal marca o final da aula, perguntando-me exatamente como acabei sentada na classe com aquelas que devem ser as duas garotas mais populares da escola, com o curso preparatório de Física na minha grade de horário.

Não consigo decidir se a vida da nova Madison vai ser um saco ou se será realmente incrível.

# 8

Consigo sobreviver a manhã inteira sem passar nenhuma vergonha, pelo menos.

Quando vou para a aula de Arte e Fotografia, a terceira do dia, vejo uma figura familiar com cabelos castanhos despenteados e uma sobrancelha e meia em meio ao círculo de cavaletes e mesas arrumadas com vasos de flores ou travessas de frutas, prontas para um desenho de natureza morta.

— Carter! — Sigo pela sala de aula na direção dele. No meio do caminho, trombo com uma mesa com uma travessa de madeira que tem duas maçãs e algumas uvas. Dou um pulo, tentando manter o equilíbrio, e consigo salvar a mesa e uma maçã. O resto cai no chão.

— Desculpe — murmuro e abaixo a cabeça. Mas, é claro, não tenho mais a longa cortina de cabelos atrás da qual me esconder. Sinto-me tão exposta: todos os que já estão na classe olham para a estranha garota nova que simplesmente destruiu uma cena.

Ouço uma cadeira se arrastar no chão e passos na minha direção enquanto pego as uvas. A pessoa se ajoelha para pegar a tigela e a outra maçã para mim.

— Você fez uma bela entrada — diz Carter.

— Quantas pessoas viram isso? — murmuro, balançando a cabeça para mim mesma, enquanto ele coloca a tigela na mesa e eu arrumo as uvas e a maçã.

— Basicamente, a classe toda. A senhorita Augustan ainda não chegou, então, acho que você está salva.

Pego as uvas, ajeitando-as para que o arranjo fique melhor, antes de seguir Carter até seu assento. Fico no cavalete ao lado do dele.

— Como está indo seu primeiro dia até agora? — ele me pergunta.

— Hmmm, ok, eu acho.

— Fez algum amigo?

— Acho que sim. Tem umas garotas na minha classe que parecem legais. Tiffany e Melissa? — digo os nomes delas como uma pergunta, porque quero que ele me fale algo sobre elas.

— Opa... espere. — Carter vira o corpo todo na minha direção. — Tiffany? Tipo, Tiffany Blanche?

— Hmmm, acho que sim... Cabelo escuro, bem bonita...

Paro de falar, porque Carter parece chocado. E levemente confuso. Não há outra maneira de descrever sua expressão: olhos arregalados, cenho franzido, boquiaberto, como se estivesse decidindo se deve ou não me dizer algo.

— Por quê? O que...

Antes que eu possa terminar a pergunta e que Carter possa dizer qualquer coisa sobre Tiffany, alguém bate palmas, e uma voz musical diz:

— Tudo bem, classe, acomodem-se, acomodem-se! Outro ano se inicia e espero grandes coisas de todos vocês!

A senhorita Augustan é alta e esbelta, com longos cabelos cacheados. Está usando jeans e uma camiseta branca manchada de tinta — suas roupas não parecem as de uma professora.

Ela olha ao redor com um grande sorriso, observando todo mundo, e para em mim.

— Você é nova, não é?

— Sim.

— Nome?

— Madison. Hmmm, quero dizer, Madison Clarke.

A senhorita Augustan assente.

— Você faz muita Arte? Fotografia? Photoshop?

— Na verdade, não. Mas acho que gostava das aulas na minha antiga escola.

— Já é bom o bastante para mim — ela diz, animada. — Bem-vinda à minha aula, Madison. Ok, todo mundo: vamos arrasar este ano. Coloquei tigelas de frutas e vasos diante de vocês. Pintem eles! Desenhem! Abstrato, guache, pastel, esferográfica... tudo junto! Como quiserem! Mas, no fim desta aula dupla, quero a intepretação de vocês de uma dessas duas cenas em suas telas!

Há um segundo de silêncio antes que a classe irrompa em conversas, e o barulho das canetas, lápis e tintas tome conta.

Olho para a pequena mesa diante do meu cavalete. Há uma paleta de tintas com cerca de doze cores, duas esferográficas pretas, lápis de desenho de tons variados, uns dois pincéis e um apagador. Meus dedos pairam sobre eles antes que eu escolha uma esferográfica.

Mas não quero começar a desenhar; giro a caneta entre meus dedos algumas vezes, e então me viro para olhar para Carter, que está desenhando uma curva verde com um giz pastel.

— Então — digo, marcadamente. — E quanto a Tiffany?

Carter suspira. Sua mão para, mas ele não se vira na minha direção.

— Tiffany Blanche — ele começa — é mais ou menos a Abelha Rainha da escola. Se estivesse no último ano, isso seria indiscutível. Ela é... — a boca dele se retorce como se estivesse achando difícil escolher as palavras certas. — Ela é... maldosa, mas na maior parte do tempo finge que é uma boa pessoa. Tipo, ela sorri para todo mundo no corredor, mas você sabe que é uma fachada. O que é a pior parte, porque então você se sente mal por odiá-la. Mas ela tem seu lugar na escola, e é onde gosta de ficar, assim como o restante deles. Como o restante de *nós* — ele corrige.

Sei o que ele quer dizer, e assinto. Mas então digo:

— Ela pareceu ser bem gentil quando falei com ela. Quero dizer... ela estava falando *comigo.*

— Então, agora você já tem seu lugar também — ele responde, sem ser indelicado. E me dá um pequeno sorriso para suavizar suas palavras. — Se ela estava conversando com você — ele prossegue —, então, sugiro que não converse comigo. Um dos *favoritos* dela pode ver você. — O tom de voz sinistro dele faz com que eu jogue a cabeça para trás e solte uma gargalhada. Mas ele simplesmente encara sua tela, desenhando lentamente uma maçã, sem um pingo de humor em sua expressão.

— Do que estamos falando? — pergunto, um pouco nervosa.

Carter dá de ombros.

— Você precisa que eu pegue o dicionário para ver a definição de "favorito", ou está ok com isso?

— Não — digo, franzindo o cenho, confusa. — Eu só... eu não entendo.

— O que há para entender? — ele diz. — Como eu disse, se quer ser amiga de Tiffany, pare de falar comigo.

— Mas *por quê?*

— Não acho que você realmente precise que eu responda isso, precisa? — Por fim, ele vira a cabeça, e a expressão em seu rosto ainda é séria, mas há algo triste nela também. Quase inspira piedade. — Você é uma garota esperta, Madison.

E, então, eu entendo: basicamente, Tiffany é a garota mais popular da escola, pelo jeito. Provavelmente, Carter não é o tipo de cara que fica com o pessoal popular. E, se eu quero estar no grupo dos populares, e com Tiffany, então não posso ficar perto de Carter.

Mas não conheço mais ninguém nesta aula, e não sei se algum dos amigos de Tiffany está aqui. E, de qualquer maneira, eu meio que gosto de Carter. Ele pareceu ser um cara legal quando conversei com ele na festa.

Assim, eu digo:

— Como exatamente você perdeu metade da sobrancelha?

Ele ri um pouco, mas ainda há pena em seus olhos quando balança a cabeça para mim.

— Meu primo de catorze anos tinha um maçarico e resolveu usá-lo no meu rosto.

— Ai, que dor! — respondo, e me volto para minha tarefa.

Depois de alguns minutos, Carter diz:

— Sabe, o incidente com o maçarico não é verdade.

Viro a cabeça lentamente e olho para ele, meus olhos se estreitando um pouco:

— Já caí nas suas histórias falsas duas vezes.

Há um sorrisinho no rosto dele, e ele ri para mim.

— Eu sei. Sou muito convincente.

— Em algum momento, você vai me contar a história verdadeira?

— Não.

— Por que não?

— Porque não é nem de longe tão legal quanto as outras histórias. Além disso, é muito engraçado quando alguém acredita nelas. Como aconteceu com você.

— Ha-ha-ha.

Começo a rir também, e nós dois só paramos quando a senhorita Augustan aparece de repente.

— Alguns podem dizer que o riso é a música da alma — ela nos diz —, mas não está ajudando na produtividade de vocês.

— Desculpe — murmuro.

— Hmmm — ela murmura, antes de se afastar para olhar o trabalho de outras pessoas.

Carter me olha de soslaio, no entanto, e mordo meu lábio com força. Ele ri, e eu me concentro no desenho que estou fazendo, tentando não gargalhar de novo. Não quero me meter em encrencas no meu primeiro dia. Cair de cara na escada diante de Bryce já foi ruim o bastante.

Quando deixo a aula, alguém grita:

— Madison!

Eu me viro e vejo Tiffany na outra extremidade do corredor, com algumas outras pessoas. Ela acena para mim com um sorriso, e eu hesito, insegura, mas sigo em sua direção.

Não tenho certeza do motivo pelo qual estou tão nervosa. Tiffany pareceu bem amigável na sala de aula. Minhas palmas estão suadas, e minhas mãos estão trêmulas, mas meu queixo está erguido, e coloco um tipo casual de sorriso no rosto, como se fosse totalmente confiante.

— Ei — digo, principalmente para Tiffany, já que não conheço os demais. Tem um cara alto e esguio, com cabelo preto espetado e expressão arrogante . Os outros dois rapazes têm cabelos escuros; um deles está com o braço ao redor de uma ruiva magra.

— Pessoal, esta é Madison — Tiffany anuncia, acenando na minha direção com a mão cujas unhas estão pintadas com francesinhas. Ver suas unhas perfeitas faz com que eu fique ciente das minhas unhas roídas, e curvo um pouco os dedos, constrangida.

— Madison, estes são Kyle, Adam, Marcus e Summer.

Ela aponta para cada um deles quando diz seus nomes. A ruiva é Summer, e o cara com o braço ao redor dela é Marcus. Kyle é o que tem cabelo preto e sorriso torto, e Adam é o outro. Percebo que Adam e Kyle usam jaquetas idênticas, com brasão — o que me diz imediatamente que são jogadores de futebol, ou alguma coisa do time da escola.

— Ei — todos dizem em um uníssono assustador.

— Oi — respondo, arrumando a bolsa a tiracolo.

Sou salva de uma pausa incômoda quando uma voz que já me é familiar diz:

— Ei, pessoal, aí estão vocês! Procurei por todo lado. — Então, ao se aproximar, ele acrescenta: — Ah, olhe só isso, Popzinha... já fazendo amigos.

# 9

— Oi, Bryce — diz Tiffany, jogando o cabelo para trás.

— Então, vocês já conheceram a Madison — Bryce comenta, acenando com a cabeça na minha direção.

— Sim — Summer responde. — Como você a conheceu?

— Nós nos encontramos na festa da praia — ele diz. — E aí?

Kyle responde:

— Nada de novo.

Tyfanny diz:

— Ann-Marie Thompson ficou com Jason Wills durante o verão, mesmo estando saindo com Sam. Como se ele nunca fosse descobrir. Eles terminaram — ela acrescentou, como um comentário tardio.

— Imagino que não conheçam ninguém que esteja fazendo o curso preparatório de Física, né? — pergunto, sem esperanças, porque sinto que devo contribuir com a conversa, e principalmente sentindo que seria bom conhecer *alguém* na aula.

Kyle e Tiffany riem.

— Sem chance — Kyle me diz. — Desculpe, Madison, acho que você vai ficar sozinha em um mar de nerds nessa aula.

O jeito com que ele diz "nerds" faz com que eu franza o cenho um pouco. Como se fosse algo ruim. Como se falasse de um jeito depreciativo.

— A pior coisa de estar em um mar de nerds é que vou me afogar — digo, em vez de perguntar qual o problema de ser nerd. Para mim, "nerd" sempre pareceu sinônimo de "inteligente".

Mas eles riem.

— Adorei o trocadilho — Adam fala, e o garoto silencioso, Marcus, concorda com a cabeça. Mesmo que quisesse verbalizar meus pensamentos para Kyle, o sinal toca, significando que o intervalo de dez minutos entre as aulas terminou.

Tiffany passa o braço pelo meu.

— Agora é Biologia, certo?

— Hmmm, sim. Certo — respondo. Para os demais, acrescento: — Tchau.

— Vejo vocês no almoço! — Tiffany exclama quando começamos a seguir por caminhos distintos.

Estamos na metade do corredor, quando ela suspira e diz:

— Então. *Bryce*. O que tem entre vocês dois?

— Oi?

— Você sabe... — Ela ri, e empurra meu ombro. — Vocês conversaram na festa, e ele acompanhou você até a classe hoje de manhã... E do que foi que ele chamou você?

Penso por um segundo:

— Popzinha?

— Sim, isso. Então, o que está rolando? Você *gosta* dele?

— O quê? Ah, não! Não, somos... somos só amigos. Quero dizer...

Paro de falar quando Tiffany ri mais uma vez. Ela diz:

— Tudo bem, vou perguntar desse jeito: você acha que ele é bonito? Vamos, seja honesta comigo.

— Bem... sim. Quero dizer, é claro que ele é bonito.

— Ele é o astro do time de futebol da escola, sabe — ela me informa. — Também está no time de futebol americano, mas futebol é o principal esporte aqui.

— Ah, ok. Bem, isso é bacana.

Mas, na minha mente, penso: *Dã. Com se eu não soubesse que ele era o sr. Fodão.*

— Ele, com certeza, vai acabar ganhando uma bolsa de estudos para jogar futebol também.

— Sério?

— Aham, é o que todo mundo diz. — Ela faz uma pausa. — E acho que ele está bem interessado em você.

Entramos em uma sala, que presumo ser nossa classe de Biologia, e parece que quase todo mundo já está ali, mas o professor ainda não começou a aula. Tiffany me leva até um banco no laboratório com dois espaços vagos, e sento perto de uma garota que está rabiscando no caderno. De canto de olho, vejo quando ela nos olha de relance, e se afasta um pouco para deixar mais espaço.

Dou uma gargalhada em resposta a Tiffany.

— Sim, certo. Eu mal conheço o cara. Ele não está interessado em mim.

Tiffany sorri como se guardasse um segredo que só ela conhece.

— Como queira, Madison, como queira.

Dou uma risada meio descuidada. Enquanto isso, minha mente corre, tentando processar tudo. Porque: a) Tiffany, uma das garotas mais populares da escola, parece ser minha amiga. E me apresentou para seus amigos, o que significa que b) eu realmente faço parte da panelinha da elite, o que é algo que jamais pensei que pudesse acontecer antes. Eu só queria fazer amigos para não ser miserável e solitária. Ser uma das garotas populares não fazia parte do plano.

E também tem a pequena questão que: c) Bryce, que pelo jeito é o sr. Popular e possivelmente pode ser considerado o cara mais bonito da escola, talvez esteja interessado em mim. Pelo menos, segundo Tiffany. E isso parece ser uma completa loucura para mim. Ele é areia demais para meu caminhãozinho, e não espero que esteja interessado em mim.

Eu gostaria que ele estivesse interessado, claro.

Mas não acho que esteja.

E, francamente, prefiro não ter esperanças.

Pelos próximos quarenta minutos, Tiffany me conta tudo e qualquer coisa sobre seus amigos. Ela, Summer e Melissa são amigas desde o ensino fundamental.

Marcus, que conheci mais cedo, é...

— O tipo forte, silencioso. E totalmente apaixonado por Summer. Eles já estão namorando há quinze meses, — é totalmente adorável — diz Tiffany.

O outro cara com quem costumam sair é Richard.

— Mas todos o chamam de Ricky.

O professor olha para nós antes de continuar comentando a apresentação em PowerPoint sobre a seleção natural, a que supostamente deveríamos estar anotando. As minhas anotações estão desconexas, e sei que perdi algumas partes enquanto ouvia o que Tiffany estava me contando.

Eu queria tentar me concentrar na aula, mas neste momento não me importo por não estar prestando atenção. Estou lisonjeada por Tiffany querer ser minha amiga — parece um caminho fácil e direto para o topo da hierarquia social do ensino médio. Não quero estragar tudo. E eles parecem ser gente boa, me acolhendo sem questionar. Além disso, não é como se eu pudesse me dar ao luxo de negar uma oferta de amizade. E sei melhor do que qualquer um que é melhor ficar ao lado dos garotos populares.

Assim que o professor se vira para a tela do projetor, Tiffany revira os olhos e continua, abaixando um pouco a voz:

— É claro que sempre saímos com os outros atletas... e com o restante da equipe, mas...

— Que equipe? — interrompo.

Ela ergue as sobrancelhas de leve.

— Ah, eu esqueci de mencionar? A equipe das líderes de torcida. Toda quinta-feira. O treinador conseguiu liberar as tardes.

— Ah — digo, assentindo. *Claro que são líderes de torcida.* — Posso arriscar um chute e falar que você é a principal entre as líderes de torcida?

Tiffany ri alto o bastante para fazer o professor se virar para nós.

— Senhorita Blanche, por favor. — Então, ele volta a dar sua aula.

— Infelizmente, não. Só alunas do último ano. Idem para a vice-líder de torcida. Mas tenho uma boa chance no ano que vem, o treinador me disse.

— Que legal.

Estou realmente feliz por Tiffany estar sendo simpática comigo, mas isso me deixa ansiosa. Tipo, e se eu fizer alguma coisa para estragar isso? Não sou a melhor pessoa no que se refere a habilidades sociais. Não posso me dar ao luxo de acabar com tudo.

Sei que as pessoas populares têm uma certa reputação: que são superficiais, vaidosas e egocêntricas. Mas sei que nem sempre é verdade — Jenna não era assim. Nem todo mundo se encaixa no perfil. Estou dando a essas pessoas o benefício da dúvida.

Ao sair do laboratório de Biologia, Tiffany me leva até ao refeitório. Há a agitação normal do pessoal querendo pegar a comida e arranjar um assento. Há duas filas, uma de cada lado: uma para salada e lanches, e a outra para comida quente — parece que o prato do dia é taco.

Tiffany segue para a fila dos lanches. Não fico surpresa que esta seja a fila menor. Também fico ali, mas não estou com fome — toda a ansiedade que se acumulou fez meu estômago ficar instável. Sei que deveria comer alguma coisa, já que estava nervosa demais no café da manhã. Então, quando chegamos ao balcão, pego um bolo de aveia e uma banana.

Tiffany, para minha completa surpresa, pega uma lata de refrigerante (não light), um sanduíche de bacon, alface e tomate, e uma barra de chocolate. Ela se vira para mim e diz:

— Não me diga que esse é seu almoço.

— Ah, sim.

— Sério? — Ela fica com os olhos arregalados enquanto confirmo com a cabeça.

— Bem, e quanto a você? — digo, acenando para o almoço dela. Eu pensava (e pode me acusar de estereótipo) que a futura capitã da equipe de líderes de torcida comeria, pelo menos no almoço, algo mais saudável.

— Ah, isso? — ela ri. — Isso não é nada. Sério, meu metabolismo é tão elevado que eu poderia comer um Big Mac todo dia no almoço, e manter a forma. Bem... com um pouco de exercícios. Mas, de toda forma, isso é totalmente controlável.

— Sortuda — digo. E falo isso com inveja, mas, se ela percebe, não deixa transparecer. Em vez disso, ri de bom humor. Começo a pensar que ela não é do tipo horrível e vaidoso de garota popular. Ela é legal.

— Summer! Marcus! — ela exclama, segurando a bandeja com uma mão e acenando para o outro lado da cantina com a outra.

Reconheço o cara que vi mais cedo — Kyle — se aproximando. Bryce se une a nós, juntamente com Melissa e outro garoto que ainda não conheço. Acho que é Richard — ou Ricky, suponho —, já que ele parece ser o único cara para quem ainda não fui apresentada.

Acompanho o grupo pela imensa cantina, sentindo-me a ovelha negra do rebanho. Sei que as pessoas estão olhando para mim. Odeio aquilo. Estou me coçando de vontade de pegar meu iPod, mas não quero que pensem que sou antissocial ou coisa do tipo.

Quando nos acomodamos em nossos assentos, fico na ponta, no lado oposto a Ricky e perto de Melissa e tenho a sensação de que esta hora de almoço vai ser bem longa. Brinco com a alça da minha mochila, e fico colocando uma mecha de cabelo atrás da orelha. Estou totalmente lisonjeada e mais do que animada de estar na "mesa mais legal" com a galera popular, praticamente um membro da elite. Mas não tenho ideia de como agir, do que fazer, do que dizer, e parece tão surreal. Um sonho. Não está certo.

Quero dizer, veja bem. Sou Maddie Gorducha. A garota pária, solitária e esquisitona de Pineford. Posso mudar minha aparência, mas, sério, coisas assim acontecem só nos filmes. Elas não acontecem *de verdade* na vida real.

Estou literalmente esperando que Ashton Kutcher[1] apareça de repente e diga que caí em uma pegadinha.

— Madison? — alguém diz enquanto como meu bolo de aveia.

Fico sobressaltada, percebendo que todos estavam conversando e eu não estava ouvindo.

— Ah? Desculpe... estava viajando.

— Teste para líder de torcida? Está a fim? — pergunta Tiffany.

— Vamos — incentiva Melissa. — Vai ser tão legal!

— Além disso — acrescenta Tiffany —, você é pequena. Aposto que seria bem fácil jogá-la no ar.

Dou uma bufada. É uma bufada de verdade, do tipo que ninguém jamais deveria ouvir você fazer. Mas não consigo evitar, de verdade. A ideia de virar líder de torcida... participar da panelinha popular já é ridículo o suficiente, mas participar dos testes para líder de torcida?

Até parece.

---

[1] N. da E.: Ashton Kutcher apresentou entre 2003 e 2007 um reality show de pegadinhas na MTV chamado Punk'd.

— Hmmm, não — digo, bruscamente, minha voz, sai sem expressão e inequívoca. — De jeito nenhum, vocês jamais vão conseguir que eu faça isso.

Há um momento de silêncio.

Bryce é o primeiro a quebrá-lo.

— Por que não? O que tem de errado em ser líder de torcida?

— Não disse que há algo de errado — respondo, cortando um pedaço do bolo de aveia e colocando-o na boca. — Só que não é para mim, só isso.

— Popzinha demais? — ele coloca uma ênfase provocativa na palavra *popzinha*, o que me faz conter um sorriso e me inclinar para frente para encará-lo do outro lado da mesa.

— Ha-ha-ha — respondo, levando o nível de sarcasmo ao máximo. — E, então, o que todo mundo vai fazer depois do almoço?

Digo isso para tirar o foco da conversa de cima de mim — e funciona.

Eu estava certa sobre ser uma longa hora de almoço. Estou tão nervosa e inquieta, que o tempo parece passar mais devagar. Cerca de quinze minutos antes do sinal tocar, começamos a recolher nossas coisas, pegando os restos do almoço e o lixo.

O que acontece a seguir é um borrão.

— Epa — Kyle diz em voz alta. Reconheço as duas pessoas com quem ele está falando em um segundo. — Da próxima vez, olhem por onde andam.

Estou parada ali, a boca aberta em um pequeno círculo, enquanto encaro Andy e Dwight. Andy tem algo molhado espalhado por todo o seu suéter verde — presumo que seja refrigerante de laranja da lata aberta que ele está segurando.

— Jesus, obrigado — Andy diz com sarcasmo, resmungando mais do que falando na cara de Kyle, e puxa seu suéter. — Idiota.

A maior parte do nosso pequeno grupo já se foi; estamos apenas Kyle, Adam e eu. Fico enraizada no lugar.

— Arrumem uma vida, perdedores — Kyle murmura, passando bem perto de Dwight de propósito, com Adam logo atrás dele.

— Arrumem algumas células para o cérebro — ouço Dwight responder baixinho.

Então, ele me olha. Não sei o que é, mas há algo em sua expressão que não gosto de ver — algo similar ao seu olhar na festa da praia, depois que falei com Bryce.

— Ah — gaguejo. — Eu... eu tenho de... tchau.

Saio correndo. Cresce uma sensação enjoada, retorcida no estômago; sei que deveria ter dito algo, feito algo, dito para Kyle calar a boca, ou pelo menos ter ficado e conversado com Dwight. Eu ainda não tinha me encontrado com ele desde a festa — não poderia, pelo menos, ter dito um "oi"?

Mas, não, eu só saio correndo atrás dos meus novos amigos, porque, de verdade, não sei o que fazer. E, pelos próximos quinze minutos, mais ou menos, até que o sinal toque, tudo o que consigo fazer é pensar no que deveria ter feito, e pensar naquela horrível expressão no rosto de Dwight.

# 10

O CURSO PREPARATÓRIO DE FÍSICA ACONTECE a três salas de distância de onde tive aula de Biologia mais cedo, então, é fácil de encontrar. Mesmo assim, acabo me atrasando, arrastando os pés, porque ainda estou relutante em frequentar o maldito curso. O sinal já tocou quando finalmente chego na porta da sala 31: Física — Dr. Anderson.

Paro por um instante, e engulo em seco lentamente. Meu professor não é só um sr. ou uma sra. Anderson. É *Dr.* Anderson. *Doutor.* Que vai me dar uma detenção pelo meu atraso... Ótimo. Detenção no primeiro dia, isso não vai ajudar em nada...

Respiro fundo e solto o ar com força enquanto empurro a porta.

Só que ela não abre.

Suspiro de novo, desta vez muito mais frustrada, e mexo na maçaneta, torcendo-a, e, finalmente, empurro a porta com o ombro. E, claro, quando faço isso, ela se abre com tudo. Típico.

O dia hoje está realmente cada vez *melhor*.

Entro na sala de supetão, segurando a maçaneta para não cair de cara no chão pela segunda vez. No súbito silêncio, meus saltos parecem irritantemente altos no piso laminado.

— Atrasada, como vemos — diz uma voz. E não parece nada feliz. — Senhorita... Clarke, não é?

— Hmmm... — Tiro meus dedos trêmulos da maçaneta. É estúpido, mas minhas mãos estão tremendo com a ideia de um professor estar bravo comigo. Eu posso não ter sido uma aluna modelo em Pineford, mas nunca recebi uma detenção! Droga!

— Hmmm, sim...

O professor parece um doutor, em vez de um senhor, acho. Seu cabelo é grosso e branco, e os óculos com aro prateado estão empoleirados no alto da cabeça. Ele tem um nariz ossudo e torto, e um longo jaleco branco de laboratório.

— Está atrasada, senhorita Clarke — ele repete.

— Desculpe — digo, e acrescento, em um tom mais baixo. — Mas ninguém nunca me disse que eu não sei fazer uma entrada...

Digo isso tão baixo que acho que ele não me ouviu, mas algumas pessoas na fila da frente, mais próximas de mim, dão uma risada, o que faz com que eu me sinta um pouco menos nervosa. No entanto, até o Dr. Anderson dá uma risada — ele deve ter a audição de um super-humano, ou algo do tipo.

— Hmmm, Dr. Anderson? — digo, me aproximando da mesa dele depois de fechar a porta atrás de mim. — Houve uma confusão na minha transferência... na verdade, eu não deveria estar nesta aula.

— Então, o que você está fazendo aqui?

— Aparentemente, não tem nenhuma outra aula para a qual possam me mudar.

— E quão boa você é em física, senhorita Clarke?

— Não muito. — Sorrio de um jeito inocente, só para deixar claro que não estou sendo modesta, sou perfeitamente sincera.

Dr. Anderson fecha os olhos, segurando o nariz como se estivesse com dor de cabeça.

— Alunos perfeitamente capazes e não conseguem colocá-los nesta aula... não é de estranhar, se ficam confundindo os horários. — Então diz, numa voz mais alta: — Tudo bem, senhorita Clarke, você terá de sorrir e suportar esta aula por enquanto.

— Não acho que exista muita chance de me mudarem — conto para ele, sentindo-me miserável.

Ele analisa a sala.

— Sr. Butler, por favor, abra espaço em sua mesa. Senhorita Clarke... — Ele acena para mim com a mão, para que eu vá me sentar.

E, com isso, de repente vejo Dwight levantar a cabeça. Ele não faz muito mais do que me olhar de relance.

— Mas não dá para...

— Sr. Butler. Mexa-se. — O professor olha novamente para mim. — Temo que você terá de se esforçar e tentar passar. Vou conversar com a secretaria no final do dia e ver se há algo que possam fazer, mas tenho certeza que o sr. Butler ali vai ajudá-la. Os piores costumam piorar, por isso, você vai ter de pensar em aulas extras ou em um tutor.

Então, o Dr. Anderson bate palmas.

— Agora, depois desta longa interrupção, vamos à *matéria* na mão... — ele ri com a própria piada.

Mas nem escuto o resto da "matéria na mão", pois estou ocupada demais indo até o assento designado para mim ao lado de Dwight. Ele finge nem me notar quando me sento no banco perto dele.

— Oi — digo, baixinho. Tenho de dizer alguma coisa, só para preencher aquele espaço vazio. O clima é incrivelmente tenso, e nem sei direito o porquê.

Ok, ok! Eu *sei* o porquê. Eu deveria ter dito alguma coisa para ele na hora do almoço em vez de balbuciar coisas incoerentes e sair correndo.

Mas dói: ele foi tão gentil e amigável comigo no outro dia! Agora, sequer responde meu cumprimento. Nem olha para mim, diga-se de passagem. Então, tento novamente:

— Dwight.

— Sabe, alguns de nós estão tentando aprender aqui. — Ele não parece aquele Dwight amigável e descontraído que conheci na cafeteria. Parece irritado. Não zangado ou mal-humorado; é mais como se eu fosse uma mosca zumbindo em seu ouvido.

— Desculpe — murmuro. E não tento falar com ele de novo.

É só quando o professor nos pede para discutir as respostas dos exercícios da página cento e oitenta do livro, que falo com ele de novo — e não sobre o exercício número dois. Dwight estende o braço para puxar o livro para mais perto e o abre na página indicada. Eu o observo por um instante antes de soltar a frase que tentei deixar perfeita nos últimos doze minutos:

— Então, o que foi? Agora você me odeia?

Vejo suas sobrancelhas se erguerem um pouco, mas ele não se vira para me olhar. Pelo menos, desta vez, responde.

— Certo, porque você estava sendo bem amigável mais cedo, não é? Apenas sendo minha *melhor amiga*.

— O que você esperava que eu fizesse?

É a única resposta que consigo dar, e sei que é péssima.

Mas não estou disposta a contar a verdade para ele e a me explicar. E como posso explicar que não soube o que fazer porque não sou boa perto das pessoas, que corri atrás daqueles que querem ser meus amigos porque não queria estragar minha chance de *ter* amigos de verdade? Não posso dizer isso para ele sem entregar a história da minha vida e parecer uma completa perdedora.

E sem chance de alguém descobrir sobre Maddie Gorducha. Não vou deixar isso acontecer.

Dwight dá de ombros em resposta à minha pergunta teórica.

— Pensei que você fosse melhor do que isso, Madison.

Não preciso perguntar do que ele está falando: ele achou que eu era melhor do que alguém que corria atrás das pessoas populares em vez de ficar para, pelo menos, dizer oi para ele e para Andy.

Mas a única resposta que consigo dar é:

— Bem, acho que nem todos podemos ser perfeitos, não é? Ou gênios da Física.

— Não espere que eu faça os trabalhos do semestre por você.

— Não pedi isso — replico. Mas estou menos zangada do que ferida por seu comentário. — Eu mal consegui um B em Física no ano passado. Desculpe se não consigo acompanhar seu cérebro privilegiado. Me processe.

— Nós preferimos o termo nerd, você sabe.

Lanço um olhar de lado para ele, e fico surpresa ao descobrir que ele está tentando conter um sorriso.

— Claro — digo. — Foi o que eu quis dizer. Nerd. Adivinhou.

Dwight deixa que o sorriso que está segurando tome conta de seu rosto. Então, diz:

— Você vai mudar de aula?

— Não dá. Parece que você está preso comigo pelo resto do ano.

— Oba!

Ele destampa a caneta com o dente, e começa a escrever as respostas das perguntas. Olho para ele por um instante — as sardas, os braços desengonçados, o corpo magro, os cabelos negros encaracolados... Nem passou pela minha cabeça quando conheci Dwight que ele pudesse ser um nerd. Eu não queria colocar um rótulo desses nele. Apenas pensei que ele era um cara bem legal e fofo. Agora que ele diz, no entanto, parece muito óbvio que esteja em um nível social diferente de Tiffany, Summer, Kyle, Bryce — todos eles. Como se ele tivesse acabado de acender o painel escrito "nerd" sobre sua cabeça.

Jesus. Passar anos com as pessoas não querendo fazer amizade com você, e então esse tipo de coisa acontece. Mas eu... simplesmente não sei o que fazer. Como supostamente eu deveria saber o que fazer?

Não quero perder a amizade com Dwight. Gosto dele. E se ele deixar de ficar zangado comigo, acho que vai gostar de mim também.

Por outro lado, Tiffany e o resto das garotas parecem ser legais de verdade, e eu poderia — quase — me imaginar sendo amiga delas e dos rapazes. Mas é quase impossível eu me imaginar saindo com os garotos populares.

— Sinto muito — falo, de repente. — Sobre o que aconteceu antes, quero dizer. Eu não sei por que não disse nada para vocês.

Ele fica em silêncio por um momento, mas diz:

— Está tudo bem. Eu entendo. Escola nova, você faz amizade com o pessoal popular... eu entendo.

Dwight diz isso com tanta simpatia, de um jeito tão compreensivo, que, por um minuto, quase acredito que ele *realmente* entende. Mas ele não entende. Ele não entende nem metade.

Dwight continua:

— Pelo menos, você é digna o bastante para se desculpar. Só se lembre de que quanto maior a altura, maior a queda.

Não tenho resposta para isso, porque sei que é verdade.

LUTO PARA TERMINAR O RESTANTE DA LIÇÃO, mas pelo menos consigo sobreviver. Tenho um período livre na sequência, então, imagino que posso ir para casa. Meus pais ainda estão no trabalho, mas certamente consigo achar o caminho sozinha. Não deve ser tão difícil...

— Que aula você tem na sequência? — pergunto para Dwight, só para puxar conversa.

— Nenhuma — ele me diz, guardando o caderno em uma pasta estilo carteiro mais que lotada. — período de estudo. E você?

— O mesmo — respondo.

— Você vai ficar na escola ou vai para casa?

— Acho que vou para casa se conseguir me lembrar do caminho.

— *Se conseguir se lembrar do caminho?* — ele repete, curioso, franzindo o cenho. Seguro a porta aberta para que ele passe enquanto saímos da sala. — Como chegou aqui hoje de manhã?

— Meu pai me deu uma carona — digo. — Tenho quase certeza de que consigo lembrar. Não é exatamente longe demais para caminhar, certo?

— Bem, não, não é — fala Dwight. — Onde estão todos os seus amigos?

Dou de ombros.

— Não sei. Como vou saber onde estão?

— Ah, seu celular? — ele sugere, como se fosse absolutamente óbvio. E, assim que ele diz isso, é óbvio. Exceto que, você sabe, não estou acostumada a usar o celular para nada, e não me ocorreu mais cedo pedir os números do pessoal.

— Ah, bem pensado — comento. — Mas não tenho o número de ninguém. Não importa, eu vou para casa.

— Espere aí — Dwight diz. Paro e me viro para olhar para ele. Ele pega o celular do bolso traseiro. — Deixe-me ver se Carter está por aí e se podemos ir embora todos juntos...

— Madison! — grita uma voz, e nós dois nos viramos para ver Tiffany e Summer na outra ponta do corredor; Summer acena para mim.

— Hmmm...

— Está tudo bem — diz Dwight. — Vá conversar com suas... amigas. Eu vou... ah, vejo você por aí.

Começo a gaguejar uma resposta, quero lhe dizer que ele não precisa ir, que estou feliz em conversar com ele, mas Dwight já se afasta rapidamente pelo corredor, então, fico boquiaberta, sem fala, encarando suas costas, enquanto ele se vai.

— Madison — chama Summer, e eu me viro para vê-las vindo na minha direção.

A súbita partida de Dwight me deixa confusa. E estranhamente vazia. Mas sorrio para elas mesmo assim.

— Oi.

Tiffany acena com a cabeça na direção de Dwight.

— O que você estava conversando com ele?

— Dwight? Ele está na minha aula de Física.

Ela assente e murmura:

— Aham — Ela e Summer trocam olhares. Mas nenhuma das duas diz nada, então, eu sorrio de maneira inocente para elas.

— O que vocês vão fazer agora? Tenho um período livre — digo, só para mudar de assunto.

— Nós também — as duas falam em coro.

Summer acrescenta:

— Vamos para o shopping. Quer ir?

— Claro — respondo, entusiasmada, animada com o fato de que essas garotas tenham me convidado para ir ao shopping com elas. É, tipo, uma atividade social cotidiana de verdade!

— Legal! — diz Tiffany. — Vamos, estou de carro.

# 11

Na verdade, ir ao shopping envolve praticamente ficar sentada na borda de uma fonte, tomando milk-shake e conversando por quase uma hora. Nenhuma compra de verdade está envolvida, o que é bom, já que estou com pouco dinheiro: só tenho vinte e três dólares comigo (e alguns centavos).

Eu basicamente bebo meu milk-shake de morango; elas basicamente conversam sobre pessoas que eu não conheço.

— Então, Madison — diz Summer, voltando-se para me olhar. — Você está realmente presa no curso preparatório de Física?

Confirmo com a cabeça.

— Sim. Uma droga, não?

— Você tem sorte de ter aquele tal de Dwight como colega de laboratório. Ele é seu colega de laboratório, certo? — Faço um gesto afirmativo. — Bem, não deve ser tão difícil. Ele é tão CDF... é meio triste, na verdade. Aposto como vai conseguir que ele faça a maior parte do trabalho para você. — Tiffany sorri com inocência, como se não quisesse dizer nada horrível com isso.

— Por que é meio triste? — pergunto. — Só por que ele é CDF?

— Bem, você sabe — Tiffany responde, vaga. — É triste.

— Ah — falo. — Se é o que diz.

Deixo claro que discordo dela.

— Você está interessada em Bryce? — Tiffany me pergunta de repente, com um sorriso amplo. — Eu poderia dar um jeito de juntar vocês dois.

— Não, não estou interessada nele. E quanto a você? Ele é a estrela do time de futebol, ou do que quer que seja, você é líder de torcida... eu só achei que vocês pudessem ser... você sabe...

Paro de falar, sentindo-me uma idiota, porque a expressão de Tiffany mostra que ela quer dar uma gargalhada. Ela está segurando o cabelo em um rabo de cavalo quando para e olha para mim. Posso perceber que está tentando decidir se vai rir ou não.

Tiffany ri, mas não é de um jeito maldoso, é condescendente, como eu esperava.

— Bryce é sexy, e é um querido, acredite em mim. Mas nós dois? Não vai rolar. Nós nos conhecemos desde o jardim de infância.

Assinto, sem saber o que responder.

— Além disso — ela prossegue, inspecionando a unha por um instante. Vejo que há um pequeno lascado no esmalte lilás —, eu descartei os caras completamente. Certo, Sum?

Summer confirma com a cabeça e pergunta:

— Você está falando depois da situação com o Steve?

— O que aconteceu?

— Então, foi no primeiro ano — Tiffany começa a contar. — Comecei a namorar com esse cara, Steve, e estávamos totalmente apaixonados. E, então, no inverno daquele ano, ele simplesmente partiu. Seus pais se mudaram para algum lugar em Idaho. Idaho! Partiu meu coração completamente. Descartei os caras totalmente desde então.

— Totalmente? — Summer ergue uma sobrancelha e dá uma risadinha.

Tiffany dá um sorriso tímido.

— Ok, ok, *quase* totalmente. — Não digo muita coisa, mas então ela exclama: — Ah, não, não! Não *desse jeito*. Não me envolvo, tipo, com todo cara que aparece no meu caminho. Isso não! Já *ficar* com todo cara gostoso que aparece no meu caminho... é uma coisa completamente diferente... — Ela dá uma piscadinha, e Summer e ela dão risada. — Mas não durmo com qualquer um.

— Não sugeri que você fizesse isso.

— Eu sei, mas estou só dizendo. Você poderia estar pensando isso.

— Ah. Só para registrar, eu não estava.

Ela dá uma gargalhada e toma o último gole de seu milk-shake.

— Como era sua vida amorosa antes, Madison? Vamos, conte alguma fofoca sobre você mesma. Algum escândalo sexual? Brincadeiras de "verdade ou desafio" que deram errado?

Bufo e balanço a cabeça, respondendo, ironicamente:

— Ah, claro. Com certeza.

— Ah, vamos lá — diz Summer, dando risadinhas. — Conte tudo.

— Na verdade, não há nada o que contar — digo. — Nada de... escândalos sexuais, nenhuma brincadeira de "verdade ou desafio" que deu errado. Nada.

— Nunca teve um namorado? — Summer parece ter sérias dúvidas a este respeito, quase como se isso a surpreendesse.

Na verdade, estou meio que feliz que ela pense que eu poderia ter tido um namorado.

Eu poderia balbuciar alguma resposta vaga, mas por que eu deveria mentir para elas? Não há nada do que me envergonhar, mas não consigo evitar. Quando você passa anos sendo ridicularizada e tentando ficar nas sombras, você meio que aprende o que as pessoas querem ouvir de você.

Mas eu me contenho e digo:

— Não, nunca tive um namorado.

— Mas você já beijou um cara, certo? — pergunta Tiffany.

Dou uma risada, esperando que não soe tão nervosa quanto me sinto.

— Por quê?

Elas não vão me deixar escapar; Summer me dá uma cotovelada brincalhona.

— Apenas diga... não vamos julgar você ou qualquer coisa assim.

Fecho os olhos brevemente e respiro fundo.

— Não. Também nunca beijei um cara.

As duas trocam olhares e parecem surpresas. Estou lisonjeada pelo assombro delas, como se realmente pensassem que eu pudesse ter beijado um garoto.

— Definitivamente, vou juntar você e Bryce — Tiffany anuncia feliz. — Summer, você não acha que eles ficariam lindos juntos?

— Ele está muito a fim de você — ela concorda. — Vá em frente. Não é como se houvesse algo te impedindo.

Dou de ombros.

— Eu mal o conheço.

— Então, você *vai* conhecê-lo... — Tiffany pega o celular, digitando algo enquanto continua a falar. — Vou dar um jeito nisso, não se preocupe. Uma pequena reunião na minha casa, sexta-feira à noite. Meus pais não vão estar... alguma conferência fora da cidade. Eu não estava planejando fazer nada, mas agora não dá para resistir. É perfeito.

— Pequena? De quantas pessoas estamos falando? Tipo cinquenta? — pergunta Summer.

— Sim — responde Tiffany. Eu não me incomodo em apontar que dificilmente juntar cinquenta pessoas seria uma pequena reunião. — Tenho tudo sob controle, Madison, não se preocupe. Você e Bryce serão o casal perfeito de Midsommer muito em breve.

— Ei, pergunta rápida — diz Summer. — Madison ou Maddie?

— Madison — respondo, rapidamente. — Madison. Maddie, não.

Minha resposta instantânea é a única coisa que pode trair o terror que sinto do nome "Maddie". Não quero ser associada ao meu antigo "eu".

— Madison é mais bacana. Totalmente chique — diz Tiffany distraída. — Ok... feito. Ah, e, Madison, você precisa aceitar meu pedido de amizade no Facebook.

# 12

Durante a semana que se segue, sou apresentada a mais algumas pessoas — a maioria delas amigas da panelinha popular — e passo as horas de almoço com Tiffany e Summer.

Continuo conversando com Carter na aula de Arte e Fotografia, mesmo que ele sugira que não façamos isso.

— Seus amigos não vão ficar muito impressionados se descobrirem que você está conversando comigo na aula de arte.

— Não me importo com isso, para ser honesta — digo para ele. Na verdade, eu me importo um pouco, mas não o suficiente para preferir não falar com ele. Isso simplesmente parece estúpido.

Quando a manhã de sexta-feira finalmente chega, no entanto, não consigo ficar quieta durante a aula dupla do preparatório de Física.

— Que bicho mordeu você? — Dwight me pergunta com um riso na voz. — Não consegue ficar quieta.

— Tiffany vai dar uma festa esta noite. — Até minha voz parece nervosa, agitada... animada.

— Ah, eu achei que fosse por isso. Ouvi falar dessa festa outro dia — ele acrescenta. — Por que está tão preocupada?

Dou de ombros.

— Não sei. É só que... eu não frequentava muitas festas em Pineford. — Ele é a única pessoa para quem eu contaria isso. Fecho a boca imediatamente. Não devia ter falado isso.

*Mas é Dwight*, penso comigo mesma. *Dwight é... diferente.*

— Todo mundo, prestem atenção. — O Dr. Anderson bate palmas e se inclina sobre a mesa, olhando para todos nós através dos óculos. A classe fica em silêncio, como sempre. — Estou prestes a anunciar os projetos de vocês para o semestre, então, é melhor ficarem quietos e ouvirem o que tenho a dizer. — Ele faz uma pausa por um minuto, só para ter certeza de que tem nossa atenção. — Vou dar os projetos oficialmente na próxima semana, mas vou contar o que será agora. O projeto representa vinte por cento da nota final, assim, recomendo que levem a sério. Vocês vão criar, com seu colega de dupla, uma apresentação sobre um cientista da escolha de vocês. Vocês vão nos contar tudo sobre a contribuição dele para o mundo científico. Precisa ser um físico. Não estamos especialmente interessados nos experimentos de Gregor Mendel com ervilhas, embora sejam úteis para nosso entendimento de como a genética funciona. Thomas Young. Willebrord Snel. Sempre que possível, vocês vão realizar os experimentos relacionados às descobertas do cientista que escolherem. Mas se escolherem Newton, por favor, não joguem maçãs na cabeça do parceiro. Não precisamos causar concussões em ninguém.

Há algumas risadas quando ele diz isso.

— Como eu disse, não vou explicar o projeto formalmente até a próxima semana, mas vocês podem começar a pensar sobre ele agora. Lembrem-se, vinte por cento da nota final.

Alguns instantes de silêncio se passam antes que o Dr. Anderson diga:

— Vocês só têm mais vinte minutos de aula. Podem guardar suas coisas e saírem.

Há um arrastar coletivo de bancos quando todos se levantam, guardando as coisas nas mochilas.

Eu, por outro lado, me viro para Dwight com um olhar de pavor consumindo meu rosto.

— Experimentos? Quer dizer, não posso simplesmente copiar e colar da Wikipédia?

Dwight dá uma risada.

— Vamos fazer isso em conjunto, Madison, então, eu realmente espero que você não copie e cole da Wikipédia.

Suspiro de um jeito melodramático e digo:

— Estou destinada a fracassar...

Ele dá de ombros e me lança um sorriso reconfortante:

— É um curso preparatório de Física, então, é claro que ele vai nos fazer testar experimentos. Nada letal nem mesmo remotamente perigoso, no entanto... não se preocupe. Além disso, você vai fazer o projeto comigo, por isso, não sei por que está tão assustada.

— Bem, é só que... — paro de falar e passo a mão pelo cabelo, frustrada. — Argh, odeio Física. Odeio Ciências. Odeio a escola.

Dwight dá uma gargalhada e bate com seu ombro no meu enquanto saímos da classe.

— Calma, Madison, vai dar tudo certo.

— Mal consigo acompanhar as aulas — digo, sentindo-me miserável. — Vai ser melhor se você fizer esse projeto sozinho, acredite em mim.

— Olha, eu já tenho algumas ideias, e não vai ser tão difícil depois que descobrirmos o que devemos fazer. Vai dar tudo certo.

Faço um ruído estranho para expressar minha dúvida. Sai como "nnháaa", mas Dwight parece me entender do mesmo jeito, e ri um pouco.

— Vejo você por aí, Madison — ele diz.

PARA A FESTA DE TIFFANY, DECIDO FAZER como minhas novas amigas e usar um vestido. Escolho um rendado branco que, na verdade, nem é muito curto — embora eu me sinta tão terrivelmente constrangida que engano a mim mesma pensando que é curto.

Não demoro muito para arrumar o cabelo e passar um pouco de maquiagem. Quanto aos acessórios, coloco um par de brincos simples, de pérolas falsas, e uma pulseira grossa creme, com padrões florais no pulso esquerdo. Fico pronta em meia hora — o que é muito bom, considerando que Summer vem me buscar em dez minutos.

Pego minha bolsa e meu casaco, e desço até a sala. Meu pai está trabalhando até mais tarde, então, somos só minha mãe e eu.

— Ah, Dice, você está adorável — ela me diz com um sorriso orgulhoso. — Que horas você acha que volta para casa?

Dou de ombros.

— Lembra, falei para você que Tiffany disse que posso dormir lá. É o que Summer e Melissa vão fazer. — Dou um tapinha na bolsa, com coisas para passar a noite fora, para enfatizar o que estou dizendo.

— Se quiser voltar antes para casa, é só me falar.

— Ok.

— E eu conversei com seu pai — minha mãe prossegue. — Nós dois estávamos pensando, se você quiser beber alguma coisa... não muito, é claro... nós confiamos em você. E, se você estiver pensando em beber lá, se os outros estiverem, nós dois preferimos saber que você está bebendo com segurança.

— Sério?

Ela confirma com a cabeça.

— Obrigada — digo. — Mas eu não ia beber, então, está tudo bem.

Minha mãe suspira e sorri, o olhar em seu rosto me dizendo que não dá para esconder segredos de uma mãe. Ela diz:

— Dice, não sou idiota. Sei como eram as festas nas quais Jenna ia. Se tiver bebida...

— Se tiver bebida — eu a interrompo —, não me importo. Não quero beber. Mas obrigada pela oferta, mãe.

Ela parece um pouco em dúvida.

— Tenho cento e trinta e oito por cento de certeza, antes que você pergunte.

— Hmmm...

Escuto um carro parando do lado de fora e dou um beijo rápido no rosto de minha mãe antes de me dirigir para a porta, correndo até a rua o mais rápido que meu salto de três centímetros me permite. Digo "oi" para Marcus, que está ao lado da motorista, e entro no banco de trás do Ford azul de Summer.

Para minha sorte, Marcus coloca uma música, então, não preciso conversar; estou animada demais para formar uma sentença coerente neste momento. Mas quem pode me culpar? Eu me acomodo no banco do carro com um sorriso. *Aqui vou eu.*

QUANDO SUMMER PARA LENTAMENTE na longa calçada de Tiffany, dou minha primeira olhada na casa.

Ela não me decepciona. Primeiro que tem portões: grandes portões elétricos que mantêm visitas indesejadas do lado de fora, além de interfone lateral. Eles já estão abertos quando chegamos, então, entramos.

Gramados bem cuidados acompanham a entrada de cascalho, e consigo ver os irrigadores espalhados no local. A casa em si é impressionante — tem imensas janelas de vidro, e tudo parece moderno e caro.

— Bem-vinda à Chez Blanche — Summer me diz com uma risadinha enquanto ela e Marcus descem do carro. Pego minha bolsa e saio também.

Fico feliz por não ter optado por saltos mais altos. Não sei como Summer consegue chegar na porta da frente com aquele salto agulha de quase nove centímetros.

Há música tocando dentro da casa, e o som fica mais alto quando Summer abre a porta. Marcus a segue, e eu vou logo atrás deles. Já tem gente conversando na entrada. Um casal se senta na escada de mogno em espiral. Posso sentir o baixo reverberando pelo meu corpo como uma descarga de adrenalina.

Marcus se afasta para conversar com uns caras que reconheço do time de futebol, e Summer segura meu pulso e me arrasta escada acima, acenando para as pessoas graciosamente enquanto eu tropeço em seu encalço.

— Vamos deixar nossas coisas na cama de Tiff — ela me diz. — Depois, vamos procurar as meninas.

— Ok — respondo por sobre o barulho da festa.

O quarto de Tiffany é enorme. Provavelmente três vezes maior do que o meu.

— Espere dois segundos — Summer me pede. — Só vou pendurar meu casaco no closet.

Ela desliza por uma porta espelhada, que eu achava ser parte da parede, que revela um closet cheio de prateleiras de sapatos e bolsas, além de caixas de bugigangas forradas com lantejoulas — e cabides, cabides e mais cabides de roupas.

— Bem legal, hein? — Summer ri quando vê minha expressão, que é parcialmente maravilhada, parcialmente invejosa, e também um pouco horrorizada: como alguém pode gastar tanto dinheiro em roupas? — Isso é Tiff. Agora, vamos lá, Madison, vamos para a festa!

Mais uma vez, ela agarra meu pulso com uma força surpreendente para uma garota tão magra, e me tira dali. Quando chegamos no topo da escada, vejo um grupo de pessoas entrando e, de repente, o medo toma conta de mim, bloqueando a adrenalina e até mesmo o baixo que soava pelo meu corpo. Começo a entrar em pânico com a ideia de estar em uma festa com todos os garotos populares da escola. Ah, e sem esquecer que Tiffany vai tentar me juntar com Bryce. Sim, isso é bem assustador também.

— Espere — digo frenética para Summer. — Preciso ir ao banheiro.

— Ah, ok. Use o do quarto de Tiffany — ela me instrui. — Encontro você na cozinha, ok?

Concordo com a cabeça, mesmo sem ter ideia de onde fica a cozinha. Mas dou meia-volta e caminho do jeito mais calmo possível até o quarto de Tiffany. Entro no banheiro da suíte e tranco a porta.

A música não está tão alta agora, é como um barulho abafado de fundo. O banheiro inteiro é branco. Pia branca, banheira branca, vaso sanitário branco, toalhas brancas. É meio tranquilizador, na verdade. Sento na beirada da banheira e inclino o corpo, apoiando os cotovelos nos joelhos e descansando a testa nas palmas das mãos.

Minhas mãos estão grudentas, e tremem contra minha cabeça. Meus joelhos estão meio trêmulos também, e minha respiração é rasa, mas não estou hiperventilando — bem, não ainda, pelo menos.

Meu iPod está embrulhado no meu pijama, na bolsa, do outro lado da porta do banheiro, mas não consigo juntar coragem para me levantar e pegá-lo.

Eu não podia dizer para Summer, porque sei que ela não entenderia, mas o fato é que estou assustada.

Pessoas normais da minha idade provavelmente consideram festas algo rotineiro. Sempre conhecem um monte de gente. Claro, eu conheço algumas pessoas, mas e daí? Eu só as conheço há uma semana. E estou tão acostumada a me manter de fora que não sei como participar disso.

Não quero beber nesta festa; eu disse a verdade para minha mãe. Mas tenho certeza de que todo mundo vai beber, e não sei como pessoas bêbadas agem, ou mesmo como devo me comportar perto de gente bêbada. E se for uma chatice, e eu me sentir assustada, sozinha, tímida e ficar em silêncio a noite toda? Já consigo me ver telefonando para minha mãe vir me buscar, como uma total perdedora.

Coloco as mãos sobre os ouvidos e fecho os olhos com força, como se isso pudesse bloquear meus pensamentos. É tudo tão alto. Tão grande. Não posso fazer isso. Não *consigo*. Não pertenço a este lugar, com essas pessoas. Sou diferente demais. Esquisita demais.

Levanto-me da banheira e me apoio na pia, olhando para o grande espelho reluzente.

E é só quando vejo meu reflexo que lembro de que não tenho motivo para ficar assustada, tímida, solitária e em silêncio a noite toda, porque não sou mais a mesma pessoa. Aquela era a antiga Madison. A nova Madison é confiante e pode se virar em uma festa — mesmo se acabar telefonando para sua mãe e pedir uma carona para casa.

Endireito um pouco o corpo e tiro a franja da frente dos olhos. Me aproximo do espelho para verificar a maquiagem. Então, me levanto de novo e sorrio para mim mesma, um sorriso grande, brilhante, confiante. Se eu puder fingir que posso fazer isso por tempo suficiente, talvez eu consiga me enganar e me fazer acreditar nisso.

*Eu posso fazer isso, sem dúvida.*

Olho para tudo de um outro ângulo: estou em uma festa promovida por uma das garotas mais populares da escola — depois de uma semana, já estou com o pessoal popular, então, mesmo que eu não conheça ninguém ainda, acho que se pode dizer que conheço as pessoas "certas". E uma das minhas novas amigas está tentando me juntar com um cara lindo, porque acha que ele gosta de mim.

Quando olho tudo dessa maneira, o sorriso em meu rosto não parece tão forçado e a ansiedade temerosa é substituída pela animação. Eu me recomponho, respirando fundo algumas vezes, e saio do banheiro antes de poder pensar mais no assunto.

Caminho com a cabeça erguida, exalando confiança como se não estivesse fingindo cada grama daquilo. Até desço a escadaria sem tropeçar. Sorrio para pessoas que sequer conheço enquanto tento encontrar a cozinha.

Não sei quanto tempo fiquei no banheiro, mas, Jesus, agora a casa está cheia de gente. A entrada está congestionada, e tem gente saindo de todos os cômodos. Eu me pergunto se Tiffany convidou todos eles, ou se eles simplesmente apareceram mesmo assim — reunião pequena o cacete.

Eventualmente, depois de seguir até o final do corredor e atravessar a sala de jantar, chego na cozinha. Os balcões são de granito, e tudo é de prata e cromado, desde a geladeira até a máquina de waffle. Como tudo mais na casa, — surpresa, surpresa — é muito luxuosa. As pessoas estão conversando, abrindo garrafas ou latas de cerveja, e há um barril no canto com uma pilha de copos de plástico ao lado — vermelhos, iguais aos da festa na praia. Eu me aproximo da grande geladeira cromada e abro a porta para pegar uma das latas prateadas de Coca Diet.

Recostada no balcão da cozinha, dou um gole na minha bebida e avalio minha situação. Preciso encontrar Tiffany ou Summer... ou até mesmo Kyle, Adam ou Ricky. Pelo menos Bryce. Quando eu encontrar alguém com quem conversar, com sorte essa pessoa vai me apresentar para outras, para que eu possa atravessar essa festa sem parecer uma completa deslocada.

A única falha nesse plano é o simples fato de que não tenho ideia de onde está nenhum deles.

*Só tem uma coisa para fazer, não é? Procurar por eles, idiota.*

Eu me afasto do balcão e começo a percorrer os aposentos, mantendo os olhos atentos para um rosto amigo que eu possa chamar pelo nome. Mas é mais difícil do que imaginei, tentar passar pelos corpos contorcidos que dançam na batida da música. Abro caminho por entre um grupo de garotas fofoqueiras e embriagadas, e saio no corredor.

— Ricky! — exclamo aliviada quando o vejo parado na escada em espiral. Ele olha na minha direção, surpreso, e então sorri quando me vê acenando a mão para ele.

— Ei — ele diz. — Por que de repente você está tão feliz em me ver?

— Eu não pareço sempre feliz quando vejo você?

Ele ri e dá de ombros.

— Eu sabia que em algum momento você sucumbiria ao meu charme.

— Claro. Estou praticamente me derretendo por você.

— Querida, você pode se derreter por mim sempre que quiser — ele diz com uma voz baixa, lenta, sugestiva, balançando as sobrancelhas. Eu não sei como ele consegue brincar daquele jeito e manter o rosto tão sério. Caio na gargalhada, tomando cuidado para não roncar, mas sinto que meu rosto ficou ligeiramente corado.

— Você não bebe?

Nego com a cabeça.

Ricky ergue uma sobrancelha, mas sorri.

— Tenho certeza de que Tiff não vai reclamar... uma pessoa a menos para vomitar.

E é então que alguém beija minha bunda, com força.

## 13

Fico parada por um instante, incapaz de reagir.

Então, quando minha mente registra que, sim, alguém *realmente* beijou minha bunda, fico boquiaberta e viro para trás. Não sei o que vou dizer, mas tenho certeza de que vou falar *alguma coisa* para quem fez isso, e não vai ser nada legal.

Porém, qualquer que fosse a réplica que eu estivesse pronta a dar, morre na minha língua antes que abra a boca, e paraliso.

Tiffany se contorce, rindo histericamente, e o alívio toma conta de mim, esvaziando meu peito e me fazendo rir também.

— Você devia ter visto sua cara! — ela ri. E passa o dedo pelo canto do olho, limpando qualquer mancha de rímel ou delineador. — Ah, querida, sinto muito, mas foi engraçado.

Não digo nada no início, porque nós duas ainda estamos rindo.

Então, ela se recompõe, perguntando:

— Por onde você andou a noite toda? Eu não tinha visto você! Você não sabe que precisa cumprimentar a anfitriã?

— Eu tentei achar você, juro.

— Não se esforçou muito.

— Você está certa, eu *estava* ignorando você a noite toda. Evitando você totalmente.

Ela ri mais uma vez, e coloca uma mão no quadril.

— Belo vestido. E você não queria usá-lo por quê?

Dou de ombros, sorrindo.

— Obrigada.

— Já viu Bryce? — Ela balança as sobrancelhas perfeitamente esculpidas para mim, provocando, e eu nego, sentindo-me um pouco envergonhada. — Não se preocupe, tenho tudo planejado.

Ela me arrasta dali, prendendo meu braço com força no seu. Vou atrás dela, fazendo o melhor possível para não cair.

Vamos até o quarto de Tiffany, onde algumas pessoas estão sentadas. Vejo Ricky, Kyle e Owen, da minha aula de Álgebra II. Melissa também está ali, e duas garotas que Tiffany já tinha me apresentado como Nicole e Ann. Há outro cara deitado ao lado da cama. Acho que o nome dele é Jay, mas pode ser John. E ali está também, dando-me um sorriso de cem watts, Bryce.

— Maravilha! Vamos fazer isso! — Tiffany exclama, animada. — Ótimo! — Ela toma um gole de uma garrafa de vinho, esvaziando-a. — *Verdade. Ou. Desafio* — ela anuncia cada palavra como se fossem sentenças separadas, e todos ficamos em silêncio por alguns instantes: nenhum som exceto o burburinho distante da festa e o barulho abafado da música.

— Legal, estou nessa! — diz Nicole, e se larga graciosamente em um lugar no chão perto da garrafa de vinho vazia.

Depois de mais alguns murmúrios de "Claro", "legal", "ok", "estou dentro", estamos todos sentados em círculos, e eu acabo ficando ao lado de Bryce.

Hesito, sem ter muita certeza se gosto da ideia de verdade ou desafio. Não sei que tipo de desafios essas pessoas vão querer inventar, mas tenho mais medo ainda da verdade.

— Não, Madison, você vai sentar comigo e com Summer! — Tiffany me instrui. Eu me levanto novamente e atravesso o círculo para me acomodar em um lugar que é exatamente oposto a Bryce e perto delas.

— Eu começo — anuncia Ann, e se inclina para girar a garrafa.

O escolhido é Marcus.

— Verdade ou desafio?

— Verdade — ele diz.

— Se você tivesse de beijar um cara, quem seria?

Ele suspira de leve, e olha os caras ao redor por alguns momentos. Levantando um dedo, aponta para Jay/John.

— Seria Jay.

*Anotado.*

Marcus gira a garrafa. Desta vez, cai em Kyle.

— Verdade ou desafio?

— Desafio.

— Hmmm — Marcus diz, pensativo, imaginando um bom desafio para ele, e todos esperamos pacientemente. — Ei, Tiffany, você se importa se Kyle usar algumas das suas roupas?

— Nem um pouco. — Um sorriso malicioso desliza pelo rosto de Tiffany; então, ela soluça.

— Espere... *o quê?* — Kyle arregala os olhos.

— Desafio você... — Marcus diz lentamente, como se saboreasse as palavras — ...a usar algumas das roupas de Tiffany. Ah, e tem que tirar fotos.

Todos começamos a rir — ou pela expressão horrorizada de Kyle ou por imaginá-lo vestido com roupas de garota.

Mas ele não recua. Vai até o closet de Tiffany, pega a velha minissaia e o suéter de lã que ela lhe oferece, e veste. Ann se levanta com um impulso, exclamando:

— Espere! Você precisa de batom!

A lateral do meu corpo dói de tanto rir: Kyle parece orgulhoso; é alto e esbelto, com a constituição robusta de um jogador de futebol — e está usando uma minissaia jeans.

Quando Summer pega o celular para tirar uma foto dele, Kyle faz pose, a mão no quadril, e biquinho para a câmera, uma caricatura de modelo. É hilário.

— Agora, tire minhas roupas — Tiffany exige, depois que Summer faz as fotos.

O jogo continua. Umas duas pessoas escolhem verdade, o que me surpreende — eu imaginaria que todos prefeririam desafio. Mas não há nada de mal. Owen é desafiado a beijar Ann; descobrimos que a celebridade favorita de Summer é Megan Fox; e que entre todas as garotas da festa, Ricky daria uns amassos em Tiffany.

Até agora eu tive sorte: a garrafa não parou em mim.

— Minha vez — Tiffany anuncia em voz alta, e se inclina para frente para girar a garrafa. Quando ela se endireita, me dá uma cutucada com o cotovelo. É tão de leve que não tenho certeza se foi um acidente, então, olho para ela. Ela percebe meu olhar e me dá uma piscadinha.

Lentamente, meu olhar se volta para a garrafa de vinho que gira devagar, e mais devagar... e mais devagar ainda... e para.

E está apontando para mim.

Não sei como ela conseguiu fazer isso, mas foi de propósito.

— Ah, Madison! — ela se anima. Ela nem mesmo me pergunta se eu escolho verdade ou desafio. Quero dizer, eu teria escolhido desafio de todo jeito, mas ela se adianta. — Hmmm, deixe-me ver... Ah, já sei! Madison, você tem de... pronta para isso? Você tem de passar sete minutos no paraíso... com Bryce.

Eu a encaro por um instante tão longo e silencioso que parece uma eternidade. Não sei o que sentir — irritação, surpresa ou alegria. Na verdade, as três coisas. Mas, principalmente, irritação por Tiffany me pressionar desse jeito.

Mas então... mesmo se o plano dela der certo, há o fato indiscutível de que tenho de beijá-lo. Tenho de beijar um cara. Nunca beijei ninguém antes. Não foi assim que imaginei meu primeiro beijo. E se eu beijar muito mal?

Ela interrompe meus pensamentos dizendo:

— Bem, vamos lá... o que está esperando? — E me dá um empurrão, incentivando-me a ficar em pé. Eu me levanto, mas é um movimento hesitante e desajeitado, e fico instável. Uma mão segura meu cotovelo: a mão de Bryce, claro. Ele sorri despreocupado, como se não fosse nada demais.

*Nada demais?*, quero gritar para ele. *Eu estou morrendo de medo do que pode acontecer!*

Engulo em seco, e então Ricky diz, arrastando um pouco as palavras:

— Esperem aí... se vocês vão aceitar esse desafio, precisam fazer direito. Tiffany, você tem algum guarda-roupa nesta casa que dê para colocar esses dois dentro?

Ela dá uma risada.

— Venham comigo. — Ela se levanta, balança um pouco o corpo, soluça, e então sai puxando Bryce. Ele segura meu pulso e me leva consigo. Olho por sobre o ombro. Melissa me dá uma piscadinha, e Summer dá um sorrisinho animado, parecendo prestes a soltar gritinhos de alegria.

Tiffany para no meio do corredor e abre uma porta branca. Está escuro lá dentro, mas consigo ver pilhas de toalhas de banho e canos de água atrás das prateleiras.

— Vocês podem entrar! — ela exclama, nos empurrando para dentro do armário. A porta é fechada atrás de nós, e ouvimos uma chave virando do outro lado; meu coração bate rápido de um jeito nauseante. Eu me sinto do mesmo jeito que estava no início da festa, quando me escondi no banheiro, assustada e nervosa, com as mãos suadas e a pulsação correndo em meus ouvidos, embora as borboletas em meu estômago sejam diferentes.

Definitivamente, não foi assim que imaginei meu primeiro beijo. *Mas podia ser muito pior*, digo para mim mesma.

— Será que não tem uma luz aqui dentro? — pergunto. Meus olhos ainda não se acostumaram com a escuridão, e a única luz é a fina faixa que se espalha pela fenda sob a porta.

— Não tenho ideia — diz Bryce. A voz dele está mais próxima do que eu espero, e sua respiração faz um pouco de cócegas no meu rosto. Os dedos dele ainda estão ao redor do meu pulso e, quando lembro disso, minha mão se vira involuntariamente. Em vez de soltá-la, Bryce só a segura com menos força, para que os seus dedos acariciem os meus.

— Você nem mesmo vai tentar procurar o interruptor?

— Eu não estava planejando fazer isso, não.

Reviro os olhos, embora ele não possa me ver fazendo isso.

— E suponho que não dê para destrancar a porta por dentro, né? Eu não...

— Madison — Bryce diz, me cortando.

A voz dele é abafada, e eu sinto que ele se move na minha direção. Não sei por que faço isso, mas, quando ele se aproxima, eu recuo — não que eu possa ir muito longe. O armário é tão pequeno, que minhas costas imediatamente encontram nas prateleiras.

Meus olhos ainda estão se ajustando, mas consigo ver Bryce olhando para mim. Ele está parado bem na minha frente.

— Se vamos ficar aqui pelos próximos sete minutos — ele diz, a voz ainda baixa —, eu vou fazer o que estive esperando para fazer a noite toda.

E ele me beija.

É uma frase brega, e eu reviro os olhos ao escutá-la — mas eu quase fico ruborizada, e me pergunto se é verdade: se ele *realmente* esperou a noite toda para me beijar.

É uma sensação meio esquisita, ser beijada. Mas um tipo bom de esquisito. Não sei o que estou fazendo, mas só sigo Bryce e pressiono os lábios contra os dele. Ele coloca uma mão na minha cintura e a outra entrelaça meus dedos.

Os lábios dele são suaves e mornos e vão de encontro aos meus, e o beijo é meio hesitante no início. Mas, assim que começo a beijá-lo também, ele me beija com mais força, e sua mão desliza até minhas costas, para que possa me puxar para mais perto.

No início, meus braços ficam largados ao lado do corpo, porque não sei o que fazer com eles. Porém, quando começo a beijá-lo, esqueço quão desajeitada e inexperiente sou, e meus braços envolvem seu pescoço, minhas mãos apoiadas em seus ombros largos.

Sou eu quem afasta primeiro.

— Não me diga que beijar é muito pop para você também — ele diz, provocando.

Dou uma risada.

— Não.

— Ótimo — ele responde, e me beija de novo.

# 14

Depois que acordamos na manhã seguinte, decidimos dar uma volta no shopping e almoçar por lá. Melissa reclama de uma ressaca que o Advil não curou, mas ainda parece melhor do que eu; tenho imensas bolsas sob os olhos pela noite sem dormir.

Não pude deixar de pensar no beijo de Bryce. Depois que a festa acabou, fiquei horas com as meninas analisando todos os sete minutos com ele, e chegamos à conclusão de que ele realmente gosta de mim.

Ou, pelo menos, *elas* chegaram a essa conclusão — ainda não estou totalmente convencida.

E, então, fiquei irritada comigo mesma: talvez ele não quisesse sair comigo — eu não iria me tornar uma dessas garotas que beijavam qualquer cara em festas. Não era quem eu queria ser.

Estamos em um restaurante italiano bem caro no shopping, quando meu celular toca e que lentamente reconheço como sendo o tom de nova mensagem.

— Ah! — exclamo quando me lembro disso de repente, ah, sim, aquele barulhinho irritante é do meu celular. Peço desculpas, achando que deve parecer grosseiro atender quando estamos no meio do almoço. — Desculpem.

— Não se preocupe com isso — diz Melissa.

Pego o celular no bolso de trás do jeans, e toco na tela para trazê-lo à vida novamente.

*Uma nova mensagem: Bryce Higgins*, leio.

Eu derrubo o telefone, tão surpresa por ele ter me mandado uma mensagem. Quero dizer, eu desejava que isso acontecesse, e as garotas disseram que aconteceria, mas... acho que eu não esperava que ele fizesse isso. Meu celular faz barulho quando cai no chão. Espero que não esteja quebrado — e eu, realmente, realmente, espero que esteja só imaginando que todo mundo olha para mim. Não me surpreenderia se as pessoas estivessem balançando a cabeça para mim, a tola idiota da mesa nove.

Desejar o melhor, mas esperar o pior, não parece ser o melhor jeito de se viver, mas por enquanto serve para mim.

Meu celular caiu embaixo da mesa, e eu me abaixo para pegá-lo. Quando me levanto novamente, bato a cabeça na mesa. Claro que isso aconteceria.

— Ai!

Se eu não estava fazendo uma cena antes, tenho certeza de que agora estou.

— Droga — murmuro para mim mesma, esfregando a têmpora enquanto me sento. Aliso o cabelo.

— Você está bem? — pergunta Tiffany, contendo uma gargalhada.

— Hmmm. — Viro o celular, inspecionando-o. Não parece riscado ou quebrado. Isso é bom. Então, tento fazer a tela voltar à vida novamente. Solto um suspiro de alívio quando vejo que não matei o aparelho.

Ainda posso ver na tela: *Uma nova mensagem — Bryce Higgins*. Como se estivesse me provocando ou algo assim. Minha respiração fica presa na garganta quando abro a mensagem.

— De quem é? — Summer me pergunta.

Não respondo no início. Não consigo. Posso ver a mensagem que Bryce me mandou, mas não pareço capaz de lê-la. Vejo as palavras, mas não fazem sentido. Balanço a cabeça para clarear as ideias.

— Madison, quem é? É Bryce? — Tiffany insiste.

Confirmo com a cabeça.

— É Bryce, sim.

Ignoro a tagarelice animada delas, e tento me concentrar na tela. Depois de um tempo, as palavras fazem sentido:

*Oi, Popzinha. Como foi sua noite? beijos*

— Hmmm, significa alguma coisa o fato de ele ter colocado beijos no fim do texto? — pergunto, sentindo-me totalmente estúpida, olhando para as garotas, impotente.

— Quantos? — pergunta Melissa.

— Quatro.

— O que ele diz? — Summer quer saber, sorrindo.

Leio o texto em voz alta e acrescento:

— Vocês sabem, porque ele me chama de Popzinha de vez em quando. — As garotas assentem. — O que eu digo?

— Passe para cá — Tiffany pede. O que faz com que eu segure o celular com um pouco mais de força com as mãos suadas. Ela suspira quando vê que não vou ceder. — Pergunte como foi a noite dele e coloque uma carinha piscando o olho. — Ela imita a carinha piscando o olho quando diz.

— Não posso só responder que passei bem e perguntar como foi a noite dele?

— Bem, você poderia — ela bufa. — Se não quiser seguir meu conselho...

— Não, eu quero. Hmmm... — Olho para o celular por um instante, antes de digitar uma resposta: *Foi boa, obrigada ;) Como foi a sua?*, e então viro o telefone para que Tiffany veja. Summer e Melissa se inclinam para ler também. — Que tal?

Tiffany sorri.

— Perfeito! — Ela pega o telefone da minha mão e rapidamente aperta alguns botões. Mas faz isso de um jeito tão instantâneo que só tenho tempo de balbuciar de maneira incoerente.

— Pronto, enviar. Não se preocupe — ela ri, vendo a expressão preocupada em meu rosto. — Eu só acrescentei alguns beijos e apertei enviar, juro.

Dou uma bufada em dúvida, e ela me devolve o celular. Olho, vejo que foi aquilo mesmo, e relaxo. Mas começo a ficar nervosa novamente enquanto espero que ele responda. É o minuto mais longo da minha vida, juro.

Quando ele responde, abro a mensagem imediatamente, e as garotas se inclinam, tentando ver.

— O que ele diz?

Leio em voz alta para elas. *Tive uma noite ótima. O que está fazendo?*, e então uma carinha sorridente e quatro beijos novamente.

Essa mensagem não parece ser tão assustadora para responder, então, digo para ele que estou no shopping com as meninas e pergunto o que ele está fazendo. Hesito antes de digitar mais uns dois beijos no final e apertar enviar. Solto uma grande lufada de ar.

— Falei para você — Tiffany me dá um grande sorriso e se reclina na cadeira. — Eu disse que ele gostava de você, não foi? E quem não acreditou em mim?

Dou uma risada.

— Tudo bem, tudo bem, você estava certa, ok! Mas ele podia estar só sendo educado. Ou amigável. Ele é o tipo de cara amigável, certo?

Melissa dá uma risadinha.

— Madison, ele *gosta* de você. Dã. Já passamos por isso noite passada.

— Confie em mim — diz Tiffany, inclinando-se sobre a mesa com um olhar que é tão aberto e honesto que me pergunto como eu *não confiaria* nela. — Conheço Bryce há anos. Ele definitivamente gosta de você. Ele não manda beijos para qualquer uma.

Dou uma risada nervosa, não completamente apaziguada.

A conversa que se segue, por mensagem, entre Bryce e eu é bem casual, então, não me deixa muito agitada. Ele não está me paquerando ou coisa do tipo, assim, não tenho que entrar em pânico nem parecer uma idiota quando pergunto para as garotas como responder.

Cerca de dez minutos depois, a comida chega, e eu digo para Bryce que não posso mais falar por enquanto.

A resposta dele vem quase imediatamente — *Ok, falo com você mais tarde. Divirta-se no shopping :) beijos* —, e eu contenho um sorriso e o rubor que ameaça se espalhar pelo meu rosto.

Por mais idiota que possa ser, eu meio que me sinto animada ao ver os beijos no final da mensagem de Bryce. Faz com que meu coração dispare no peito. Afinal, nunca recebi mensagens de um cara — sem contar Dwight: as mensagens dele certamente não tinham beijos no final, e muito menos fiquei com ele em um armário na noite anterior.

— O que Bryce está dizendo? — Summer pergunta, enquanto

começa a cortar sua carne, e eu coloco o celular de lado novamente.

— Ele está limpando o carro. Um dos caras vomitou nele noite passada.

— Ah, eca — Melissa enruga o nariz. — Ele falou quem foi?

— Jay.

— Ah. Sim, Jay não aguenta álcool muito bem — diz Summer. — Especialmente vodca. Deus, ele sabe que não pode tomar essa merda. Não sei por que faz isso. Eu vomitei como louca da última vez que tomei vodca. Nunca mais cheguei perto.

— Jay não parecia tão bêbado quando estávamos jogando verdade ou desafio — digo.

— Ele parece relativamente sóbrio — Tiffany dá de ombros —, mas está totalmente acabado.

— Ah.

— Sim. Estou contente que ele não tenha vomitado em casa.

— Você teve muita sorte com isso — diz Melissa, apontando para Tiffany com o garfo. — Quero dizer, foram só, o quê? Duas pessoas que vomitaram, e as duas no banheiro. Lembra da última festa que dei?

— Ah, sim. Deus, foi horrível — garante Summer. Ela se vira para mim e ri: — Umas garotas vomitaram no sofá.

— Que nojo! — faço uma careta.

— Voltando ao assunto — Tiffany fala —, o que está rolando entre você e Bryce? Vocês vão se ver de novo?

— Sem ser na escola, você quer dizer?

— Dã.

— Não sei. Ele não falou nada.

— O que quer que faça, não o convide para ir a lugar algum. Nunca dê o primeiro passo — Melissa me diz. — Banque a difícil e deixe-o aos seus pés.

— Bancar a difícil?

— Por favor, não me diga que não sabe o que isso quer dizer, Madison — fala Summer, mas ri um pouco ao falar isso, então, sai como uma brincadeira.

— Eu sei o que quer dizer — respondo, choramingando de leve. Eu me remexo em meu assento. — Eu só... não... — Limpo a garganta, como um pouco de macarrão, mastigando devagar para me acalmar. — É só que não sei se sou assim, sabe?

O que quero dizer é que não tenho ideia de como "bancar a difícil" — só vou bancar a idiota. Mesmo na noite passada, enquanto beijava Bryce, eu me sentia desajeitada, inexperiente. Eu o deixei me guiar porque não sabia o que fazer. Mas em relação a isso — bancar a difícil para deixá-lo ainda mais interessado em mim — não tem ninguém para me guiar a cada passo do caminho.

Claro, as garotas poderiam me aconselhar sobre como agir — eu só me sentiria estúpida fazendo isso e estragaria tudo. Prefiro muito mais ser apenas eu mesma e esperar não bancar muito a boba.

As garotas devem ter percebido que não queria mais falar sobre isso — ou talvez só tenham desistido quando comecei a comer, ignorando os incentivos delas.

Pagamos a conta e nos preparamos para sair. Quando vou acertar com o cara que nos serviu, digo para as meninas irem na frente, eu as encontraria em um minuto.

— Você só quer uma desculpa para conversar com o garçom bonitinho — provoca Summer, rindo.

— Por que você está atrás do garçom? Agora você tem Bryce para mantê-la aquecida à noite — Tiffany se junta a ela, abraçando o próprio corpo e dando risadinhas.

Rio também e reviro os olhos para elas. O cara que nos serviu era bem bonitinho, acho. Parecia estar na faculdade, mas não podia ser muito mais velho do que nós. Eu não achava que ele tivesse nada de especial, na verdade — mas, ei, o que eu sei?

Limpo a garganta levemente para chamar sua atenção. Ele olha ao redor e sorri, segurando a conta com nossa pilha de notas amarrotadas.

— Tudo bem com a comida? — ele pergunta.

— Sim, obrigada.

— Ótimo. — Ele imprime o recibo e rabisca na parte de trás antes de me entregar, assinando, presumo. — Volte mais vezes.

— Ah, obrigada — murmuro. Sempre me sinto desconfortável falando com garçons e vendedores. Eu só tinha me oferecido para pagar a conta pois não parecia que as outras fossem fazer isso, e eu não gostava de deixar o dinheiro na mesa: uma implicância do meu pai que herdei.

— Paquerou o garçom? — Summer pergunta, brincalhona, cutucando-me de leve nas costelas com o cotovelo, quando finalmente saio do restaurante.

— Não, né — respondo. Percebo que ainda estão segurando os recibos. Quando viro o meu, vejo o que o rapaz escreveu na parte de trás. Então, dou uma gargalhada. — Alguém quer o número dele? — digo, completamente surpresa.

Ele me deu seu número; estou lisonjeada, mas ao mesmo tempo sei que não vou ligar para ele. Não estou interessada.

— Ele deu o número dele para você? — Tiffany olha para os números rabiscados, e balança a cabeça. — Espere dois segundos.

— O que você vai fazer? — Melissa pergunta enquanto a observamos pegar o celular.

— Postar que Madison acaba de ganhar o número de telefone de um garçom bonitinho. — Ela me olha com um sorriso malicioso. — Com certeza, Bryce vai ver isso. Ele vai ficar com tanto ciúme! Isso é, tipo, perfeito. Ah, obrigada Senhor pelas redes sociais. Faz com que essa coisa de namoro fique muito mais divertida.

— Ele pode não acreditar — sugiro. Eu mal acredito. Ainda estou um pouco surpresa, na verdade.

— Por que ele não acreditaria? — pergunta Melissa. — Além disso, ele vai convidar você para sair antes se souber que está sendo disputada.

— Mas eu não *estou* sendo disputada.

— Um garçom desconhecido acaba de dar o celular dele para você — Tiffany me diz.

— Bem, sim, mas...

— Madison, quieta, isso é tudo parte do plano mestre. — Melissa me dá um olhar encorajador.

— E que plano mestre é esse, exatamente?

— O plano mestre é juntar você e Bryce, dã.

— Ah, certo, ok... — digo, hesitante. Balanço a cabeça, decidindo simplesmente seguir o fluxo e deixar com que sigam com o "plano mestre". Duvido que vá funcionar.

— Ele beija bem? — pergunta Jenna, sorrindo na webcam. Ela está muito animada com meu primeiro beijo. — Lembro do meu primeiro beijo... foi com Hank Phillips, no baile da escola, no fim do segundo ano. Ele beijava de um jeito tão desleixado que foi muito nojento. Eu meio que o evitei depois disso... mas isso não importa... conte-me todos os detalhes.

— Ele beija bem, eu acho. Não sei. Não é como se eu tivesse alguém com quem comparar, certo?

— Hmmm, acho que sim. Mas, ei, você acaba de dar seu primeiro beijo! Está saindo um pouco mais! Fez amigos e talvez até um namorado! Eu gostaria de estar aí para poder dar um abraço em você, Mads.

Dou um sorriso irônico.

— E como vai a faculdade? Até agora, só falamos de mim.

— E não acabamos de falar sobre você, então, não ouse tentar mudar de assunto! A faculdade é a faculdade, Nova York é Nova York, mas Maddie, você não é mais a antiga você! Então, ainda estamos falando de você e, se não gostar disso, azar o seu.

— E se eu simplesmente desligar, hein?

— Então, vou ligar de novo, e ligar de novo, e ligar de novo, até você atender, e então vamos continuar a falar sobre você.

— Ah. — Dou uma risada. — Não sei o que mais tem para ser dito.

— Ele mandou mais alguma mensagem depois do almoço?

Nego com a cabeça.

— Não, ainda não. Mas não espero que ele...

O bipe irritante me interrompe. Jenna dá uma gargalhada.

— É seu celular? Cristo, isso é assustador. É ele? Se for, é mais assustador ainda. Sou, tipo, psíquica, hein? É ele?

*Uma nova mensagem: Dwight.*

— Não é Bryce... — Nego com a cabeça. — É Dwight.

— Dwight? Dwight, o nerd da aula de física?

— Sim.

— Bem? — ela pergunta, inclinando-se para mais perto da lente da webcam, ansiosa, os olhos azuis arregalados. É a mesma expressão que ela costumava fazer quando ouvia uma fofoca nova de suas amigas. — O que ele diz? Me conte, me conte!

Rindo, abro a mensagem de texto e leio em voz alta.

— Ele diz: *O que é isso que andei ouvindo sobre você e um garçom?* E tem uma dessas caretinhas com a língua de fora.

Jenna dá uma gargalhada.

— Ele gosta de você, não gosta?

— Quem, Dwight? — pergunto, em dúvida.

— Claro.

— Ele não *gosta* de mim.

— Bem, pelo menos como amigo. Ele parece tão fofo. Tipo um cara muito, mas muito legal mesmo. A menos, é claro, que você goste dele mais do que isso?

— Não — respondo, apressada. — Não, somos apenas amigos.

— Hmmm — murmura Jenna, com aquele tipo de sorriso particular que me diz que ela sabe meu segredo.

— Estou falando sério — reitero. — Ele é só um amigo. E tenho sorte que ele seja. Eu disse para você: ele ficou zangado quando me viu saindo com o pessoal popular. Quero dizer, já estive na posição dele, mas eles não são tão maus. São bem legais, na verdade. Bem, Kyle, nem tanto, mas os demais... não sei por que Carter disse...

— Espere aí, qual deles é Carter?

— Carter é amigo de Dwight, aquele que tem meia sobrancelha faltando. Está na minha aula de arte. De todo modo, ele disse que eu não deveria conversar com ele nem na aula de arte, porque Tiffany e os outros poderiam ficar irritados.

— Isso é o ensino médio, sem dúvida — Jenna diz, com um certo ar amargo em seu sorriso. — As coisas podem ficar bem ruins.

— Como se eu não soubesse disso — murmuro. Ela me escuta; sei disso pelo modo como sua expressão suaviza e se torna compreensiva. Mas ela não diz nada. — Espere um segundo, deixa eu responder o Dwight.

— O que você está dizendo?

Falo para ela enquanto digito, mas devagar, lutando para fazer as duas coisas.

— *Nada demais. Só um garçom que me deu seu número de telefone.* Então, coloco uma carinha gargalhando no fim. — Acrescento.

— Nenhum beijo?

— Não. Em geral, não costumo mandar beijos para ele.

— Em geral? — Jenna destaca. Então, dá uma risadinha. — Com que frequência você manda mensagens para ele?

— Não muita. Mandei uma mensagem, tipo, quarta-feira, sobre alguma coisa. Não me lembro o quê. Não foi uma conversa particularmente longa. Daí, ele me mandou uma mensagem hoje.

Enquanto estou falando, uma mensagem chega.

Mas não é Dwight respondendo. É uma mensagem de Bryce.

Jenna presume que é Dwight, e não pergunta o que ele diz. Mas vejo o olhar de expectativa, levemente impaciente, que ela me dá pela tela do computador.

*Cinema amanhã à noite? Pego você às seis. beijos*, leio.

— Ah, Jenna?

— Siiiim? — ela responde, arrastando a palavra.

— Bryce... Bryce acaba de me convidar para um encontro.

# 15

— O QUE VOCÊ VAI VESTIR? — TIFFANY PERGUNTA. Ela está no viva-voz, e meu celular descansa cama, com a tela para baixo.

— Jeans, acho?

— *Biiiip!* — ela diz, fazendo um barulho tipo uma buzina. — Errado.

— Shorts?

— *Biiip!* Tente de novo.

— O que, então? O que sugere que eu vista? Só vamos ao cinema.

— Uma saia — ela diz. — Dã. E uma blusa bonita. Assegure-se de ser casual.

Sei que devo aceitar o conselho dela. Tiffany sabe muito mais sobre o que usar em um encontro no cinema do que eu. Jenna também me disse para usar uma saia, então, sei que é um conselho legítimo.

Assim, respondo:

— Ok. — E pego uma calça jeans escura, com a barra cortada, do armário e a visto, simplesmente porque não quero usar saia.

— Você precisa usar uma blusa bem feminina — Tiffany continua falando. Mal estou escutando, no entanto. Mandei uma mensagem para ela esta manhã, dizendo que tinha combinado de ir ao cinema com Bryce, e ela insistiu em ir até minha casa. Consegui impedi-la de fazer isso, mas, mesmo assim, ela me ligou.

Remexo no guarda-roupa, mas já tenho uma boa ideia do que vestir. Estou realmente preocupada com meu primeiro encontro, e quero parecer bem. Sei que não quero usar nada que faça com que me sinta desajeitada ou desconfortável, por isso tenho de tentar encontrar algum tipo de equilíbrio.

Eu teria explicado para Tiffany, mas isso seria me expor muito. Ela e Jenna podem ser autoconfiantes a ponto de usar qualquer coisa, mas eu não tenho essa segurança, e sei disso.

— Achou alguma coisa? — Tiffany pergunta. — Talvez alguma coisa rosa?

— Hmmm... — Escolhi um suéter preto de mangas compridas, um pouco soltinho, com enfeites dourados na gola. — Sim, achei algo. É... hmmm, é rosa.

Descrevo a peça para Tiffany, e deixo de fora o fato de que, definitivamente, não é rosa, mas é bonita. E é o que eu quero usar. Então, quem se importa com o que Tiffany diz?

— Não use salto — ela diz. — Use uma sapatilha bonita. Ou... não, espere, você é meio baixinha, não é? Talvez *devesse* usar salto: Bryce é bem alto. Não dava para perceber muito na festa, porque você estava de salto. Não use saltos grandes e chiques... não vai querer parecer exagerada, em especial porque vai usar saia... Ah, dane-se, use saltos.

Enquanto Tiffany falava, eu tentava decidir se usava meu All Star ou sapatilhas pretas. Mas paro, porque, ok, ela talvez esteja certa a esse respeito. Então, encontro um par de sandálias. São plataformas douradas, combinam perfeitamente com a blusa, e não são muito altas, só uns cinco centímetros. Além disso, acho muito mais fácil andar com salto plataforma do que com salto agulha.

— Achei os sapatos.

— Que altura?

— Uns cinco centímetros, acho.

— Está ótimo. Então, o protocolo para o primeiro encontro: ele vai pagar. Estamos falando de Bryce, e ele definitivamente vai insistir em pagar.

— Mas vou me oferecer para pagar mesmo assim — respondo, porque é verdade. Eu me sentiria mal se ele pagasse tudo.

Tiffany parece pensar que estou completando a frase dela, ou algo assim, porque diz:

— Exatamente!

Sei que não estou seguindo os conselhos de Tiffany a respeito da roupa, mas ouço atentamente agora que ela fala sobre o que fazer no encontro. A festa na praia já foi ruim o bastante, mas naquela ocasião Dwight tinha me convidado só como amigo, por isso, eu estava mais relaxada. Dessa vez, era diferente.

Além disso, e se ele tentasse me beijar enquanto estivéssemos no cinema?

Isso é diferente de um primeiro encontro tradicional, uma vez que já passamos da barreira do primeiro beijo. Argh, por que tudo precisa ser tão estranho e confuso? E por que eu tenho de reagir de maneira exagerada às menores coisas? Sou uma idiota mesmo.

Espero que Bryce não perceba.

NÃO MUITO TEMPO DEPOIS DE DESLIGAR o telefone e terminar a maquiagem, ouço bater a porta de um carro, e a campainha toca.

Aceitando o conselho de Tiffany (e de Jenna), o de não parecer muito ansiosa, não corro lá para baixo. Em vez disso, deixo que um dos meus pais atenda à porta.

Então desço e vejo Bryce parado ali. Ele usa calça cáqui e uma camisa azul de botões, com o logo da Abercrombie & Fitch. Seu cabelo loiro ondulado brilha sob o sol do entardecer e parece ouro. Ele me vê na escada e dá um sorriso largo, mostrando as covinhas. Sorrio também, só que sei que pareço constrangida e desajeitada.

— Eu não vou trazê-la de volta muito tarde — Bryce diz para minha mãe. Sei que ela não se incomodaria nem se eu chegasse à meia-noite, porque estou em um encontro de verdade, e com um atleta realmente bonito. Ela ficou mais do que em êxtase quando perguntei, hesitante, se ela iria se importar se eu fosse ao cinema com Bryce. Nem mesmo meu pai viu problema nisso.

Minha mãe ri, mas me diz:

— Toque de recolher às dez da noite. Avise-me se por acaso for chegar depois disso.

— Ok — eu prometo.

— Divirtam-se, crianças! — O sorriso largo no rosto dela faz com que eu balance a cabeça e revire os olhos.

— Tchau — digo, impaciente, e fecho a porta atrás de mim. Então, sorrio para Bryce. — Oi.

Ele ri.

— Oi.

Entramos no carro dele, e eu pergunto:

— Então, qual filme vamos ver?

— Pensei naquele novo do Bradley Cooper — ele me diz. — Tem umas críticas muito boas. Tudo bem para você?

— Sim, claro, está ótimo.

— Você não está com calor com essa blusa? — ele pergunta, acenando com a cabeça para meu suéter. Está bem quente, mas nego, pegando os punhos das mangas e puxando-os para baixo.

Então, um silêncio cai entre nós. Espero alguns instantes — mas são momentos longos e intermináveis que se arrastam em silêncio. Não sei o que fazer. Acho que deveria dizer alguma coisa, mas nenhuma conversa fiada me vem à mente. Não dá para fazer comentários sobre o tempo. Não há muito o que comentar sobre a escola, já que só tivemos uma semana de aula, e nada realmente interessante aconteceu ainda. Os treinos de futebol e de futebol americano mal começaram, e os testes seletivos são só na próxima semana. Mal tivemos lição de casa.

E agora: sobre o que devo falar?

Quando estou com as garotas e não tenho nada a dizer, eu simplesmente escuto a conversa delas e faço comentários quando apropriado. Mas garotos são diferentes. Eles não falam sobre as mesmas coisas que as garotas. Não sei muito sobre Bryce — na verdade, risque isso: não sei nada sobre Bryce. Claro, sei o que as pessoas me disseram, mas quase nada sobre ele pessoalmente.

E não sei o que perguntar para descobrir.

É diferente com Dwight. Pareço ser capaz de conversar com ele sem esforço — embora admita que metade das nossas conversas é sobre assuntos de física. Mas as coisas são fáceis com ele. Nem de perto me sinto tão desconfortável como agora.

Começo a me perguntar: e se Bryce na verdade não gostar de mim, como todo mundo afirma que gosta? E se o único motivo pelo qual me convidou para sair foi porque nos beijamos e está sendo educado? Pensar nisso deixa as palmas das minhas mãos pegajosas, e meu estômago é um nó só.

— Posso perguntar uma coisa? — falo, de repente.

— Ah, claro. Vá em frente. Pergunte.

— Por que você me convidou para sair? Foi só porque nos beijamos na casa de Tiffany?

Estamos parados no farol vermelho quando digo isso, então, Bryce aproveita a oportunidade para me olhar. Seu rosto bonito está sério, e seus olhos castanhos se fixam nos meus. Me encolho um pouco por dentro, com medo da resposta.

— Não — ele responde, baixinho. Para de falar e, depois de uma pausa, já com os olhos voltados para a pista, continua: — Quando a conheci na praia, te achei bonita. Diferente. Não era como as outras garotas. Você é uma pessoa muito interessante, Madison... sabia? É como... é como se não se importasse com o que os outros pensam de você.

*Nada mais distante da verdade.*

— Mas, ao mesmo tempo, ninguém sabe nada sobre você.

*Agora, sim... agora você está no caminho certo, bonitão.*

— Hmmm — murmuro, rindo, mas, então, acrescento: — E não tem nada a ver com o fato de um garçom desconhecido ter me dado o número do telefone dele?

— Hmmm... — Ele limpa a garganta com timidez deliberada, o que faz nós dois rirmos. — Talvez. Ok, aqui vai uma pergunta para *você*, Popzinha. O que a fez dizer "sim"?

Não respondo por um momento; já falei uma vez sem pensar esta noite, e não quero estragar minha oportunidade com Bryce. *Por que* eu disse "sim"?

Ele é bonito, é legal, é engraçado, e é aquele cara do ensino médio pelo qual todas as garotas são apaixonadas. Eu gosto dele. E foi ótimo beijá-lo na outra noite...

Ou será que é só porque estou lisonjeada?

Quero dizer, ele não teria olhado duas vezes para mim se eu fosse a antiga Madison. Mas esse cara se interessou por mim, me deu um apelido, me beijou em uma festa. Não sei se gosto da *ideia* de tudo isso mais do que gosto *dele* realmente.

No entanto, para ele, respondo:

— Porque eu quis dizer "sim".

Ele ri.

— Essa não é uma boa resposta. Pode ser mais específica?

— E que tal, se esta noite for boa, aí serei mais específica?

— E como vou saber se você achar que foi boa?

Dou de ombros, e respondo vagamente.

— Se for, contarei para você por que disse "sim". Então, você saberá que foi boa.

Bryce me olha de relance, um sorriso brincando em seus lábios, sem mostrar suas covinhas. Ofereço um sorriso inocente para ele, e ele dá uma risada baixinho, balançando a cabeça. Aumento o volume do rádio, ele me olha mais uma vez.

— O quê? Não quer conversar comigo? — ele diz. Ele tem de elevar a voz por causa da altura do som.

Nego com a cabeça.

— Não. É só que eu gosto desta música.

— NÃO. — BRYCE COLOCA UMA MÃO SOBRE A MINHA e empurra minha carteira de volta para minha bolsa antes que eu possa terminar de pegar uma nota de dez dólares. — Já falei para você, eu vou pagar. Considere isso um mimo meu.

— E eu falei para você que vou pagar minha parte. Está tudo bem.

— Vamos lá, Madison, você realmente não espera que eu pague a conta em um primeiro encontro? — ele ri, sorrindo para mim e, ao fazer isso, seus olhos se fixam direto nos meus, fazendo meu rosto corar.

— Posso fazer algum tipo de discurso feminista, se você quiser.

— Não duvido que possa —diz, tão sério que não acho que esteja brincando. *Será que exagerei?*, me pergunto brevemente. — Mas, sério, está tudo bem. Eu vou pagar.

— Sim, mas...

— Nada de "mais" — me diz, empurrando minha bolsa quando começo a pegar a carteira pela terceira vez. — Vou pagar e você vai agradecer, e depois vamos ter uma noite agradável e assistir ao filme.

— Você quer pipoca ou algo assim?

— Se você quiser, claro. Não quero parecer o porco que realmente sou e comer um balde de pipoca sozinho. Eu faria isso, sabe?

Dou uma gargalhada.

— Salgada ou doce?

— De caramelo — ele diz, balançando as sobrancelhas, como se pipoca doce fosse a coisa mais ousada do mundo.

— Que homem selvagem — digo, sarcástica. — Eu deveria começar a chamá-lo de Tarzan. Vou pegar pipoca agora — falo para ele. — Assim não vamos ter de esperar pelos próximos vinte minutos e perder os trailers.

— Não dá para perder os trailers. — Ele balança a cabeça de leve, um olhar sério em seu rosto, como se dissesse que essa seria uma coisa realmente trágica.

— Exatamente.

— Tome — diz, oferecendo uma nota de cinco dólares. — Eu falei que vou pagar esta noite.

Recuo e seguro a bolsa com as duas mãos, para que ele não possa me dar o dinheiro. Nego com a cabeça e dou alguns passos para trás.

— Vai ser pipoca doce. E é por minha conta.

— Madison — ele suspira, dando um passo na minha direção.

Eu o interrompo rapidamente.

— Nã-não! Você não pode sair daí ou vai perder o lugar na fila. E, então, vamos realmente perder os trailers.

— Droga, você está certa — ele diz com um suspiro melodramático. E sorri para mim: — Você vai ganhar esta nota de cinco dólares até o fim da noite.

— Não, não vou. Pipoca grande, tudo bem?

— O que você quiser.

Vou para a fila no balcão das guloseimas. Compro uma Coca Diet grande, já que sei que pipoca me deixa com sede — mas pego dois canudos, só por precaução — e quando, depois de um tempo, saio com nossas tranqueiras, Bryce está parado esperando por mim, sorrindo.

— Vamos lá... não queremos perder os trailers logo agora, não é?

# 16

Durante os cento e oito minutos do filme, estou ciente do joelho de Bryce pressionado contra o meu. Parece meio triste, eu sei, mas é só nisso que consigo pensar. Ele não coloca o braço ao meu redor, mas sempre que nossas mãos se encostam quando vamos pegar pipoca, ele enrosca nossos dedos, até que eu comece a pensar que ele está esperando que eu pegue pipoca para poder pegar também.

Ele estava certo sobre ser capaz de comer bastante; pego alguns punhados, mas Bryce come quase todo o balde de pipoca sozinho.

Me pergunto se ele vai ser brega e bocejar antes de colocar o braço ao meu redor. Parece ser o tipo de coisa que ele faria, de um jeito brincalhão e fofo. Mas ele não faz nada disso, o que me deixa mais ciente de como nossos joelhos e cotovelos se tocam.

Quando o filme termina — e era um filme muito bom —, nós nos levantamos. Pego o balde de pipoca e o sacudo, para que os milhos no fundo balancem também. Dou uma espiada, e então olho para Bryce, fazendo uma cara surpresa.

— Você realmente vai deixar toda essa pipoca?

Ele dá uma risada e empurra meu braço com o dele de um jeito brincalhão enquanto saímos da sala de exibição.

— Talvez isso explique por que estou tão faminto. Quer comer alguma coisa em algum lugar?

Já que estou com fome, e sim, quero prolongar este encontro com Bryce o máximo possível, confirmo com a cabeça e tento não sorrir com *muito* entusiasmo.

— Parece uma ótima ideia.

— Do que você gostaria? — ele pergunta, parando enquanto jogo o balde de pipoca em uma lata de lixo. — Pizza? Hambúrguer? Algum lugar realmente bacana? O que você decidir.

Penso por um instante.

— Pizza parece bom para mim.

— Tudo parece bom para você — ele brinca, rindo. — Conheço um lugar que tem uma pizza excelente.

Quinze minutos mais tarde, estamos sentados em um restaurante que cheira a queijo derretido e uma mistura deliciosa de massa, vegetais e tomate. O carpete é vermelho e a iluminação é fraca, então, o ambiente é aconchegante e bonito também.

Sentamos em uma cabine indicada pelo garçom.

— O que vão beber?

— Água, por favor — digo.

— Eu quero um refrigerante de laranja — pede Bryce.

— Ok. Aqui estão os cardápios... — o garçom fala, enquanto entrega um cardápio para cada. — Eu volto em alguns minutos para anotar o pedido de vocês.

Abro o cardápio. A primeira coisa que meus olhos veem é o preço — solto um pequeno e silencioso suspiro de alívio quando vejo que não é muito caro. Não que eu não possa me dar ao luxo, mas, se ele insistir em pagar de novo, eu me sentiria horrível.

Não escolho nada no cardápio; em vez disso, olho ao redor. Não é um restaurante grande, mas tem gente suficiente para fazer um barulho de fundo agradável de conversas que se mistura com a música baixa e calma.

Volto a analisar o cardápio, mas sinto que Bryce está me olhando. Ergo os olhos por sob minha franja, que quase cobre minha vista agora que minha cabeça está abaixada, e vejo que ele sorri para mim.

— O que foi?

Ele dá de ombros.

— Nada.

No minuto seguinte, o garçom chega com nossas bebidas e anota nosso pedido. Fico surpresa quando Bryce pede exatamente o que quero: uma pizza de frango e legumes. Então, digo:

— Vou querer o mesmo, por favor.

Quando o garçom se afasta, Bryce diz:

— Isso foi puramente coincidência ou...?

Dou uma risada.

— Eu queria aquela pizza. O quê? Você acha que escolhi só porque não conseguia decidir sozinha?

— Quem sabe — ele brinca. — Tenho bom gosto em relação à comida. Não seria a primeira vez.

— Certo.

Depois de alguns segundos de silêncio, Bryce respira fundo, solta o ar, e se inclina mais perto de mim.

— Então, Madison, conte-me algo sobre você. Qualquer coisa.

Penso por um instante. Certamente, deve haver algo que não deixe transparecer quem eu costumava sem em Pineford.

— Tenho uma irmã mais velha, Jenna. Ela está estudando na Universidade de Nova York.

— Sério? Legal. O que ela estuda?

— Artes.

Ele assente lentamente, pensando. Então toma um gole de seu refrigerante e me diz:

— Sabe, isso não é me dizer algo sobre você, pessoalmente. Como vou te conhecer se você não me conta nada sobre si mesma?

Dou uma risada, mas soo um pouco nervosa — espero que só aos meus próprios ouvidos.

— Ok, que tal... *America's Next Top Model* é meu prazer secreto.

— Esse é o tipo de coisa.

— Agora, é minha vez de perguntar alguma coisa para você — digo. — Como se tornou uma estrela do futebol?

— É um bom esporte — ele me conta com um sorriso. — Eu jogo desde que era pequeno. Também fui para um acampamento de futebol durante alguns verões. Espero que isso me garanta uma bolsa para uma boa universidade.

— O que quer fazer na universidade?

— Direito. Mas algumas faculdades me ajudariam com uma bolsa esportiva. Ouvi dizer que é bem competitivo... — Ele olha para mim e acrescenta: — E o que você quer estudar na universidade?

Dou de ombros.

— Ainda não pensei muito no assunto. Talvez História? É uma das poucas matérias nas quais sou boa.

— Ao contrário de Física? — ele me provoca, sorrindo por sobre seu copo.

— Muito engraçado.

— Desculpe. Ainda não conseguiu mudar dessa aula para alguma outra coisa?

Nego com a cabeça.

— Fui até a secretaria perguntar de novo. Aparentemente, a sra. Willis tentou mexer nos meus horários, mas, por algum motivo, não deu certo. Eu desisti. Fiz dupla com Dwight, então, vou conseguir passar.

— Dwight?

— Sim. Dwight Butler — acrescento, quando Bryce me dá um olhar que diz que ele não sabe de quem estou falando.

Ele pensa por um instante. Posso ver seus olhos indo de um lado para o outro, como se estivesse tentando imaginá-lo. Então, ele diz:

— Ah, sim. Ele é amigo de um garoto que não tem uma sobrancelha?

*Metade de uma sobrancelha*, eu o corrijo mentalmente. Em voz alta, respondo:

— Sim.

— Desde quando você é amiga desse cara?

— Eu o conheci antes da festa na praia. E ele é meu parceiro de laboratório na aula de Física.

— Ah.

— Por quê? Tem algum tipo de problema com isso?

— O quê? Não, não! — ele exclama rapidamente, de olhos arregalados. — Não quis dizer nada disso. Só estava me perguntando, porque, você sabe, ele é... meio que um nerd.

— E daí?

Ele dá de ombros.

— Acho que não é uma coisa ruim. Ele é só... bem, um perdedor.

— Não tenho essa impressão. — Meu estômago se aperta; eu deveria defender Dwight, mas tenho medo de estragar a opinião que Bryce e todos os outros têm de mim. Me encolho, pensando no quão superficial me tornei.

— Algo me diz que você não se importa muito se é socialmente aceitável que a nova garota popular seja amiga do cara nerd.

Dou de ombros, evitando responder à pergunta. Diabos, sim, eu me importo. Mas, se ele quer pensar o contrário, não vou me opor.

O sorriso dele aumenta, e ele ri baixinho.

— É o que quis dizer sobre você mais cedo. Você é interessante.

— Acho que *estranha* pode ser a palavra que você está procurando — murmuro. Imediatamente fecho a boca, incapaz de acreditar que realmente disse aquilo.

Bryce me escuta; mas ele gargalha, como se pensasse que estou brincando.

— Não, esta palavra definitivamente não descreve você. *Bonita. Intrigante. Divertida.*

Sinto meu rosto corar — não posso evitar. Mordo o lábio como se estivesse tentando conter um sorriso, e abaixo a cabeça porque não quero que ele veja que estou vermelha. Então, eu me lembro — ah, sim, não tenho mais a cortina de cabelo para esconder o rosto.

— Isso é você tentando ser fofo no primeiro encontro?

— Isso depende.

— Do quê?

— Está funcionando?

Dou uma risadinha.

— Sim, definitivamente, está funcionando.

Bryce se recosta no banco com um tipo de sorriso confiante.

— Ótimo.

Durante o restante do jantar, conversamos sobre todo tipo de coisa. Milagrosamente, consigo não contar muito sobre mim mesma antes de me mudar para a Flórida.

Mas conversamos, e não é tão inquietante ou forçado como eu temia. Na verdade, é bom. Eu rio e sorrio e, mesmo que de vez em quando entre em pânico sobre o que dizer, descubro que estou me divertindo bastante.

Bryce desiste, quando insisto em pagar metade da conta. Levo um tempo para convencê-lo, no entanto; primeiro, ele não queria nem que eu deixasse a gorjeta. Ele me leva para casa quinze minutos antes do meu toque de recolher.

Só que ele não para o carro na frente da minha casa; estaciona duas ou três casas para baixo. Sei o que vai acontecer: o beijo de boa noite no fim do primeiro encontro. Posso não estar muito atualizada sobre a etiqueta dos encontros e sobre garotos, mas já vi filmes e li livros e revistas suficientes para saber isso.

Eu não o culpo. Aposto que meus pais — ok, minha mãe em particular — vai estar espiando pela janela para ver se sou eu.

— Eu me diverti muito esta noite — digo para ele, soltando meu cinto de segurança. — Obrigada.

— Que bom — ele responde. Aquele sorriso deve encher o estômago das garotas de borboletas. Sei que o meu está assim. — Eu também me diverti.

Há um momento que parece interminável; espero com a respiração suspensa, me perguntando se ele vai me beijar ou não. Não quero me mexer antes dele para não parecer boba.

Então, Bryce se inclina na minha direção, e pressiona gentilmente os lábios contra os meus. Eu correspondo ao beijo, e de repente sinto-me leve e quente por dentro.

Nós dois paramos o beijo ao mesmo tempo, mas Bryce não se afasta; sua testa se apoia na minha, sua respiração se mistura com a minha.

— Eu disse "sim" porque você foi legal comigo — sussurro.

— Como é? — A voz dele é tão baixa quanto a minha.

— Você queria saber por que eu disse "sim". Eu disse "sim" porque você foi legal comigo e sequer me conhecia.

Ele não diz nada por uns dois segundos. Contei sete batidas fortes do meu coração no meu peito antes que ele reaja; e, então, ele levanta meu rosto com a mão para me beijar de novo.

— Madison — ele diz baixinho, ficando perto o bastante para raspar os lábios nos meus. — Estou muito feliz que tenha dito "sim".

# 17

BRYCE ESTÁ ESPERANDO POR MIM DEPOIS da minha aula de História Mundial, no primeiro horário do dia seguinte. No início, acho que ele está esperando para falar com a professora ou algo assim, então, sorrio, digo oi, e continuo a caminhar.

— Epa, não vá embora tão rápido — ele ri, dando alguns passos para me alcançar. — Espero você fora da classe e você sai andando?

Dou uma risada, mas então penso melhor e diminuo o passo.

— Você estava esperando por mim?

— Bem, sim.

— Ah. — Dou um sorriso feliz para ele. — Obrigada.

— Que aula você tem agora?

— Arte e Fotografia — digo para ele. — E quanto a você?

— Literatura Inglesa — ele suspira, não parecendo nada entusiasmado, e revira os olhos. — Você pode me dizer por que *O apanhador no campo de centeio* é um livro tão importante?

Sorrio para ele.

— Não é tão mal. Eu li no ano passado, na minha antiga escola. Gostei dele. Adorei a coisa com Holden e seu chapéu...

— Não é tão mal? — ele ergue uma sobrancelha. — É um saco.

Dou de ombro.

— Que seja. Cada um com seu gosto. Ainda acho é uma das melhores coisas que tenho na minha estante de livros.

Ele ri, e viramos a esquina, entrando em um corredor lotado de gente. Normalmente, eu estaria abrindo caminho por entre as pessoas, mas todo mundo parece se afastar para Bryce passar, como o Mar Vermelho. Como se ele tivesse algum tipo de poder para abrir caminhos diante dele.

Quando finalmente chegamos na minha classe, paro antes de acompanhar alguns garotos para dentro da sala. Me viro para me despedir de Bryce e, quando faço isso, vejo Carter atrás dele. Dou um sorriso para ele, e ele o devolve — mas para rapidamente quando Bryce se vira para ver para quem estou sorrindo. Carter abaixa a cabeça e não olha mais para mim.

Por um instante, fico paralisada, encarando Carter, sentindo-me surpresa e um pouco magoada. Qual o problema dele? Balanço a cabeça mentalmente enquanto ele entra na sala de aula, e me viro novamente para Bryce.

— Ah, obrigada. Por me esperar para a aula, quero dizer. Hmmm. Sim. — Paro de falar antes que comece a gaguejar e balbuciar ainda mais, e opto por lhe dar um sorriso.

— Sem problema. Vejo você mais tarde.

— Ok.

Ele me dá um beijo no rosto e, então, segue pelo corredor em direção à sua aula de Literatura Inglesa.

Sinto algumas pessoas me olhando quando entro na classe. Também estão sussurrando, alto o suficiente para que eu possa ouvir o que estão dizendo:

— Eles estão namorando?

— Ouvi que ficaram na festa de Tiffany na sexta. Jane me contou.

— Ela está aqui, tipo, o quê? Uma semana? E já está ficando com *ele*?

— Estou com tanta inveja. Ele é muito gostoso.

— ...você não acha? Quero dizer, olhe só para aquela pedrinha no nariz. Tão nojento.

Aperto minha mandíbula, respirando fundo. Só estão falando de mim por causa de Bryce. Podem me julgar pelo que quiserem — são só alguns rumores estúpidos, não significam nada. O que importa é que tenho amigos, e eles estão bem felizes que eu esteja com Bryce agora. Mais ainda, *eu* estou feliz. Então, eles podem continuar falando; é só um monte de lixo de qualquer jeito.

Sei que a escola toda já vai saber até o final do dia. As notícias correm rápido por aqui. Mas, pelo menos, não são exatamente notícias ruins... na verdade, acho que são notícias bem incríveis.

Então, ergo meu queixo em vez de olhar para o chão. Sigo até meu lugar habitual, ao lado de Carter, e me sento, fingindo estar totalmente alheia à fofoca.

— Oi — digo para Carter, sorrindo.

— Então, você e Higgins, hein?

Balanço meus ombros alternadamente.

— Acho que sim.

— Quando isso aconteceu?

— Hmmm, eu... — Limpo a garganta. — Na festa na casa de Tiffany? Estávamos todos brincando de verdade ou desafio, e então...

— Ah, verdade ou desafio — ele diz, assentindo como se compreendesse, olhando-me nos olhos. — Entendo.

— Nós só nos beijamos — digo rapidamente, aumentando meu tom de voz, caso ele tenha ouvido que dormi com Bryce. Eu não queria aquele tipo de reputação. — Então, fomos ao cinema noite passada e...

— E então vocês viveram felizes para sempre — ele termina por mim, com um sorriso irônico.

Dou uma risada.

— Ah, sim, isso mesmo. Estamos planejando o casamento e o tudo mais. Gostaria de ver alguns sonogramas?

Carter dá uma gargalhada, e o vejo relaxar.

— Você ainda acha estranho que eu converse com você mesmo sendo amiga deles, não é?

Tenho de dizer: sei por que ele parece um pouco desconfortável perto de mim de vez em quando, e por que, quando ele viu Bryce, fingiu me ignorar.

O olhar em seu rosto e os segundos de silêncio foram suficientes para me dizer que estou certa.

— Isto é estúpido. Você está sendo bobo.

Ele ri.

— Você é uma pessoa muito direta, não é?

— Desculpe, eu não quis parecer...

— Ah, não, eu não quis dizer de um jeito ruim. Foi mais uma constatação. É bom que você não acredite que não possa conversar com certas pessoas porque não estão no mesmo nível na pirâmide social. Embora, eu ache que você é uma bela rival para Tiffany agora. Namorar o cara mais popular da escola impulsiona sua própria popularidade.

Dou uma risada.

— Imagino que sim.

Então, Carter diz:

— Dwight gosta de você.

Eu não digo nada, apenas junto minhas sobrancelhas e inclino a cabeça de lado, dando-lhe um olhar questionador.

— Você sabe — ele diz, dando de ombros. — Ele gosta de você. Não gosta tipo *gostar* — ele esclarece, rapidamente —, mas gosta de você como amiga, pelo menos. Mesmo que você seja boa demais para ele agora.

Bufo.

— Sim, claro. Só porque sou amiga das líderes de torcida e dos atletas?

— Madison, vamos lá. Não me diga que não sabe que nerds e atletas não se misturam.

O jeito como Carter diz "nerds e atletas não se misturam" faz parecer que é como se fosse algum tipo de lei universal. Parece tão incrivelmente ridículo que caio na gargalhada. Carter sorri para mim e dá uma risadinha, embora eu não tenha certeza se ele está respondendo ao fato de que eu acho isso engraçado ou ao fato de que ele disse algo realmente ridículo.

— Se todos terminaram de conversar, eu gostaria de começar a aula — a srta. Augustan anuncia alto, sua voz atravessando a classe para que todos se calem rapidamente.

Afasto os olhos no mesmo instante, para encarar mais uma vez Carter; e me pergunto se o que ele acaba de dizer significa que terei de escolher entre meus dois grupos muito diferentes de amigos.

# 18

Bryce Higgins está namorando aquela garota nova, aquela com piercing no nariz — sim, aquela, a de cabelo curto e loiro, Madison Alguma Coisa: a notícia está por toda a escola, eu estava certa. Espalhou-se como fogo no mato, e eu só tenho de caminhar pelo corredor para ouvir as pessoas dizendo: "É ela quem está namorando Bryce".

Não que eu queira ser conhecida por alguém que estou namorando, mas prefiro ser "aquela garota que namora Bryce" do que "a perdedora esquisita" ou "Maddie Gorducha".

Assim que o sinal toca depois do almoço, vou para minha aula do curso preparatório de Física, com o Dr. Anderson; eu já tinha chegado atrasada um minuto na aula anterior, e tinha sido avisada que, como era minha primeira semana, ele deixaria passar, mas, se acontecesse de novo, iria para a detenção. Eu não quero chegar atrasada em aula nenhuma novamente.

A caminho da classe, vejo a parte de trás de uma cabeça familiar de cabelos pretos encaracolados na minha frente, pegando as escadas.

— Dwight! — chamo, mas ele não me escuta com todo aquele barulho dos alunos indo para suas classes.

Corro até ele, feliz por estar usando meu All Star em vez de salto (mesmo que Tiffany tenha virado o nariz mais cedo). Ele não me escuta quando chego atrás dele, então, pulo em suas costas, minhas mãos segurando seus ombros, e ele vai ligeiramente para frente.

— Eu chamei, mas você não me ouviu — digo antes que ele possa perguntar que diabos estou fazendo.

Ele pisca duas ou três vezes, como se estivesse um pouco surpreso e confuso, daí balança a cabeça rapidamente e me dá aquele sorriso fácil e contagiante, os olhos verdes da cor do mar se iluminando.

— Oi, Madison.

— Como vai você? — pergunto.

— Tudo bem — ele responde. — E quanto a você?

— Ok.

— Só ok? Se o que ouvi por aí é verdade, as coisas estão mais do que ok para você agora. — Ele me dá uma cotovelada nas costelas, e eu rio.

— Então, você ouviu sobre mim e Bryce.

— Aham. — Ele confirma e sorri novamente. — Quando estava planejando me contar? Estou realmente magoado com essa traição, Madison. Como pode não contar para seu companheiro de laboratório de Física que está saindo com o cara mais lindo da escola? — A mágoa fingida é tão melodramática que ele não consegue manter a fachada por mais de alguns segundos; então, ele acaba rindo comigo. — Por favor, eu imploro, não precisa me contar cada detalhe de seu relacionamento. Pessoalmente, não me incomoda se ele beija bem ou não. Ou se tem, tipo, o abdômen mais sarado que você já viu na *vida*.

Dou uma gargalhada e abro a porta da sala 31.

— Não se preocupe, vou poupá-lo dos detalhes, Dwight.

— Agradeço a Deus por isso.

— DISTRIBUA ISSO — O DR. ANDERSON PEDE para uma garota sentada na frente, entregando-lhe uma pilha de papéis. Ela se levanta para distribuir as folhas, enquanto ele prossegue, falando devagar. — O que vocês vão receber agora é uma cópia da base do seu projeto. Todos vocês se lembram, espero, que vão trabalhar com seu parceiro em um projeto para pesquisar um físico que mudou o mundo da ciência de um jeito único e próprio...

Ele continua falando a mesma coisa que nos disse semana passada sobre o projeto valer vinte por cento da nossa nota final. Então, começa a ler a folha que entregou, que é um exercício inútil.

Quando a garota se aproxima da nossa mesa, ela para:

— Você realmente está namorando Bryce Higgins? — ela sussurra para mim.

— Hmmm... sim — respondo também em um sussurro.

— Ah, meu Deus — ela suspira. — Você é uma garota de sorte. Sabe que a maioria das garotas da escola matariam por uma chance com ele? — Ela sorri e coloca duas folhas na nossa mesa antes de seguir para a mesa seguinte.

— Tem sido assim o dia todo? — Dwight pergunta com riso na voz.

— Infelizmente, sim.

Ele contém uma risada, mas sorri mesmo assim.

— Pobrezinha. Popularidade é um fardo e tanto.

— Isso supostamente é você tirando sarro de mim?

— Na verdade, não. Só tirando sarro dos alunos populares de modo geral.

Reviro os olhos e balanço a cabeça para ele. Meus olhos brilham enquanto analiso a folha e, no fim, apoio o cotovelo na mesa e sustento o rosto sobre as mãos fechadas. Contenho um bocejo enquanto o Dr. Anderson fala. Dwight está fazendo anotações, como a maioria da classe, então, pego meu caderno também. Parte de mim acha que, se não fosse por Dwight, eu não me esforçaria em nada nesta aula.

ENQUANTO GUARDAMOS NOSSAS COISAS, Dwight e eu conversamos sobre o projeto. Como precisamos entregá-lo antes das férias de Natal, temos alguns meses, mas com a quantidade de trabalho que o Dr. Anderson espera de nós, devemos começar assim que possível.

— Que tal neste fim de semana? — sugere Dwight. — Podemos nos encontrar na sua casa ou na minha e dar uma olhada geral. Eu já tenho algumas ideias, por isso, não vai ser tão difícil.

Concordo com a cabeça.

— Parece bom.

Chego a me perguntar rapidamente se poderia ver Bryce no fim de semana, mas deixo isso para lá. Posso vê-lo em outro momento. Também o encontro na escola. Não é nada demais.

— Ei — diz uma voz que reconheço como sendo a de Andy quando saímos do laboratório. Ele está esperando do lado de fora. — A aula dupla de matemática foi cancelada — diz, a título de explicação.

— Que sorte. — Dou uma risadinha.

— Sorte? É terrível! Íamos estudar integrais hoje.

Rio novamente, mas paro quando percebo que ele está falando meio que sério.

— O que vocês vão fazer? — ele pergunta, fingindo não ter percebido o breve instante de constrangimento.

— Hmmm...

— Não sei o que Madison vai fazer, mas eu vou terminar minha lição de trigo...

— Que tal tomarmos um milk-shake? — Andy sugere.

— Hmmm... — Dwight olha para mim, inseguro.

— Claro — respondo, sorrindo. Não saio com eles desde a festa na praia, há quase um mês, e seria legal mudar um pouco. — Será ótimo. Eu adoraria um milk-shake de morango agora.

Começamos a nos afastar da sala, seguindo pelo corredor. De repente, vejo Tiffany e Summer indo na mesma direção, e todos nos encontramos no alto da escadaria, e ninguém desce. Não deixo de notar o jeito como o Tiffany ergue o nariz levemente ao ver Andy e Dwight; como se olhasse para eles com ar superior.

— Madison, o que você está fazendo? — ela pergunta, se virando para me olhar.

— Hmmm... vou tomar milk-shake?

— Está tudo bem — Andy murmura baixinho para mim. — Você pode mudar de ideia.

— Sim, mas...

— Madison — diz Tiffany. A voz dela tem um certo tom de comando. Ela ergue uma sobrancelha para mim, quase me desafiando a objetar. Mas há um sorriso tranquilo em seu rosto, e eu me contorço internamente, dividida.

Abro e fecho a boca, tentando dizer alguma coisa, qualquer coisa, quando Dwight decide por mim.

— Vemos você por aí — diz baixinho, ele me dá um sorriso rápido antes de descer as escadas com Andy, deixando-me com as garotas.

Elas esperam até que os garotos estejam longe o suficiente para não escutar o que vão dizer. Summer fala primeiro:

— Você *realmente* ia tomar milk-shake com eles?

— Sim.

Tiffany suspira.

— Querida, sei que ele é seu parceiro de laboratório, então, vocês precisam passar algum tempo juntos e tudo mais, mas...

— Mas o quê? Sair com eles é ruim para minha posição social? — Minha voz é irônica e direta. Imediatamente lamento por ter dito qualquer coisa.

Tifanny me olha como se dissesse "dã".

— Pessoas como eles não se misturam com pessoas como nós. Você acha que não escuto o que falam nas minhas costas? Muita gente nesta escola acha que sou uma total megera, e, para ser franca, eu não poderia me importar menos. Metade do que dizem sobre mim nem é verdade.

— E, o quê? Você acha que Dwight e Andy são assim?

— Eu não disse isso — ela replica. — Mas você sabe como essas coisas funcionam. Nem tudo são arco-íris e borboletas. As coisas funcionam de um certo jeito e...

— Pode parar — digo, mas tento não falar de um modo cruel. Tiffany não estava sendo horrível, ou mesmo condescendente, mas não quero ouvir sobre a afetação e o encanto social da panelinha popular. — Já entendi. Está tudo bem.

E eu *realmente* entendo, mas não está tudo bem. Não está nada bem.

Sei que estou agindo de um jeito estúpido. E superficial. E horrível. Mas não consigo evitar.

Não quero repetir nada do que aconteceu com a antiga Madison em Pineford. A nova Madison tem amigos, é popular, e o melhor: não é a vítima da vez. E planejo manter as coisas deste jeito, custe o que custar.

— Então, para onde vamos? — pergunto, colocando um sorriso iluminado no rosto, para que saibam que não estou zangada, embora esteja um pouco.

— Para a casa de Summer.

— Minha mãe descobriu hoje de manhã que precisa fazer duzentos cupcakes para a festa que vai levantar fundos para a escola da minha irmãzinha — Summer explica. — Então, fomos chamadas para ajudar.

— Duzentos? Sozinha?

— Bem, as outras mães estão trabalhando, então, minha mãe se ofereceu. Ela gosta de fazer esse tipo de coisa — explica Summer.

Começamos a descer as escadas, e Summer e Tiffany me contam sobre a vez em que a mãe de Summer se ofereceu para fazer todas as fantasias de animais para a peça de Natal que iam montar na quarta série, e como algumas das fantasias não eram grandes o bastante, e nenhuma ovelha conseguiu se mexer, o que as levou a caírem como dominós no palco.

Há uma sensação incômoda no fundo da minha mente, dizendo que eu deveria ter ido tomar milk-shake com Dwight e Andy, independentemente do que minhas amigas pensavam.

Mas sei como são as coisas no ensino médio. Há pessoas com as quais você pode sair e outras com as quais não pode. Essa hierarquia jamais deve ser perturbada. E é exatamente por isso que deixo essa sensação de lado e não digo nada — e por que só respondo bem mais tarde, naquela noite, a mensagem que Dwight me manda quando estamos chegando no carro de Summer: *Alguma chance de começarmos o projeto na sua casa este final de semana? Minha irmã vai trazer as amigas para dormir aqui... estou declarando minha casa fora de questão pela minha própria sanidade.*

# 19

Enquanto Summer percorre minha rua mais tarde, vejo luzes de freio diante de nós, mas não consigo reconhecer o carro — só sei que não é da minha mãe nem do meu pai.

— De quem é este carro? — pergunto.

Summer dá de ombros, mas, quando nos aproximamos, ela exclama:

— Ah! É o carro de Bryce.

Ela para logo atrás dele, e ele desce.

Summer me dá uma piscadinha enquanto me viro para agradecer pela carona até em casa.

— E você disse que ele não estava interessado.

Dou uma risada.

— Cale a boca. Até mais!

— Falo com você em breve! — ela responde, e se inclina para fora da janela aberta. — Oi, Bryce!

Ele levanta a mão.

— Oi.

Então, fecho a porta do carro, e Summer dá ré e vai embora.

Ela me deixa parada ali, com farinha, um pouco de massa e alguma cobertura manchando minha camiseta e a parte da frente do meu jeans, com meu namorado incrivelmente bonito, que definitivamente não está coberto de bolo. Meus braços pendem desajeitados na lateral do meu corpo, e, em parte para ter algo o que fazer, envolvo a mão esquerda com a direita.

— Oi.

Ele estende a mão para fazer um carinho no meu rosto.

— Você tem um pouco de cobertura no rosto.

Dou uma risada e levanto uma sobrancelha.

— Só no rosto?

— Eu imaginei que você não ficaria muito impressionada se eu limpasse a farinha dos seus peitos.

Dou risada mais uma vez. Então, a porta da frente se abre.

— Madison — diz meu pai. — Achei ter ouvido um carro estacionar.

É quando ele percebe que estou com Bryce. Ele olha de um para o outro algumas vezes, abre a boca como se fosse dizer alguma coisa, mas não tem certeza do quê. Então, lembro que meu pai não conhece Bryce; e minha mãe só o viu rapidamente.

E assim que percebo que meu pai vai agir do modo como fazia sempre quando Jenna trazia um namorado novo para casa, imediatamente começo a ficar nervosa.

Meu pai opta por falar comigo primeiro:

— Madison, o que aconteceu com suas roupas?

— Tiffany e eu estávamos ajudando a mãe de Summer a fazer cupcakes.

— Certo... — ele diz, lentamente. Então, endireita um pouco o corpo e cruza os braços. — Você não vai me apresentar ao seu amigo, Madison?

— Hmmm, talvez. Dois segundos.

Meu pai ergue uma sobrancelha para mim, e Bryce começa a dizer alguma coisa — ele provavelmente está prestes a se apresentar e parecer supereducado. Só que eu o cutuco nas costelas e digo:

— Pai, entrarei em um minuto.

E meu pai diz:

— Tudo bem. Prazer em conhecê-lo, amigo da Madison.

Assim que a porta se fecha, eu me viro para Bryce. O canto de sua boca está virado para cima em um sorriso, e ele diz:

— O que aconteceu? Tem vergonha demais de mim para me apresentar ao seu pai?

— Não, mas...

— Então, o quê? Vou ter de me esgueirar pela janela do seu quarto à noite para te ver? — Ele finge pensar nisso por um minuto. — Posso viver com isso. Nada errado com um pouco de animação.

— Cale a boca — dou uma risada, cutucando seu braço, e ele ri também. — O que você está fazendo aqui?

— Vim ver minha namorada — ele responde simplesmente. — Ou você não queria me ver?

— Não, não, eu quero! É só... você podia ter me avisado! Como você sabia quando eu estaria em casa?

— Você não atendeu ao telefone mais cedo, mas Tiffany me avisou quando você saiu da casa de Summer.

— Ah, certo.

Ficamos em silêncio.

— Você não vai me convidar para entrar? — Bryce pergunta, mas não de um jeito rude.

— Certo. Sim. Claro. Eu, ah... — Limpo a garganta. — Entre.

Com isso, ele me segue para dentro de casa.

Eu o levo até a sala de estar, onde meus pais estão vendo TV. Eu apostaria qualquer coisa que eles não estariam aqui se não achassem que estavam prestes a conhecer meu namorado. Meu pai estaria em seu computador; minha mãe estaria com os pés para cima, lendo uma revista.

— Mãe, pai, este é Bryce. Bryce, estes são meus pais, Carrie e Greg.

E Bryce dá um de seus sorrisos de cem watts, que acho incrivelmente lindo.

— É realmente um prazer conhecê-los. — E estende a mão.

Meu pai a aperta.

— É um prazer conhecê-lo também. Vai ficar para o jantar?

— Não quero ser intrometido...

E eu só fico parada ali, pensando: *Cara, ele está realmente desempenhando o papel de namorado perfeito, não é?*

— Ah, não, você não está se intrometendo em nada! — minha mãe responde com a quantidade apropriada de entusiasmo. — Não é incômodo algum, não se preocupe. Madison, por que não vai se limpar antes do jantar?

É quando me lembro de que estou coberta de mistura para bolo.

Eu me viro para Bryce.

— Me dê dez minutos. — Subo correndo as escadas, e grito para meus pais por sobre o ombro. — Sejam gentis!

Quero ficar bonita, então, acabo demorando um pouco mais para limpar com cuidado a cobertura de açúcar e a farinha do cabelo e também para escolher minha roupa; mas não quero deixar Bryce sozinho com meus pais por tempo demais; com os namorados de Jenna, eles costumavam contar histórias engraçadas (ou, como minha irmã dizia, constrangedoras) de sua infância. Mais de uma vez, eles abriram o álbum de fotos de quando ela era bebê.

Volto para a sala, e Bryce diz:

— Uau, nunca conheci uma garota que ficasse pronta tão rápido.

— Isso é um insulto?

Ele ri.

— Acha que estou reclamando porque você não passou quarenta e dois minutos arrumando o cabelo? Não que você precise — ele acrescenta rapidamente, dando uma piscadinha. — Você está linda.

— Ah, obrigada.

— Seus pais estão na cozinha — ele diz antes que eu possa perguntar.

— O que estavam falando?

— Nada incriminador. — Ele me dá um sorriso caloroso. — Eles foram muito gentis, não se preocupe. E eu *acho* que gostaram de mim.

— Tenho certeza que sim. — Meus pais ficariam felizes com praticamente qualquer garoto que eu levasse para casa. O fato de ele ser um atleta bonito e simpático provavelmente significa que eles já o amam.

Deixo Bryce na sala de estar e coloco a cabeça na porta da cozinha.

— O jantar fica pronto em dez minutos — diz minha mãe. — E, ah, ele é um garoto adorável, Dice! E é tão educado.

— Nós só perguntamos sobre a escola e o futebol. Nada de histórias constrangedoras — meu pai garante assim que começo a perguntar. Então, acrescenta: — Ainda.

— Ha-ha-ha, muito engraçado. Só... sejam gentis. Por favor.

— Claro que sim — minha mãe ri. — Óbvio que não iríamos espantar seu primeiro namorado, não é mesmo?

Eu só suspiro e fecho a porta, voltando para a sala.

Bryce está em um dos cantos do sofá. Eu me jogo na outra ponta com um grande suspiro.

— Minha mãe disse que o jantar está quase pronto.

— Por que você está sentada tão longe?

— Porque é confortável...?

— É *mais* confortável aqui. — Bryce dá um tapinha no lugar ao seu lado.

— Conheço meu sofá, Bryce. E aqui é *mais confortável.*

— Vamos ver se é mesmo — ele diz.

E, então, estende o braço, segura meu quadril e minhas pernas e me puxa. Eu não resisto, só começo a rir — mas provavelmente ele é forte o bastante para me puxar mesmo se eu tentasse impedi-lo. Ele me senta em metade de seu colo.

Não tenho muita certeza do que fazer, mas daí ele me beija, e eu não preciso mais saber o que fazer. Eu simplesmente o beijo também e me inclino em sua direção enquanto um de seus braços segura meu corpo e sua mão se apoia nas minhas costas. Consigo sentir o calor pela camiseta.

— Convencida? — ele pergunta com uma voz baixa e provocadora.

— Não muito — respondo, e inclino a cabeça para beijá-lo.

Gosto da maneira como Bryce me beija. Não que eu tenha outra pessoa com quem comparar, mas já ouvi Jenna relatar várias histórias de meninos que não beijam bem. Tem aqueles que são desleixados, e salivam por todo o seu rosto (ou pelo menos é o que me disseram), e aqueles que enfiam a língua até sua garganta, e Bryce não é nenhum desses dois. Seus lábios são suaves e quentes, e ele claramente sabe o que está fazendo — o que me deixa bem feliz, porque não sei de verdade o que *eu* estou fazendo.

Então, minha mãe grita: "O jantar está pronto!", e temos de parar.

Durante os trinta e dois minutos que ficamos todos sentados na mesa de jantar, meus pais não dizem nada constrangedor ao meu respeito, e nem amolam muito Bryce — quero dizer, fazem várias perguntas para ele, mas nada invasivo demais. A maioria sobre futebol, escola e faculdade.

Fico ansiosa o tempo todo, no entanto, só esperando que algo o faça sair correndo dali.

Mas logo todos terminamos a refeição, e Bryce ainda está ali, e não estou enterrando a cabeça entre as mãos envergonhada. Minha mãe recolhe os pratos para colocá-los no lava-louça, e eu me levanto para retirar os copos.

— Ele é muito gentil — minha mãe me diz baixinho. — O que vocês dois vão fazer agora?

— Não sei.

— Bem, seu pai vai ficar na sala de estar... tem um documentário que ele quer ver.

Por um segundo ou dois, não digo nada, porque essa situação já passou pela minha mente durante o jantar. E por "situação", quero dizer "meu quarto". Por que o que eu deveria fazer?

Há um aposento livre no térreo também, mas está cheio de móveis antigos e caixas que ainda não desembalamos da mudança, então, isso significa que meu quarto é o único lugar para Bryce e eu irmos.

Não que eu esteja preocupada por ele ver meu quarto ou algo assim. É só que nunca levei um garoto lá antes. Isso tudo é novo para mim.

Mas pelo menos sei que não tem roupa suja espalhada pelo chão. Quando retorno à mesa, meu pai já pediu licença para se retirar, e Bryce me dá um sorriso.

— Obrigado pelo jantar, sra. Clarke — ele diz para minha mãe. — Estava uma delícia.

— Não tem de quê, Bryce.

Sorrio para ele e inclino a cabeça em direção à porta. Ele entende a dica sem eu ter de dizer nada, e se levanta, seguindo-me para fora da sala de jantar.

Faço uma pausa quando chegamos ao pé da escada, e meu coração bate forte no peito. Só estou nervosa porque não quero que ele pense que tenho... outras intenções em mente. Não quero dar a impressão errada, mas tampouco quero ficar sentada na sala, com meu pai, pelas próximas duas horas.

— Ah... — limpo a garganta e aponto desajeitada para a porta da sala de visitas. — Meu pai está assistindo a algum documentário, então, hmmm... você quer... quero dizer, o único lugar que sobra é...

Paro de balbuciar, porque vejo que Bryce está sorrindo e, então, ele ri. Dá um passo mais perto de mim e se inclina para dar um beijo na minha testa, uma mão apoiada em meu ombro.

— Relaxa — ele me diz, com um sorriso fofo. — Mostre o caminho.

Solto um suspiro imenso e silencioso de alívio, e meu coração desacelera gradualmente. Quando viro para subir as escadas, a mão de Bryce desce do meu ombro até pegar minha mão, e enrosco meus dedos nos deles, sorrindo para mim mesma.

Quando chegamos ao meu quarto, meus dedos parecem ficar presos na maçaneta.

— Você está bem? — A voz de Bryce me arranca de qualquer paralisia na qual me encontro.

— Sim — respondo, apressada. Olho de relance para trás, para ele, com um sorriso rápido. — Desculpe. — Puxo o ar, e minha respiração está só um pouco instável. *Controle-se, Madison!*

Embora meu quarto não esteja tão bagunçado — bem, minha mãe diz que é uma bagunça, mas eu digo que, na verdade, é uma bagunça organizada, com tudo exatamente como eu quero que esteja —, digo:

— Desculpe, não tive tempo de arrumar...

— Está brincando comigo? — Bryce dá uma gargalhada. — Na maior parte do tempo, você tem sorte se conseguir ver o piso do meu quarto.

Dou uma risada, mas, de repente, meu único pensamento é: *Onde eu me sento?*

Olho para a cama; sento ali ou isso vai lhe dar a impressão errada? Eu sentaria no banco perto da janela, só que Bryce já está lá. Não quero me sentar na cadeira da escrivaninha. Então, subo na ponta da cama, olhando para ele.

— Como não tem nenhuma foto de você com seus antigos amigos? — ele pergunta. — É só que sei que Tiff tem toneladas de fotos de todo mundo, e minhas primas também. Eu imaginava que fosse uma coisa de garotas.

A mentira vem fácil aos meus lábios:

— Ainda não desempacotei todas as minhas coisas.

— Ah — ele diz, aceitando sem discutir. — Você sente falta deles?

— Como é?

— Dos seus amigos. Dos amigos que tinha no Maine.

— Ah. Não. Não sinto.

— Sério? — Ele parece um tanto surpreso, mas suponho que seja anormal não sentir falta de tudo dos primeiros dezesseis anos de sua vida.

— Bem, não sinto tanta falta quanto deveria sentir. — Faço com que soe como uma piada. — Mas gosto muito mais daqui.

— Por quê? — ele pergunta, uma sobrancelha erguida e um tom sugestivo em sua voz.

Alheia como sou ao conceito de paquera, dou uma risadinha e digo:

— Bem, tem um cara que pode ter alguma relação com isso...

— E esse cara tem nome?

— Sim.

— Vai me contar tudo sobre ele?

— Só para começar, ele é um cara bem legal... sem mencionar que é incrivelmente atraente.

Não tenho ideia de quais palavras estão saindo da minha boca, mas não consigo controlá-las. Não que isso seja algo ruim; talvez eu esteja fazendo algo certo, para variar.

— Naturalmente. — Ele sorri de leve, incapaz de manter a expressão séria no rosto. Dou outra risadinha. Ele vem em minha direção sem que eu sequer perceba, e agora está a poucos centímetros de distância; tenho de inclinar o pescoço para trás para poder olhar em seu rosto.

— E — ele dá outro passo, e eu coloco a mão em sua camiseta —, eu realmente quero beijá-lo novamente neste exato momento.

— Bem, ele está mais do que feliz em cooperar.

Com isso, ele se inclina para baixo, com uma mão em cada lado das minhas pernas, e eu ergo o rosto para beijá-lo, meus braços ao redor de seu pescoço. Ele se aproxima e me obriga a me recostar na cama, até que fique deitado sobre mim. Ele equilibra o corpo para não me esmagar, mas o peso é confortável. Logo seu beijo se torna mais profundo e mais faminto, e eu tento puxá-lo para mais perto ainda.

Não tenho certeza de quanto tempo ficamos nos beijando assim, mas só nos separamos quando Bryce rolou de lado, virando-me também, de modo que ficamos nos encarando.

Permanecemos olhando um para o outro, nossas respirações um pouco mais pesadas do que o normal pela intensidade do beijo. Então, bem devagar, Bryce estende a mão para afastar a franja dos meus olhos; sua mão fica em meu rosto, e há algo neste gesto e no jeito como ele me olha, com os olhos castanhos límpidos e calorosos, um sorriso brincando com o canto de sua boca, que faz meu coração dar um salto.

— Bryce?

— Sim?

— Por que você foi tão legal comigo naquele primeiro dia de aula?

As sobrancelhas dele se juntam, e ele franze o cenho.

— Essa é uma pergunta aleatória.

— E isso não é uma resposta.

Ele dá uma gargalhada.

— Não sei. Acho que sou uma pessoa legal, para começar. Você era nova, e isso é difícil para qualquer um. E, você sabe, você é bonita, então, estaria mentindo se eu dissesse que isso não foi um fator.

O jeito como ele faz o elogio, tão casualmente, me faz corar, mas não me importo, porque é um rubor por um bom motivo.

— E quando falei com você na festa da praia, no fim de semana anterior — ele diz de um jeito lento e pensativo —, você pareceu... é difícil de explicar. Você não foi indiferente ou esnobe; foi só... misteriosa, eu acho. Não como a maioria das garotas.

— E ser diferente não faz você querer sair correndo?

Ele ri de novo, sem perceber que estou bem séria, porque estou meio que surpresa. Considero que a risada dele quis dizer "Não, não quer" — o que é bom o bastante para mim.

— Estou feliz que tenha se mudado para cá, Popzinha — ele diz, então.

Pisco uma vez, encarando-o. Há um sorriso sincero em seus lábios, e ele está simplesmente me olhando com aqueles olhos castanhos maravilhosamente cálidos.

E eu respondo, sem pensar duas vezes:

— Eu também estou realmente muito feliz por ter me mudado para cá.

# 20

Acho que sempre tive uma opinião preconceituosa sobre as pessoas populares. O que é extremamente hipócrita da minha parte, considerando que sei que devemos pelo menos tentar não julgar os outros.

Mas eu não podia evitar. Tinha visto em primeira mão os diferentes tipos de pessoas populares.

Quando eu era caloura, as alunas do último ano, que pareciam governar a escola, eram algumas das garotas mais horríveis e egoístas que alguém poderia imaginar.

Jenna saía com elas de vez em quando, mas não tinha uma posição na escala social alta o bastante para impedir que me intimidassem.

Então, durante o segundo ano, quando Jenna era a nova queridinha da escola, as coisas melhoraram; as amigas dela eram mais gentis. Claro, havia umas duas garotas más, simplesmente porque algumas pessoas são assim, e não dá para mudar isso. Mas, na maior parte, todo mundo era ok.

E eram o tipo de gente que sorria para você nos corredores em vez de passar como se fossem donas do lugar e você fosse um pedaço de chiclete no caminho. Mas quando eu digo "você", não quero dizer "eu". O máximo que eu conseguia era ser ignorada.

E não só pelo pessoal popular; todo mundo naquele lugar parecia ter algo contra a antiga Madison. Ou, pelo menos, não aguentavam ser associados a mim.

Eu sentava sozinha nas aulas. Eu sentava sozinha no almoço. Sempre que tínhamos de ter um parceiro para o laboratório de ciências ou para um projeto, quem quer que ficasse comigo recebia olhares de pena dos demais. Eu não era completamente horrível nos esportes, mas era sempre a última a ser escolhida na aula de Educação Física.

Mas, sim, acho que sempre tive essa ideia fixa de como as pessoas populares realmente eram.

E acontece que estar de verdade no grupo do pessoal popular é uma experiência muito surreal.

QUANDO A SEXTA-FEIRA CHEGA, ESTOU PRONTA para o final de semana. Só preciso de um descanso. Não tenho lição de casa hoje, e só preciso escrever um parágrafo de conclusão do ensaio para a aula de Artes. Então, está tudo bem.

O fato de que sexta-feira é um dia fácil provavelmente ajuda. Bem, sem contar a aula dupla de Física logo pela manhã. Depois é só Educação Física, que é tolerável no momento, e Política Norte-Americana, na qual ninguém se esforça muito. Por isso, o resto do dia é livre, e na hora do almoço já posso ir para casa. Que alegria.

Assim que o sinal toca para indicar que minha aula de Política Norte-Americana acabou e estou livre para ir embora, guardo todas as minhas coisas na bolsa estilo carteiro e saio da sala. Mas não me apresso; posso ir para casa no meu próprio ritmo. Coloco um fone no ouvido e escolho um álbum do Fall Out Boy para tocar.

Sigo até meu armário para pegar meus livros de Física — Dwight e eu combinamos de começar nosso projeto hoje à noite. Não tenho certeza se vou precisar mesmo dos livros, mas é melhor prevenir.

Quando chego no armário, quase todo mundo já foi para a próxima aula. O corredor está praticamente vazio, só alguns alunos ainda estão se arrastando para a classe. Giro a combinação da fechadura e começo a guardar os livros na bolsa.

Alguém passa por mim e para, e ouço uma combinação sendo girada. Ergo os olhos, mas a porta do meu armário bloqueia minha visão. Dou um passo para trás para ver quem é.

— Ah. Ei, Dwight.

Ele se vira e parece me notar ali pela primeira vez. Então, me dá um sorrisinho.

— Ei de novo. Não tem aula?

Nego com a cabeça.

— Estou livre o resto do dia.

— Sortuda.

— Ah, pare com isso — dou uma risada e fecho o meu armário. — Você adora a escola.

— Bem. Há controvérsias, mas não é tão ruim. Eu ia ter aula de Química, mas foi cancelada. A professora está fora, fazendo um curso.

— Ah.

Ao ouvir passos vindos do final no corredor, nós dois paramos para olhar. É Bryce, vestido com o uniforme do time de futebol. Ele levanta a mão para acenar para mim.

— O que está fazendo aqui? — pergunto. — Achei que vocês tinham treino.

— Esqueci de falar para o professor de História — ele diz. — Não posso deixar que ele pense que estou cabulando aula tão cedo.

— Ah! — exclamo.

Bryce para diante de mim.

— Você vai para casa agora, certo?

— Aham.

— O que vai fazer mais tarde? Estou pensando em passar na sua casa para vê-la novamente — ele diz, abaixando a voz, embora eu saiba que Dwight pode ouvir cada palavra que ele diz.

— Estou ocupada — digo, torcendo a boca para baixo porque eu preferiria mil vezes estar com Bryce a fazer um projeto estúpido para uma aula na qual estou predestinada a fracassar (sem ofensa a Dwight). — Esta noite não posso. Vou fazer um trabalho para a escola.

— Em uma sexta-feira à noite?

— Sinto muito...

— Bem, me ligue se terminar cedo, ok? Eu gostaria de vê-la.

Sorrio.

— Claro que sim.

Ele abaixa a cabeça para me beijar, e dizemos:

— Nos vemos depois.

Eu o observo se afastar até que ele olha para trás e acena para mim, então, olho novamente para Dwight.

Ele finalmente se afasta do armário para dizer:

— Trabalho de escola, hein?

Finjo que estou procurando alguma coisa na bolsa, para não ter de olhá-lo nos olhos.

— Você ainda terá tempo para me encaixar no seu trabalho de escola?

Quando levanto os olhos, Dwight está sorrindo. Dou um soco brincalhão em seu braço.

— Cale a boca!

Ele solta uma gargalhada e me dá aquele sorriso caloroso e de lado, que me faz sorrir em resposta. Começamos a caminhar pelo corredor, e ele me bate com o ombro, e nós dois gargalhamos mais uma vez.

— Vou para a biblioteca — ele me diz.

— Você... quero dizer, se tiver um tempo livre, quer ir tomar um milk-shake ou algo assim?

Ele estremece. É breve, mas não deixo de notar.

— Não deveríamos fazer isso. Um dos seus amigos pode nos ver.

Vejo como ele se sente desconfortável, então, deixo para lá.

— Está tudo bem. Foi só uma ideia. Divirta-se na biblioteca. Me mande uma mensagem quando estiver indo para minha casa mais tarde, sim?

Ele assente.

— Claro, farei isso.

— Aproveitando: minha mãe vai insistir em convidá-lo para jantar — digo para ele. — Parte de ser uma boa anfitriã, ou talvez só o gene materno, não sei.

Ele ri, mas diz:

— Está tudo bem, posso comer em casa. Sério. Não quero colocar você em nenhum tipo de problema.

— Seu argumento é inválido. Não tenho ideia do que teremos para o jantar, mas sempre podemos pedir alguma entrega rápida, se todo o resto falhar.

Ele começa a dizer:

— Mas...

Só que eu o interrompo e falo:

— Isso não está aberto a discussão, saiba disso. Eu alimento você; você não fica bravo por eu ser uma parceira inútil. Estaremos quites.

Isso o faz rir ainda mais.

— Tudo bem, tudo bem, eu desisto... isso parece ser uma troca bem justa. Vejo você mais tarde, então.

— Ok. Até mais.

E, com isso, nos separamos: vou para um lado, e ele vai para o outro.

# 21

— Por favor, sejam legais — instruo meus pais.

— E por acaso já fomos alguma outra coisa, Dice? Alguém pensaria que você tem vergonha de nós. — Meu pai tenta manter o rosto sério, mas não está dando muito certo. Reviro os olhos.

Aliso uma prega inexistente na minha regata preta. Não tive nenhum cuidado especial com minhas roupas. Quero dizer, tomei banho e arrumei o cabelo, mas só vesti uma calça jeans com um rasgo no joelho, que não estava lá quando eu a comprei, e uma regata preta lisa. Nada de especial.

Não sei por que estou tão nervosa... é um tipo diferente de nervoso em relação ao que senti quando Bryce fez aquela aparição surpresa no começo da semana. Aquilo foi muito específico: era meu namorado conhecendo meus pais pela primeira vez, e eu nunca tinha passado por essa situação antes.

Agora é muito mais simples: um amigo que vem em casa trabalhar em um projeto. Mas nunca estive em uma situação como esta também.

Nunca tive um amigo, amigo de verdade, por isso, nunca levei ninguém para conhecer meus pais. E estou apenas preocupada (mais do que apenas) que eles me envergonhem.

Brinco com a fivela do meu cinto e olho para o relógio. O ponteiro dos segundos se moveu oito vezes desde a última vez que olhei. Por que o tempo está passando tão devagar de repente? É como quando você sonha e suas pernas não se mexem tão rápido quanto deveriam, e você não consegue correr nem nada assim. É frustrante, porque você sabe que não há nada que possa fazer a respeito.

Olho para o relógio de novo. Cinco segundos. Fecho os olhos com força até que pontos de luz brilhante comecem a dançar dentro das minhas pálpebras. Daí olho o relógio mais uma vez. Seis segundos.

Eu me pergunto, se eu tirar o relógio da parede e sacudi-lo, será que ele vai se mover mais rápido?

*Dinnnnnng-donnnnng...*

A campainha toca, seguida por quatro batidas rápidas. Minha mãe começa a se levantar, e abre a boca para dizer que já está indo, mas estou na porta antes que ela tenha a chance de falar qualquer coisa.

Paro, passo os dedos pelo cabelo, ajeito minha regata. Então, abro a porta, com um sorriso pronto no rosto.

— Oi! — Dwight me cumprimenta com seu sorriso caloroso e de lado.

A mochila dele está jogada de qualquer jeito sobre o ombro — o zíper não está fechado direito, e eu reconheço um pedaço do nosso livro de Física aparecendo.

Dou um passo para trás e gesticulo para que ele entre. Percebo que ele limpa os pés no capacho da entrada. Minha mãe aprovaria isso.

— O jantar logo estará pronto — digo para ele. — Se quiser deixar suas coisas aqui por enquanto...

— Tudo bem.

Decidimos fazer nosso projeto sobre Isaac Newton. Dwight não ficou muito entusiasmado com a ideia no início — ele queria fazer com alguém mais desconhecido, mas já que eu não sei praticamente nada sobre cientistas, concordamos que alguém mais conhecido seria melhor.

De repente, minha mãe aparece na porta da cozinha. Ela estava louca para conhecer Dwight.

— Ah! Você deve ser Dwight! É tão bom conhecê-lo... Madison nos falou muito sobre você.

Dwight sorri e diz:

— Obrigado por me convidar para jantar, sra. Clarke.

— Ah, por favor, me chame de Carrie.

— Carrie. — Dwight assente educadamente. — Tudo bem.

— Não é incômodo nenhum, nenhum mesmo. Espero que esteja com fome. Temos toneladas de comida.

Não acho que Dwight tenha percebido, mas o entusiasmo na voz na minha mãe beirou ao histérico. Claro, Jenna trouxe várias amigas para casa (e amigos rapazes e namorados), mas esta situação é diferente, porque sou eu, e não Jenna. Minha mãe está animada e nervosa por eu ter um amigo com quem posso fazer um projeto da escola; está mais ansiosa do que eu, na verdade.

E é por isso que estou com tanto medo de que ela me envergonhe.

— Vocês já podem ir se sentar — minha mãe diz, acenando com a mão para nos levar para dentro. — O jantar está quase pronto. Já, já vou servi-lo.

Aceno com a cabeça e respondo.

— Ok.

Dwight se abaixa para desamarrar seu All Star surrado. Os tênis dele estão quase tão batidos quanto os meus.

— Então — ele diz com uma ponta de riso na voz quando se endireita para me olhar —, você anda falando muito sobre mim?

Mordo a parte interna da bochecha.

— Acho que mencionei você umas duas vezes...

— Só duas? — ele provoca.

— Tudo bem, tudo bem... você me pegou. Ando perseguindo você desde que nos conhecemos no café, ok? Não posso evitar.

Ele dá uma gargalhada. Gosto da gargalhada dele. Só de ouvir, você já fica feliz.

— Vamos lá... seus pais não vão ficar impressionados se deixarmos o jantar esfriar — ele me diz.

Quando entramos na cozinha, vejo que meu pai está servindo o jantar. É um ensopado de frango, com legumes em outra travessa, uma cesta de pães e manteiga. Meus pais fizeram um pequeno esforço extra só porque Dwight estaria aqui.

— Que projeto é esse no qual estão trabalhando, crianças? Madison não nos falou muito sobre ele — meu pai diz quando todos nos acomodamos.

Reviro os olhos. Eu devia ter esperado algo assim. Já tinha contado tudo do que me lembrava sobre o projeto; eles sabiam o básico. Mas tenho de dar o braço a torcer: é um jeito inteligente de começar uma conversa com Dwight sem parecer muito intrometido.

Volto os olhos para ele de relance e, embora não esteja me olhando, posso notar o brilho de entusiasmo em seus olhos enquanto ele começa a contar sobre nosso projeto.

— Então, você gosta de Física? — minha mãe pergunta.

Ele confirma com a cabeça.

— Sim. É realmente incrível descobrir como o universo funciona. Tentar recriar o Big Bang, aprender todos os pequenos detalhes tão intrincados de uma única partícula... — ele para de falar e dá uma mordida no frango, abaixando a cabeça.

— Então, você se interessa só por Física ou por Ciências em geral?

Ele olha para baixo, engole e limpa a garganta.

— Ciência em geral, mas sempre gostei de Física em particular.

— Adivinhem só — digo. — Tiffany me mandou uma mensagem mais cedo e sugeriu que eu participe da seleção das líderes de torcida, já que adiaram para a semana que vem.

— Bem, por que você não tenta? — minha mãe pergunta.

— Sim, Madison — diz Dwight. Por algum motivo, fico com a impressão de que ele está zombando de mim... só um pouco. — Pode ser divertido.

— Até parece — bufo. — Não vou, de jeito nenhum, tentar entrar na equipe de líderes de torcida. Ainda tenho um pouco de sanidade.

Minha mãe suspira.

— Você deveria tentar, Dice. Não é tão mau. Jenna sempre adorou.

— Dice? — Dwight percebe o apelido pelo qual meus pais me chamam. Há uma pequena ruga em sua testa, aproximando só um pouquinho suas sobrancelhas escuras. Quando ele franze o cenho assim, aparece uma preguinha em cada lado de seu nariz, como se ele fosse enrugar. *É fofo*, penso, antes que possa me impedir.

— Ah — meu pai diz —, é só como nós a chamamos.

— *Dice*. — É como se ele testasse como soa, como se provasse a palavra. — É incomum. Por que não Maddie?

— Odeio esse nome — replico, um pouco áspera demais.

Um segundo de silêncio pesado cai sobre a mesa. Então:

— Dice é bem legal.

— Obrigada — murmuro, porque não sei o que mais dizer.

— Você pratica algum esporte, Dwight? — meu pai pergunta. — Futebol, tênis...?

Dwight ri, como se a ideia fosse inteiramente ridícula:

— Não, não sou uma pessoa muito esportiva. Mas surfo. Meu... meu pai costumava surfar. Então, ele me ensinou quando eu era mais novo.

— Ah.

— O legal de surfar é que posso aplicar a física às ondas... existem diferenças entre as ondas no raso e no fundo... tem relação com a refração... — Ele para de falar no meio da sentença, então, ri, tímido. — Desculpem, eu não posso começar a falar disso, ou fico falando para sempre. Minha irmã odeia quando falo de ciências no jantar.

— Eu sempre achei que surfe era algo bem legal — digo. — Mas nunca tive a chance de tentar.

— Sério? Talvez eu pudesse ensinar você um dia desses. Teve um verão em que ensinei Carter. A menos que tenha medo de ficar com o cabelo molhado ou quebrar uma unha...

— Ha-ha-ha — digo sarcástica, revirando os olhos. Ele ri para mim. — Claro. Será ótimo.

Terminamos o jantar com uma conversa um pouco mais simples, e assim que começo a ajudar minha mãe a colocar tudo no lava-louças, o telefone do corredor toca.

— Eu atendo — ofereço, e levanto o dedo indicando "um minuto" para Dwight. Corro até o corredor e atendo ao telefone. — Alô?

— Aloha, irmãzinha! — Jenna simplesmente grita pelo telefone, e tenho de afastá-lo um pouco da orelha.

— Abaixe o volume, Jen!

— E aí?

— Ah, você que me ligou.

— Sim, e liguei com o propósito de perguntar e aí? E pergunto isso porque sei que você tem um *encontro* de estudo.

Reviro os olhos, mesmo que ela não possa me ver. Dou a volta no corrimão e sento na escada.

— Você pode se acalmar? Não tenho um "encontro de estudo", ok? Só estamos trabalhando em um projeto de Física.

— Aham... — ela diz, em dúvida. — Claro, Mads, como queira. Mas é com o carinha bonitinho que convidou você para a festa na praia, certo?

— Sim, e isso não importa porque é puramente platônico. E você já se esqueceu de Bryce?

— O namorado sexy e jogador de futebol americano? Claro que não.

— Ele joga futebol, não futebol americano.

— Ah, sim. Desculpe! Como vão as coisas com ele?

— Bem. Nada mudou desde que falei com você... quando foi? Quarta-feira?

— Sim. Sim, estou feliz com isso. Agora, eu *preciso mesmo* contar para você sobre o cara que conheci ontem no campus. O nome dele é Henry. É *britânico*. Quão legal e sexy é isso, Mads? Ele é britânico! O sotaque dele é adorável. Ele me convidou para um café.

— Quando?

— Ontem.

— Não, quando você vai tomar café com ele?

— Daqui a uma hora. Ele está na minha aula de Artes, mas está fazendo o curso de História.

— Ah — digo, sorrindo. Jenna tinha prometido para nossa mãe que não iria deixar nenhum garoto desviar sua atenção da faculdade, pelo menos no primeiro semestre, a menos que achasse que valeria a pena. E, até agora, ela tinha sido fiel à sua palavra. Mas algo em sua voz me fez pensar que ela já gostava desse cara.

— Mamãe está aí?

— Hmmm, ela está na cozinha... — Eu me levanto e me inclino sobre o corrimão, espiando para a cozinha, mas não há sinal da nossa mãe. De fato, não há sinal do nosso pai ou de Dwight tampouco. — Mãe? — Eu a chamo.

— Não se preocupe — diz Jenna. — Diga para ela que ligo mais tarde, sim?

— Tudo bem.

— Na sala de estar, querida! — minha mãe grita em resposta.

— Ok! — grito de volta. Para Jenna, digo: — Divirta-se no seu encontro.

— O mesmo para você — ela dá uma risadinha. — Tchau!

E ela desliga antes que eu possa suspirar e argumentar que não é um *encontro*.

Acho Dwight sentado no meio do sofá, com um grande álbum de família no colo. Minha mãe está ao lado dele e estende o braço para virar a página, e eles olham para mim quando entro.

— Quem era no telefone? — ela pergunta.

Mas eu apenas fico parada ali, o horror tomando conta lentamente de mim, enquanto encaro o álbum de fotos. É o álbum que Jenna e eu montamos para o aniversário da nossa mãe no ano passado, com todas as fotos favoritas dela — as do casamento, dos nossos nascimentos, vários aniversários, Natais e Halloweens, e até mesmo fotos de sua formatura na faculdade.

É um ótimo álbum de fotos.

Mas não foi feito para que outras pessoas o vissem.

O que eu deveria pensar é: *Ah, meu Deus, que clichê. Eles foram pelo caminho das fotos de infância para me envergonhar. Que previsível.*

Mas não é o que estou pensando.

A página que Dwight está neste momento mostra uma foto de Jenna e eu na praia, quando eu tinha cerca de cinco anos. Mas sei que na página seguinte está a foto que foi tirada na formatura de Jenna no ensino médio: é a foto da velha Madison.

Então, o pânico se instala e se sobrepõe ao horror que me deixou imobilizada no lugar.

Pulo no sofá, meio caindo sobre o ombro de Dwight e jogando o álbum para longe. Minha mãe se levanta rápido e o pega antes que caia no chão. Balanço precariamente por um segundo, e então despenco no lugar que minha mãe acabou de desocupar, um braço estendido em Dwight.

— Madison! — meu pai exclama enquanto tento me recompor e me sentar. — O que está fazendo?

Viro para Dwight.

— Desculpe.

Por um milésimo de segundo, vejo a confusão no rosto dele — e então ela desaparece, e ele está perfeitamente composto de novo.

— Não se preocupe.

— Madison — minha mãe adverte.

Ainda olhando para Dwight, digo:

— É só que não gosto que vejam minhas fotos antigas.

— Está tudo bem — ele diz. — Você não precisa se explicar para mim.

Dou uma espécie de meio sorriso fugaz para ele. Ele sorri de volta por um instante, para que eu saiba que está tudo bem.

Minha mãe suspira, mas não é um suspiro de frustração ou de irritação pelo meu comportamento. É mais um suspiro cansado, triste. Ela vai até a estante e guarda o álbum de fotos entre *As obras completas de Shakespeare* e a *Coleção completa de Charles Dickens*.

— Certo... vamos deixá-los trabalhar no projeto então — minha mãe anuncia, como se eu não tivesse acabado de atacar o álbum de fotos de um jeito completamente maluco. — Vamos ficar longe do caminho de vocês, não se preocupem.

Eles fecham a porta atrás deles. Ouço a TV no escritório, e o zum-zum-zum baixo das vozes é o único ruído.

— Sinto muito — digo novamente para Dwight. — Eu... é só que...

— Não se preocupe com isso. — Ele me dá um sorriso gentil; um sorriso que me diz que não vai me perguntar nada sobre o ocorrido e que não acha que sou uma completa doida.

Solto um suspiro de alívio.

— Então... vamos começar ou o quê?

— Sim. Só vou pegar minha mochila.

— Ok. Volto em um segundo. Tenho de pegar o meu notebook e os meus livros.

Eu já tinha deixado o notebook, os livros, o caderno e uma caneta empilhados nos pés da minha cama. Pego o carregador do notebook também, apenas por garantia, e desço novamente. Estou quase no pé da escada quando escuto:

— Dice.

Paro por um momento, fechando os olhos e respirando devagar e profundamente. Inspiro... e expiro.

Enfio a cabeça pela porta do estúdio. Meu pai está lendo o jornal, e minha mãe está navegando na internet — está procurando casacos de inverno. Uma reprise de alguma novela está passando na TV.

— O que foi?

— Você não precisa reagir desse jeito.

— Vocês não tinham de mostrar o álbum de fotos para ele — replico, e só então me lembro de manter a voz baixa. — Sei que é parte do trabalho de vocês me envergonhar e tudo mais, mas não... não... apenas não *façam* isso, ok?

Não espero que eles entendam de verdade. É só que... era tão *difícil*. Era difícil tentar permanecer invisível quando as pessoas não me deixavam em paz. E eu não reagi, nenhuma vez. Eu me recusava a me deixar reagir; reagir só teria tornado tudo pior, dando outro motivo para que rissem de mim. E agora quero deixar tudo aquilo para trás. Não me importa que existam lembretes ocasionais de como eu costumava ser — fotos e filmagens, coisas assim —, mas não quero que sejam mostrados para alguém que espero que seja meu amigo. Não quero que ninguém saiba sobre a antiga Madison. Eu já tinha começado a superar, e gostaria de continuar assim. O passado fica no passado.

Mas não é como se eu pudesse explicar tudo isso para meus pais, na verdade.

— Apenas... por favor, não façam isso de novo — digo, em vez disso, e então saio do estúdio.

De volta à sala de estar, encontro Dwight cercado de livros, com o notebook sendo inicializado. Ele se vira e sorri para mim, e eu sorrio de volta, como se tudo fosse completa e inteiramente normal.

# 22

— Você está brincando comigo! — Dwight exclama, com riso na voz. — Tem uma macieira no seu quintal?

— Estou falando sério.

Ele joga os braços no ar e, então, abaixa as mãos, colocando-as no alto da cabeça, os dedos entrelaçados. Olha para o teto, rindo e balançando a cabeça.

— Ah, cara, isso é... isso é *brilhante!*

— Hmmm... ok... — Franzo o cenho, sem entender o entusiasmo com a macieira. Limpo a garganta para chamar a atenção dele novamente. — Por que isso é brilhante, exatamente?

— Bem, você lembra da história que contaram quando você estava, tipo, na quarta série, sobre a maçã que caiu na cabeça de Newton e, então, ele descobriu a gravidade e tudo mais, certo? Bem, podemos usar sua macieira nos nossos experimentos. É perfeito! Podemos...

— Espere. Você não vai jogar *de verdade* uma maçã na minha cabeça, vai?

— Claro que vou. Pode ajudar você a passar em Física. Olhe o que isso fez para Newton.

Eu o encaro por um longo instante; um instante que se estende enquanto tentamos discernir os pensamentos um do outro. O entusiasmo inocente em seus olhos arregalados me faz pensar que ele está falando sério... mas não pode ser, pode?

Depois de um tempo, ele começa a rir.

— Você não achou de verdade que eu estava falando sério, achou?

Dou um soquinho no braço dele, fazendo cara feia.

— Mas que droga! Sim!

Ele continua rindo de mim.

— Ah, Deus, você devia ter visto sua cara!

Bufo.

— Tanto faz.

— Falando sério, agora — Dwight prossegue —, podemos fazer um experimento para provar que a aceleração devido à gravidade é de nove metros e oitenta e um centímetros por segundo quadrado. Podemos jogar uma maçã, medir a distância da queda, o tempo que ela leva para cair... vai ser fácil. Fazemos um gráfico etc. Acho que consigo montar algum tipo de temporizador eletromagnético, para que a maçã ligue um interruptor sempre que...

— Sim — eu interrompo. — Se quer fazer isso, estou inteiramente de acordo. Vou tentar ajudar no que puder, mas não posso prometer que vou entender o que estou fazendo.

Ele ri e, então, exclama:

— Ah! E sabe o que mais podemos fazer? Fazer uma maçã cair em um pouco de amido de milho e água.

— O quê? Por que faríamos isso?

— Tem um negócio chamado fluido não-newtoniano... — ele me diz, e continua a explicar sobre como certos líquidos (como amido de milho misturado com água) podem se tornar sólidos (as partículas formam hidroclusters, o que quer que isso queira dizer) quando algo duro, como uma maçã, os atinge.

Deixo de prestar atenção e reflito sobre como há algo muito fofo em Dwight. É difícil identificar o que é, no entanto. Acho que é, principalmente, seu sorriso. É tão inegavelmente feliz, e a maneira como sobe mais alto do lado esquerdo é peculiar, em vez de estranho. Enquanto ele fala, gesticula com os braços compridos; ele é magro e desengonçado, e parece um pouco descoordenado, como se pudesse derrubar um copo a qualquer momento.

Neste momento, ele usa uma camiseta com um logo desbotado de uma banda da qual nunca ouvi falar e calça jeans preta. Sempre que o vejo na escola, ele está com uma camiseta lisa ou uma camiseta polo. Às vezes, calça de sarja em vez de jeans. E nunca o vi usar um tênis All Star na escola — está sempre com tênis branco ou sapatos engraxados.

Mas eu meio que gosto deste Dwight mais descolado. Só estamos trabalhando neste projeto há uma hora e meia, mas ele já conversou e riu mais do que jamais o ouvi durante as aulas de Física. É como se fosse um lado diferente dele.

E, sim, novamente, ele é muito, muito bonitinho.

— Madison... Madison...

Sou arrancada dos meus pensamentos.

— Hein?

Ele dá uma gargalhada.

— Estou entediando você tanto assim?

— Não... bem, sim. Quero dizer, não! Não, você não está me entediando — gaguejo, em seguida dou um tapa na minha própria cara, corando timidamente. — Desculpe.

Ele gargalha de novo.

— Não se preocupe. Eu exagero de vez em quando, sei disso. Que tal eu anotar os experimentos e como vamos executar cada um, e você faz um esforço extra quando chegar a hora de colocá-los em prática?

— Combinado — digo. E então: — Quer fazer uma pausa?

— Acho que merecemos uma. Depois de todo o trabalho que fizemos. — Ele gesticula para os cadernos e todas as anotações neles. As anotações dele são mais detalhadas do que as minhas. Ele fez até diagramas. Minhas páginas parecem ter mais rabiscos do que diagramas.

Eu me levanto e estico braços e pernas. Puxo as cortinas para ver se não começou a chover de repente.

— Quer ver a macieira?

Eu me viro e vejo Dwight sorrindo para mim, e ele se levanta e se alonga também, estalando os dedos.

— Mostre o caminho.

Apesar do tempo ameno lá fora, o céu está nublado. O ar age como um tipo de cobertor, quase tangível, de encontro à minha pele.

O quintal que temos aqui é maior do que o que tínhamos no Maine. Os canteiros de flores da minha mãe ficam dos dois lados, encostados na cerca que divide nosso quintal das casas vizinhas. Também tem uma piscina, claro — mas está coberta porque havia algo errado com o filtro e meu pai não conseguiu encontrar alguém para consertar —, e um pequeno deque com uma mesa e cadeiras de madeira que trouxemos de Pineford.

O fundo do quintal, é meu lugar favorito. É onde fica a macieira. Quem quer que fosse o dono da casa antes de nós, devia ter crianças — ou ter um coração de criança —, porque há um balanço de pneu pendurado em um galho grosso e a corda já está escura com o tempo e um pouco esgarçada, mas ainda é firme e forte. Também tem um banco. É onde Dwight se senta; eu fico no balanço.

Passo minhas pernas pelo meio do pneu, empurro o chão com os pés para rodar em círculo algumas vezes e, então, giro para o outro lado até parar.

Ele apenas sorri com aquele sorriso torto.

— Você é uma criançona.

Dou uma risadinha, sem me incomodar nem negar.

— Então, esta é a macieira. — Ele olha satisfeito para a árvore e assente. — Ela superou minhas expectativas, considerando que esse tipo de árvore não cresce bem no nosso clima.

— Ah. Hmmm, legal.

Depois de um instante de hesitação, ele coloca as pernas compridas em cima do banco. Uma delas fica pendurada na ponta, e a outra fica dobrada. Seu braço esquerdo está jogado para trás, como se não soubesse para onde ir. Eu só me balanço para frente e para trás. É legal ter companhia, mesmo que não estejamos nos tocando, falando ou nos comunicando de nenhuma maneira. Dwight simplesmente está aqui, e eu estou aqui, e é legal.

Não estou feliz precisamente. Não poderia me considerar feliz neste instante. Mas eu não chamaria de triste, solitária ou nada de ruim.

Estou... contente. Sim. Essa é a palavra. Contente.

— Dice.

Olho para ele.

— Hmmm? — Preciso de um instante para registrar como ele acaba de me chamar, no entanto. — Por que você me chamou assim? — pergunto antes que ele possa continuar.

— É seu nome, certo?

— Bem, sim, mas... quero dizer, não. É... meus pais me chamam assim. Ninguém mais. Ninguém nunca me chamou desse jeito.

— De onde vem esse nome?

— Quando eu era bebê e comecei a falar, eu não conseguia dizer Madison. Só conseguia falar Dice. Pegou.

— Bem, vou chamar você assim — ele declara com um sorriso adorável e fácil. — Combina com você.

— Como assim?

— Combina com você — ele repete, mas não dá mais detalhes. Espero um segundo e arregalo os olhos, incentivando-o, mas ele não explica mais nada.

— Você tem um apelido? — pergunto.

— Na verdade, não. Não há muitas maneiras de reduzir Dwight.

— Dezão? — provoco.

Ele ri e balança a cabeça para mim.

— Certo.

— Não dá para dizer que não tentei. Vai ficar Dwight, então.

— Dwight, sim — ele diz, confirmando.

E, então, ficamos sentados em silêncio por mais um tempo, até que ele fala novamente:

— Nunca tive um balanço quando era criança. Eu tive uma casa na árvore, no entanto. Bem, digo “eu tive”, mas ainda está lá, no alto de uma árvore no quintal, onde meu pai e meu tio a construíram. Quando eu era criança, costumava brincar naquela casa o tempo todo, mas um dia simplesmente deixei de ir. Você já teve essa sensação? Um dia, você simplesmente acorda e, de repente, não é mais criança? Uma manhã... lembro de que era meados de abril, quando eu tinha doze anos, e fazia bastante sol. Bem, naquela manhã, eu apenas acordei, e pela primeira vez não quis brincar na casa da árvore. E foi assim.

Sinto que ele quer que eu responda, mas não tenho ideia do que dizer. Em vez disso, decido perguntar:

— Sua irmã nunca brincou lá?

Dwight nega com a cabeça.

— Sempre foi uma coisa minha. Nunca algo que a interessasse.

Giro mais algumas vezes antes de falar de novo.

— Dwight?

— Sim.

— Eu... não ache que tem de responder isso, e sinto muito se estou sendo enxerida, e você pode me mandar calar a boca, mas... seu... seu pai... quero dizer, está...?

— Meu pai morreu há cinco anos — ele responde à pergunta que não fiz, com a voz baixa. — Então, sim, ele está.

— Ah.

— Por favor, não me diga que sente muito, ok? — ele diz. — Sentir muito não ajuda. Tenho de lidar com isso, estou lidando com isso, vou lidar com isso pelo resto da minha existência consciente. E está tudo bem. Mas sentir muito não torna as coisas muito melhores.

— Eu não ia dizer que sinto muito — falo com honestidade.

— Eu sei.

— Obrigado.

— Quer voltar lá para dentro?

— Minha curiosidade a respeito da macieira está satisfeita. — Ele se levanta, puxa a perna direita da calça jeans, e endireita a camiseta.

Eu saio do balanço de corda, e voltamos para dentro para continuar a planejar nosso projeto de Física.

# 23

NA MANHÃ DE SEGUNDA-FEIRA, eu me arrasto para fora da cama. O final de semana passou rápido demais para meu gosto — passei toda a noite de sábado na casa de Bryce, conhecendo seus pais oficialmente em um jantar; e passei toda a tarde de sábado enlouquecida no telefone com Tiffany para decidir o que vestir para conhecer os pais dele e saber como deveria me comportar. Agora, eu me obrigo a ficar em pé e visto qualquer roupa, grogue demais para pensar muito na minha escolha.

Minha mãe está fazendo café quando sento na cadeira da mesa da cozinha com um pãozinho integral e um copo de suco de laranja. Meus olhos estão turvos e minha mente ainda não acordou; estou apenas me movendo sem pensar.

— Quer uma carona para a escola? — minha mãe pergunta. — Ou vai caminhando?

— *Nah*.

— Ok — ela diz, como se soubesse exatamente o que acabei de dizer. Tenho certeza de que não sabe. — Dwight ligou noite passada — ela diz com calma. — Enquanto você estava na praia com Bryce.

Levanto os olhos, de repente um pouco mais desperta.

— O que ele queria?

— Algo sobre o projeto, mas disse que não era nada demais. Acho que você vai ficar sabendo hoje. — Então ela acrescenta: — Gosto do Dwight.

— Eu também — digo baixinho para ela. — Ele é um cara legal.

— Mas Bryce também é muito legal.

Aquilo me faz franzir o cenho. Por que acho que ela está comparando os dois? E por que, por que, por que isso me faz ter essa sensação horrível... como se eu tivesse feito algo errado?

— Sim — concordo devagar, com cautela. — Ele é ótimo. Muito legal mesmo. Fantástico, eu diria.

Minha mãe assente e sorri para mim. Talvez eu não esteja seguindo seu raciocínio direito, ou talvez ela tenha tomado café demais, mas não entendo sua súbita mudança de humor.

— Estou tão feliz por você, Dice. Fazendo amigos, voltando a estudar direito... um namorado.

Tenho de sorrir, porque minha mãe está muito feliz por eu não ser mais uma perdedora proscrita. Não sou mais a Maddie Gorducha. Sou só Madison. E é ótimo.

Minha mãe me leva até a escola. Estou adiantada, como de costume. Há poucos alunos conversando no pátio, e alguns professores entrando no prédio.

Domingo, fiz a lição de casa de Inglês, e depois Bryce passou em casa à tarde e caminhamos até a praia. Ficamos sentados na areia, nos beijamos e conversamos. Estou ciente de que, até agora, em meu relacionamento com Bryce, não tinha havido muitas conversas profundas ou significativas. Mas, para ser justa, como meu passado é um livro fechado, tenho evitado falar de mim mesma. Bryce gosta de falar sobre futebol. Não entendo nada sobre o assunto, mas gosto de ouvi-lo — ele fica animado e, em geral, me faz rir, contando-me histórias engraçadas sobre partidas de futebol. Mas, principalmente, quando estamos juntos, nós nos beijamos. Não que eu me importe, claro que não.

Vou até nossa mesa de piquenique de sempre e me sento, com os fones de ouvido. Dobro os braços na mesa e apoio a cabeça. Eu não devia ter ficado trocando mensagens com Bryce até uma da manhã. Mal consigo ficar em pé.

Acho que adormeço — não sei. Mas, de repente, quando sento e esfrego os olhos, Bryce está ao meu lado, conversando com Adam e Ricky.

— Ei, dorminhoca.

— O quê?... Que horas são? — pergunto. Tiro um dos fones de ouvido.

— Faltam alguns minutos para irmos para a classe — Ricky me diz. — Você estava ferrada no sono quando chegamos aqui.

— Por que está tão cansada? — Bryce me pergunta. — Você está bem?

— Sim, claro — digo. Começo a esfregar os olhos de novo, mas paro antes de manchar meu rímel. — É só que você me deixou acordada a noite toda.

Há uma pequena pausa antes que Adam caia na risada e Ricky diga:

— Você a deixou acordada *a noite toda*, hein, Bryce?

Meu rosto fica vermelho.

— Não foi o que eu quis dizer!

Bryce ri — não para os garotos, mas por causa da minha reação. Ele me encara e passa um dedo sobre meu rosto ardente.

Afasto a cabeça e, então, o sinal toca; há um movimento coletivo no pátio, enquanto os alunos se preparam para um dia de aulas.

— Estamos só provocando você, Madison, não se preocupe — Ricky me assegura com um sorriso, enquanto cambaleio cansada até o prédio. — Todo mundo sabe que você é uma doce e inocente virgenzinha.

A única resposta que consigo dar é:

— Hmmm.

E, então, alguém grita no corredor para Bryce que o treinador quer falar com ele o mais rápido possível. Ele me beija rapidamente, e sigo para minha classe.

Eu me arrasto até a aula de artes; depois de um tempo, consigo estar desperta o bastante para conversar direito com Carter.

— Como vai o projeto? — ele pergunta. — O de Física.

Dou de ombros.

— Ok, eu acho. Mal começamos. Não é tão terrível quanto eu imaginava.

Carter levanta uma sobrancelha e meia para mim.

— O projeto não é tão ruim, ou passar o tempo com Dwight não é tão ruim?

Dou uma risada.

— Dwight é ótimo. Eu estava falando sobre o projeto.

— Ah.

— O que isso deveria ser? — pergunto, apontando meu pincel com ponta verde para a tela dele, onde há uma mancha distorcida azul-escura.

— Um mirtilo — ele me informa como se fosse óbvio. — Use sua imaginação artística... Jesus.

Não sei dizer se ele está falando sério e é um mirtilo, ou se ele está só sendo sarcástico. Eu nunca tenho tanta certeza com Carter. Mas, em todo caso, dou uma risada, balanço a cabeça e volto para meu cavalete.

— E como você perdeu metade da sobrancelha?

— Estávamos brincando de verdade ou desafio. E era ou correr pelado pela praia ou raspar minhas sobrancelhas. E havia muita gente na praia naquela noite. Fomos interrompidos antes que eu pudesse terminar.

Dou uma risada. Essa deve ser a décima sétima história que ouvi. Não sei se ele já me contou a verdade ou não, mas sempre me divirto com a história da vez.

O resto do dia passa como um borrão; e segunda se transforma em terça, que se transforma em quarta, que se transforma em quinta...

A semana termina antes que eu perceba.

E, de algum modo, consegui me inscrever na equipe de atletismo. Eles praticam toda quinta-feira, na hora do almoço, o treinador me disse, o que está bem para mim. As garotas ainda dizem que eu deveria ter me tornado líder de torcida em vez disso. Tiffany suspira:

— Mas você teria se divertido tanto na equipe! As garotas do atletismo são *tão* chatas.

NA TARDE DE SÁBADO, OLHO para a hora no meu celular e digo:

— Vou me arrumar — e levanto do sofá onde estava fazendo a lição de casa de História.

— Você vai sair com Bryce? — minha mãe pergunta.

Nego com a cabeça.

— Ele já tinha planejado alguma coisa com os garotos. Lembra, eu falei para você. Dwight disse que eu posso ir até a casa dele e vamos trabalhar mais um pouco no nosso projeto.

— Isso é bom — ela dá um sorriso largo. — Precisa de carona até lá?

— Sim, claro.

— Vá se trocar, pegue suas coisas, e já saímos.

Visto minha calça jeans skinny favorita, de um azul bem vivo, e uma regata branca, lisa. Não me esforço muito — mas não quero aparecer na casa de Dwight de moletom e camiseta velha com manchas de tinta do dia em que decorei meu quarto. Guardo o notebook e os livros na mochila e, no último segundo, pego meu iPod também, porque embora eu saiba que não vou precisar dele com Dwight, ainda não consigo sair de casa sem ele.

Não é muito difícil achar a casa de Dwight — segunda à esquerda, primeira à direita e, então, seguir até o final da rua. Falo para minha mãe que consigo voltar sozinha para casa.

— Ok — ela diz. — Mas, se for depois das dez, quero que me ligue, e seu pai ou eu viremos buscá-la. Não quero você andando sozinha no escuro.

— Claro, mãe. — Ela me lança um olhar, e eu reviro os olhos e digo: — Eu juro, ligarei depois das dez. — Então, fecho a porta do carro e grito um tchau por sobre o ombro enquanto sigo até a casa de Dwight.

É uma casa maior do que a minha e, mesmo do lado de fora, parece aconchegante. As janelas da sala que ficam ao lado da varanda estão abertas, e as cortinas azul-claras ondulam na brisa. O gramado da frente tem um aspecto desgastado, como se alguém realmente o usasse. Há uma bola vermelha jogada no chão e uma corda azul desfiada que parece um brinquedo de cachorro. Verifico o número de latão enferrujado na parede ao lado da porta da frente: 16. É a casa dele mesmo.

Respiro fundo. Não sei por que estou tão nervosa de repente. Puxo a mochila mais para cima do ombro. Minha mão brinca com o fone de ouvido que está pendurado para fora do meu bolso dianteiro. Depois de um tempo, levanto a mão e toco a campainha. Ouço o som ressoar pela casa, acompanhado por um latido alto. Depois de alguns segundos de barulho, a porta da frente se abre. Dwight está ali, um pouco afobado, escondido em grande parte pela porta.

— Pode entrar — ele diz, sem fôlego. Ouço mais um latido e ele desaparece atrás da porta. Acho que está tentando segurar o cachorro.

Entro e fecho a porta.

Quando me viro para Dwight, ele grita:

— Gellman!

E, então, algo bem grande, pesado e peludo me prende contra a parede. Solto um gritinho de surpresa.

— Sinto muito — Dwight se desculpa apressadamente.

— Não, está tudo bem — digo. Tento afastar o rosto da língua rosada gigante que vem na minha direção, mas não consigo e, quando o cão lambe meu queixo, dou uma risada. Mas Dwight vai para frente, agarra a coleira do cão e o afasta de mim.

É quando consigo dar uma boa olhada nele. É algum tipo de Labrador ou Retriever misturado com alguma outra coisa, embora eu não consiga definir exatamente com o quê. O cão é uma massa de pelo amarelo bagunçado, sedoso e suave, com grandes olhos escuros e língua pendurada. Coloco a mochila no chão e me abaixo diante dele; seus olhos ficam no mesmo nível que os meus, de tão grande que ele é. Ou talvez eu que seja pequena.

Faço carinho na cabeça dele, e coço atrás de suas orelhas. Ele late de novo, feliz com a atenção.

— Quem é esse? — pergunto, sorrindo.

— Gellman. Bem, na verdade, é Gellman-Zweig. Por causa de Murray Gell-Mann e George Zweig.

Eu apenas dou um olhar para ele, indicando claramente que não tenho ideia de quem são essas pessoas.

— São cientistas — ele explica. — Basicamente, ambos descobriram a existência dos quarks.

— Do quê?

— Quarks. Minúsculas partículas que compõem os hádrons. Hádrons são prótons e nêutrons.

— Hmmm. Ok.

— Você não tem ideia do que estou falando, tem?

— Não — falo de um jeito engraçado, e nós dois damos risada.

— Dá para ver que sempre fui um nerd da Física — Dwight ri, e esfrega a nuca, como se estivesse envergonhado pelo fato. — Ganhamos Gellman quando eu tinha catorze anos. Cynthia, minha irmã, queria que ele se chamasse Fofinho. *Fofinho*. Entre todos os nomes que existem, ela escolheu *Fofinho*. — Ele balança a cabeça. — Eu disse para ela que, se ela quisesse ter um animal de estimação com esse nome, deveria ter um hamster. Mas e aí? Está pronta para fazermos algum progresso no nosso projeto?

— Na verdade, não — admito alegremente. Gellman dá um latido bobo para mim, pedindo atenção. Então, lambe meus dedos.

— Vou colocá-lo no quintal dos fundos por enquanto — diz Dwight. — Em geral, ele não fica tão animado assim. Desculpe. Acho que é porque ele não conhece você.

— Está tudo bem — falo com honestidade. — Gosto de cachorros.

Mesmo assim, ele sai arrastando Gellman pelo corredor. Tiro os sapatos e os arrumo ao lado da porta, então, pego a mochila novamente.

Quando retorna, Dwight diz:

— Quer beber alguma coisa? Comer?

Estou prestes a dizer que não, só por educação, mas resolvo pensar melhor. Estou com sede, então, para o inferno com as boas maneiras.

— Um copo de água seria ótimo? — a frase sai mais como uma pergunta.

— Sem problema. Tem certeza de que não prefere um refrigerante ou algo assim? Um latte? Sei que você é um tanto parcial em relação a eles.

Dou uma gargalhada.

— Água está bom.

Ele dá de ombro e me dá aquele sorriso maravilhosamente contagiante.

— Ok. Bom, fique à vontade... — Ele gesticula para uma sala atrás de uma porta semiaberta, e desaparece na direção da cozinha.

A sala de estar é comprida e retangular. Em uma ponta, está uma janela aberta com a cortina azul ondulando com a brisa. Tem uma TV grande na parede oposta a mim, e percebo que há um X-Box conectado no aparelho; um sofá comprido e marrom, de couro já gasto fica bem na frente, com uma poltrona combinando, um futon e um sofá menor arrumados estrategicamente ao redor da TV.

Na ponta da sala, perto da janela, há uma escrivaninha com um computador, e uma estante cheia de todos os tipos de livros. Vou até lá. Há vários livros de física (o que não me surpreende), literatura e romances femininos, Jane Austen e outros clássicos, e uma coleção muito manuseada da série *Harry Potter*. Sorrio, admirando os livros. Alguns parecem ser muito bem cuidados, e outros muito amados — como se tivessem sido lidos e relidos várias e várias vezes.

Me volto para os sofás. Em uma mesa de centro, estão os livros de Dwight, o caderno e um notebook. Sento no sofá maior, e começo a esvaziar minha mochila lenta e metodicamente.

Dwight entra pela porta no canto da sala e traz uma lata de refrigerante, um copo de água e um saco gigante de chips de batata.

— Como foi seu final de semana? — pergunto, puxando papo, enquanto meu notebook inicializa.

Ele dá de ombros, mas está sorrindo.

— Foi bom. Surfei pela manhã depois que terminei minhas tarefas.

— Legal. — Então, sem nem mesmo pensar, acrescento: — Você precisa me levar qualquer hora. Vou fazer você cumprir sua promessa.

Ele dá risada.

— Eu sei, eu vou. É só que... quero dizer, imaginei que provavelmente você estaria ocupada com Bryce a maior parte do tempo agora... — ele limpa a garganta, e algo em seu jeito me faz pensar que ele ouviu alguns dos rumores sobre Bryce e mim. Sei o que algumas pessoas estão dizendo, mas todo mundo com quem saio sabe que não é verdade.

Mas se Dwight acreditou neles...

— O quê? Não, quero dizer, é tipo... eu não...

— Ah. — Ele sorri com suavidade. — Sei que você não é esse tipo de garota, Madison.

Isso faz com que as palavras que Ricky disse na segunda-feira voltem à minha mente: *Não se preocupe, Madison. Todo mundo sabe que você é uma doce e inocente virgenzinha.*

Acho que minha reputação me precede.

Mas devolvo o sorriso e abro o notebook. Dwight liga o seu. Ele já tem alguns documentos e janelas abertas no navegador, a maioria dos quais ele fecha; outras, apenas minimiza para mais tarde.

Ficamos em silêncio enquanto clicamos e digitamos em nossos notebooks. A versão em toque de celular de *She had the world* que baixei no meu aparelho há alguns dias toca de repente no meu bolso, fazendo-me dar um pulo de susto.

Percebo que Dwight está me olhando, e me sinto envergonhada enquanto atendo à ligação. Eu me levanto e viro as costas para ele por um instante, mas ainda sinto que ele me olha.

— Ei, Bryce — digo, baixinho.

Consigo ouvir o barulho da partida de futebol americano ao fundo.

— Popzinha. Como você está?

Ele parece verdadeiramente feliz em falar comigo.

— Hmmm, ok. Pensei que você estivesse com os caras? — falo o óbvio, minha voz questionadora, como um incentivo para ele explicar por que está me ligando.

— Sim, estou, mas estamos no intervalo da partida e quis falar com você.

— Ah.

— Então, o que está fazendo?

— Só... estudando.

Ele dá uma gargalhada.

— Você é tão estudiosa.

— Não, não sou.

— Estudando em um sábado à noite?

— Você faz com que pareça ser algo ruim. — Meu tom de voz é leve, brincalhão, descuidado; meu coração está na garganta, e minhas mãos estão úmidas. — É Física — decido acrescentar, e dou de ombros, apesar do fato dele não poder me ver. — Você sabe como sou ruim nisso. Tenho de entender a matéria de algum jeito.

Tecnicamente, não estou mentindo. Só não é a verdade inteira.

— Sim — ele diz com um suspiro pesado. — Acho que sim. Mesmo assim. Sinto muito que tenha de passar por isso.

— Hmmm, ok. — Mas não tenho tanta certeza de que seja uma coisa ruim, na verdade.

— Eu gostaria de poder estar com você agora — ele diz, abaixando a voz até um nível íntimo.

Passo o peso do corpo de um pé para o outro.

— Também sinto sua falta — é tudo o que consigo responder.

— Mas amanhã você está livre, certo?

— Acho que sim.

— Ótimo. Então, amanhã você é toda minha.

Espero sentir meu rosto ruborizar, mas, em vez disso, só sinto constrangimento. Não consigo pensar no que responder para ele. Com sorte, sou salva porque um dos caras grita ao fundo, perguntando para Bryce onde diabos está a maldita pipoca, e ele se desculpa e diz que tem de ir.

— Claro. Divirta-se.

— Divirta-se estudando — ele responde.

— Eu vou — garanto e desligo primeiro. Então, coloco o celular no modo silencioso e o jogo dentro da mochila. Sorrio timidamente para Dwight, mas, antes que possa pedir desculpas, ele dá de ombros e me oferece um sorrisinho.

— Tem certeza de que tem tempo de trabalhar nisso comigo se está tão ocupada estudando?

Ele parece tão derrotado fazendo essa piada, que nós dois somos obrigados a rir.

# 24

A MÃE DE DWIGHT APARECE NA SALA cerca de uma hora depois de começarmos a trabalhar em nosso projeto, dizendo:

— Dwight, eu já falei um bilhão de vezes para não deixar Gellman lá fora. Você *sabe* que isso o chateia. — Ela para assim que me vê com Dwight. — Ah!

— Oi, sra. Butler — digo timidamente, sorrindo educada para ela.

Ela parece... não sei como descrever exatamente. Ela é obviamente bem jovem, e seu cabelo castanho-escuro tem alguns fios brancos, mas seu rosto parece tão mais velho; é como se ela estivesse desgastada. Cansada.

É magra, e usa calça jeans e um suéter rosa. Seu cabelo está preso em um rabo de cavalo e seu rosto está corado. Ouvi a porta da frente abrir e fechar há um minuto; acho que ela deve ter chegado de algum lugar.

— Não percebi que tínhamos companhia — ela diz, se desculpando para mim, e dá um olhar irritado para Dwight. — Você deve ser Madison, certo?

— Certo — digo com um sorriso largo. — É um prazer conhecê-la.

— Ah, me perdoe. Você tem de me desculpar por ser tão má anfitriã; Dwight não me disse que estaria aqui. Mas você vai ficar para o jantar, certo?

— Se não for muito incômodo... não quero atrapalhar — murmuro baixinho, mas ainda estou sorrindo para ela. Assim como o filho, ela simplesmente irradia simpatia e uma natureza fácil.

— É claro que não! — Ela acena com as duas mãos, indicando que eu deixe a ideia de lado. — Como vai o projeto de vocês?

— Tudo bem — respondemos em uníssono. Olho de relance para Dwight, e o canto de sua boca se levanta para mim.

— Ótimo. A propósito, meu nome é Teresa. Certo. Vou deixar vocês dois continuarem com isso, então! Há várias coisas na despensa, se quiserem algo, mas tentem não estragar o apetite para o jantar. — Ela sai da sala depois de nos dar outro sorriso.

— Desculpe por ela — Dwight murmura para mim enquanto eu me volto para meu caderno e meu notebook. — De vez em quando, minha mãe pode ser um pouco... descontrolada.

— Ela parece ser muito legal! — respondo com honestidade. — E lembra muito você.

Ele ergue as sobrancelhas para mim.

— Você acha?

— Sim. Você não se parece muito com ela — admito —, mas ela parece agir como você. O mesmo sorriso.

— Hmmm.

— O quê?

— Nada. Só que... todo mundo sempre disse que sou como meu pai.

— Ah... — digo baixinho, porque ambos sabemos que eu nunca poderei fazer essa comparação. Mas, antes que o silêncio fique constrangedor, continuo a falar: — Mesmo assim, você é como sua mãe.

Ele ri.

— Não tenho certeza de se isso é uma coisa boa ou ruim.

— Uma coisa boa.

— Sou inclinado a pensar o contrário — ele diz, mas há um sorriso em sua voz que me faz ter certeza de que ele concorda comigo. Então, ele volta a olhar para seu livro, um antigo que tinha acabado de pegar da estante. — O que eu estava procurando mesmo? Ah, sim...

Teresa coloca a cabeça porta adentro um pouco mais tarde para dizer que o jantar estará pronto em vinte minutos. Mas continuamos a trabalhar pesado até que ela grite da cozinha que o jantar está na mesa e já esfriando! Dwight e eu arrumamos nossas pilhas de anotações e salvamos os documentos nos quais estávamos trabalhando.

Eu o sigo até a cozinha, e alguém desce correndo a escada fazendo barulho. Olho por sobre o ombro e vejo uma garota de uns treze anos, usando uma blusa rosa-choque e um short cor de berinjela. Ela usa aparelho, tem um vão visível entre os dois dentes da frente, e seu cabelo castanho cai nas costas em uma trança.

Ela pestaneja ao me ver, e eu lhe dou um sorriso rápido.

A cozinha não é muito grande. Ou talvez seja, e é só cheia de coisas. Acho que é a última opção: com a cama do cachorro e uma confusão de brinquedos caninos, além da grande mesa redonda que pode facilmente comportar seis pessoas, qualquer espaço pareceria pequeno.

Espero que Dwight se sente antes de escolher um lugar. Sento na cadeira vazia à sua esquerda, e sua irmãzinha se senta de frente para mim. A mãe deles se senta entre Dwight e a irmã, colocando uma travessa gigante de salada na mesa ao fazer isso, para acompanhar o frango grelhado e as batatas fritas que já estão diante de nós.

Começamos a comer e, depois de alguns minutos, a irmãzinha de Dwight diz:

— Você é aquela garota de quem o Dwight gosta, não é? Aquela do Maine. Madison.

— Ah... — Olho rapidamente para Dwight, que está revirando os olhos. — Sim, ah, sou eu. Oi.

— Achei que fosse. Você é mesmo bonita.

— Ah. — Pestanejo, completamente surpresa. Então, sorrio e respondo: — Você também.

Ela sorri para mim.

— Sinta-se à vontade para ignorar Cynthia — Dwight me diz.

— Não seja mau com sua irmã — a mãe dele o repreende, mas está sorrindo um pouco. — Então, Madison — ela diz, virando-se para mim —, o que está achando da Flórida até agora?

— É ótima — respondo imediatamente, sorrindo. — Adoro aqui.

— E a escola?

— Desconsiderando o fato de ter caído na aula de Física, é ótima. Estou gostando muito de História.

— É o que pensa em fazer na faculdade, talvez?

Balanço a cabeça — um "sim" incerto.

— Acho que sim. Eu gostaria de ser capaz. Sempre gostei de História. E Inglês também é ok, eu acho.

— Não é muito chegada em ciências, então? — ela diz com uma pequena risada na voz.

Dou uma risada, roncando um pouco ao fazer isso.

— Nem um pouco. Quero dizer, Biologia não é totalmente terrível. Nunca gostei de Química, no entanto, e não me dou bem com Física.

— Dwight disse que erraram sua transferência. Isso pode ser irritante. Não há nada mesmo que você possa fazer a este respeito?

— Balanço a cabeça, fazendo uma careta. — Isso é horrível.

O papo flui com facilidade: muita conversa despretensiosa, e nada de grande importância. Não sei se Dwight comentou com a mãe que não gosto de falar sobre mim. Acho que deve ter dito algo — nenhuma vez ela pergunta sobre minha vida, a escola ou nada do tipo antes de vir para a Flórida.

Mas certamente não estou reclamando.

Quando todos terminamos de comer, ajudo a recolher os pratos antes que Teresa possa me dizer para não fazê-lo.

— Você não precisa fazer isso, querida! — ela protesta. — Cynthia pode fazer isso.

— Está tudo bem, de verdade — sorrio. — Eu não me importo.

Ela sorri para mim.

— Bem, muito obrigada, Madison. Dwight, essa garota é para namorar sério, entendeu?

— Mãe.

Sinto uma coisa estranha no estômago, mas deixo de lado.

— Vamos — Dwight me diz, colocando a tigela quase vazia de salada ao lado de onde coloquei os pratos. Ele toca meu cotovelo, e saímos da cozinha.

Eu o sigo, mas dou um sorriso para a mãe dele e digo:

— Obrigada pelo jantar, estava ótimo. — E aceno para Cynthia.

— Peço desculpas por toda a minha família — Dwight murmura para mim quando sentamos novamente para trabalhar.

— Gosto delas. São legais. Sua irmã é legal.

— Hmmm — ele reclama em um tom que discorda de mim.

Ligo novamente o notebook. Dwight está trabalhando nas complexidades do projeto e dos experimentos que vamos fazer. Já li alguma coisa sobre a vida de Newton, suas inspirações, e estou montando a apresentação sobre o tema em meu notebook. Parece uma divisão justa de trabalho: faço as coisas que não exigem muito conhecimento de física, e Dwight assume as coisas complicadas.

Nós dois estamos felizes com isso, na verdade.

Trabalhamos até escurecer, umas oito e meia.

Mas quase nem notei o tempo passando. Embora já tenhamos feito toneladas de trabalho, brincamos a noite toda, conversando sobre todos os tipos de coisas bobas, como aquela vez em que ele foi a um show do Muse, ou quando Jenna quebrou o braço ao cair da bicicleta.

É estranho como me sinto calma e como é fácil ficar perto de Dwight.

Mas é estranho de um jeito bom.

Não fico preocupada de parecer uma idiota quando ronco, ou se ele vai pensar que sou uma boba por contar essa ou aquela história. Não preciso *ficar pensando* em como me comportar. Ele é uma boa companhia — um bom amigo.

Sorrio ao pensar nisso. Dwight larga a caneta. Já comecei a ficar um pouco distraída neste ponto, mudando entre um blog sobre minhas bandas favoritas e uma página da Wikipédia.

— É isso. Vou parar por hoje — Dwight suspira pesado. — E quanto a você?

Aceno com a cabeça, salvando o PowerPoint no qual estava trabalhando.

— Diabos, sim.

Dwight fecha o caderno, organiza alguns papeis que estão espalhados ao seu redor e fecha o documento em seu computador. Faço o mesmo.

— Você já tem de ir ou...? — ele para de falar, sem olhar diretamente nos meus olhos. Como se quase tivesse medo de me pedir para ficar, acho. Ou, não, eu só *espero* que seja isso. Ele *provavelmente* quer dizer é que devo ir embora, mas é educado demais para pedir isso.

— Minha mãe disse que pode me dar uma carona para casa a qualquer momento — digo. — Se quiser que eu vá embora, posso ligar para ela.

Não quero ir embora; quero continuar com Dwight, com ou sem o projeto de Física. Mas uma coisa que não avaliei é que, por mais que eu o considere um amigo, ele pode não me ver do mesmo jeito: posso muito bem ser alguém que ele aguenta só porque sou sua parceira de trabalho.

— Você pode ficar e ver um filme ou algo assim, se quiser — ele oferece, sorrindo para mim. É uma versão hesitante de seu sorriso torto.

— Claro — respondo, sorrindo de volta. E não só porque o sorriso dele é tão contagiante. — Parece ótimo.

— Legal.

— Você pode escolher o filme — digo para ele. — Um prêmio de consolação por me ter como parceira de laboratório.

Ele dá uma gargalhada, balançando a cabeça.

— Por mais estranho que possa parecer, na verdade, eu não me importo em ter você como parceira, Dice.

Não sei se é o que ele acabou de dizer, ou se é porque ele me chamou de Dice, mas o que quer que tenha sido, eliminou qualquer traço de dúvida que eu tinha se ele gosta de mim ou se só estava sendo educado o tempo todo.

Não posso tirar o sorriso do rosto.

— Mesmo assim, você escolhe — eu o instruo.

— Tudo bem — ele ri. — Voltarei em alguns minutos.

Ele sai da sala, e eu o ouço subir as escadas. Começo a arrumar minhas coisas e a ajeitá-las na mochila. Deixo o notebook de fora, mas o coloco em modo de hibernação e tiro o carregador.

Ainda estou sorrindo como uma total idiota quando Dwight volta com o primeiro filme de *O Senhor dos Anéis.*

— Boa escolha — digo, aprovando. — Mas os livros são melhores.

— Você leu *O Senhor dos Anéis?*

Ele parece tão chocado que minha resposta é hesitante:

— Ah, bem, sim... quero dizer... sim. Li todos. Várias vezes, na verdade.

As sobrancelhas escuras dele se juntam antes de relaxar, e ele fixa em mim aqueles olhos verdes.

— Você é muito surpreendente, Madison Clarke.

— E você tem muito bom gosto para filmes, Dwight Butler.

É TARDE QUANDO LIGO PARA MINHA MÃE vir me buscar na casa de Dwight. A mãe dele já tinha colocado a cabeça para dentro da sala para dizer:

— Estou indo para a cama, garotos. Dwight, não se esqueça de colocar Gellman para fora antes de ir para a cama. Foi ótimo conhecê-la finalmente, Madison.

— Foi um prazer conhecê-la também — eu tinha dito com um sorriso.

— Ok — Dwight responde.

Já tínhamos acabado com uma tigela gigante de pipoca e dois copos de refrigerante diet quando o filme terminou. Dwight leva os copos e a garrafa vazia de refrigerante até a cozinha, e decido segui-lo com a tigela de pipoca. Alguns grãos sacodem no fundo.

Coloco a tigela no balcão, ao lado dos copos. Quando olho para Dwight, vejo que ele está destrancando uma porta de correr no outro lado da cozinha, que dá para o quintal dos fundos.

Gellman late baixinho e sai de sua caminha, saindo pela porta aberta. Ele lambe a mão de Dwight e salta para a pequena faixa cimentada do lado de fora, e depois para o gramado, o focinho no chão, procurando algum lugar para fazer suas necessidades. Paro perto de Dwight enquanto olhamos o cão.

O ar da noite é frio, incomodando minhas bochechas. Olho para Dwight de relance e o vejo esfregando a mão para afastar um pouco o frio.

Meus olhos se voltam para Gellman, e depois vagam pelo jardim. Meu subconsciente parece saber o que está procurando; eu não percebo, até que vejo.

— Aquela é a casa da árvore? — falo sem pensar. Minha voz é baixa, hesitante. Olho novamente para Dwight, observando seu rosto com cuidado.

Os olhos de Dwight seguem relutantes para a casa construída entre os galhos de uma árvore imensa, que não consigo definir no escuro. Ele assente devagar:

— Sim.

Gellman faz xixi e volta trotando para dentro de casa. Dwight fecha a porta e a tranca. É tudo o que falamos sobre a casa da árvore.

## 25

Outubro é um mês seco e luminoso, e todo mundo só consegue falar sobre a festa que Bryce está organizando para o Halloween. Quando digo que é só o que todo mundo consegue falar, estou sendo literal. É surreal, no entanto, estar realmente *envolvida* em toda essa conversa. Sempre estive à margem, e testemunhava a animação com coisas como essa, mas nunca entendi por que era tão importante. Uma festa, e daí?

Mas agora eu entendo.

Porque: que porcaria vou vestir?

Fui às compras com as garotas. Tiffany ia vestida de fada, o que significava que ia usar tutu rosa e um body rosa, bem justo, para combinar. Summer ia de "coelhinha" — um pequeno vestido preto com orelhas e rabo de coelho. Melissa ia de Mulher-Gato, com um macacão que parecia couro. E, pelo que ouvi por toda a escola, a maioria das garotas usaria fantasias curtas e sensuais.

Sem chance de eu usar uma coisa dessas; eu simplesmente não me sentiria confortável.

Enfiei aquilo no fundo da minha mente, já que ainda tinha duas semanas até a festa, e isso era tempo suficiente para pensar na minha fantasia.

É uma quarta-feira antes do almoço. Com um suspiro, vou para fora, para a aula de Educação Física. Noite passada, tinha estado na pista até às seis, e meus músculos ainda estavam um pouco doloridos. Porém, pelo lado positivo, o treinador acha que serei capaz de competir pela escola no verão, o que vai ser ótimo para meu currículo escolar.

Odeio a aula de Educação Física, embora isso não seja nenhuma surpresa. Sempre odiei. Recentemente, comecei a me esconder embaixo da arquibancada toda vez que a treinadora dava as costas: era tempo suficiente para que eu pudesse escapar.

Eu costumava ser aquela que era escolhida por último; mesmo meu próprio time era contra mim. Queimada? O inferno na terra. Futebol? Eu seria jogada no gol e bombardeada com treinos de chutes. E nem me fale sobre o número de vezes que fui "acidentalmente" atingida na parte de trás da cabeça com uma raquete de badminton. Aqui não é assim. Aqui não é Pineford, e eu não sou mais a Maddie Gorducha. Aqui no Midsommer, sou Madison Clarke, namorada do principal jogador de futebol e destruidor de corações da escola, Bryce Higgins, amiga de Tiffany Blanche e companhia. Sou alguém. Agora, sou um dos primeiros nomes a serem chamados quando os times estão sendo formados.

NA AULA DE FÍSICA, NA SEXTA-FEIRA, Dwight sugere que nos encontremos para avançar mais um pouco no nosso projeto.

— Bem, estou livre esta noite — digo para ele. — Bryce vai viajar no final de semana, para visitar os avós, e eu ia ter uma noite preguiçosa com meus pais de qualquer jeito. Mas não posso fazer nada amanhã, no entanto: Jenna vem passar o final de semana.

— Ah, isso é ótimo! — diz, entusiasmado por mim. — Ela vai trazer o namorado?

— Sim — dou uma risada. — Meus pais mal podem esperar para conhecer Henry, o sr. Britânico Sexy.

Dwight ri.

— Bem, Cynthia vai dormir fora esta noite, então minha casa estará livre, se você quiser. Acho que minha mãe vai jantar com algumas amigas, por isso, estará bem tranquilo. Bem, o mais tranquilo que pode estar com Gellman.

— Então, temos um encontro. Não! Quero dizer... não é um encontro, só... você sabe o que quero dizer. — Dou uma risada tímida.

Ele sorri para mim.

— Sei o que você quer dizer.

Então, mais tarde, naquele fim de sexta-feira, estou em casa, guardando os livros e o notebook na mochila, segurando o celular entre o ombro e a bochecha enquanto falo com Tiffany.

— Não posso — digo. — Prometi a Dwight que trabalharíamos no projeto hoje à noite.

Provavelmente, não pareço tão triste quanto deveria estar por não poder ir com o pessoal para a praia e por ter de fazer meu projeto de física.

— Está abrindo mão das noites de sexta para trabalhar com *ele* no *projeto de física?* Madison! Vamos lá, você *precisa* ir! Não vamos na praia faz, tipo, uma eternidade.

— Sinto muito, Tiff. Mas realmente não posso.

— Por que não desmarca com ele? Ele não vai se importar. Pode ficar jogando videogame ou *Dungeons and Dragons* com o resto dos nerds, como aposto que fazem todo final de semana. *Vamos*, Madison!

Paro de guardar minhas coisas e seguro o telefone direito, com a mão agora livre.

— Não posso simplesmente desmarcar com ele assim, Tiff. Não vou deixá-lo fazer a coisa toda sozinho.

Ela faz uma pausa.

— Você prefere sair com ele do que conosco? — Não há nenhuma acusação contundente em sua voz, no entanto, ela parece curiosa, mais do que qualquer outra coisa.

— Não! — insisto, apressadamente. — Eu só... não posso desmarcar com ele. Prometi que iríamos trabalhar no projeto esta noite e... posso sair com vocês outra hora.

— Tudo bem. Estamos pensando em ver um filme amanhã, a propósito. Esqueci de falar para você antes. Está a fim?

Faço uma careta.

— Minha irmã vem nos visitar neste final de semana. Desculpe.

— Ah, Deus, sim, eu esqueci completamente. Bem, ok. Se puder reservar algumas horas na sua agenda agitada de amanhã para nós, me avise, ok?

— Ok.

— Ótimo. Divirta-se com seu projeto — ela diz, com compaixão, embora eu não tenha muita certeza se está sendo sincera ou não.

— Divirta-se na praia — respondo. O clima lá fora está ótimo agora; o sol parece não querer se pôr, o céu está limpo, e está confortavelmente quente. Perfeito para passear na praia. Mas ainda não desejo estar lá. — Diga "oi" para todos por mim.

— Farei isso.

Assim que desligo, termino de guardar as coisas na mochila e envio uma mensagem de texto para Dwight, dizendo que estou a caminho. Grito um rápido adeus por sobre o ombro quando saio, e completo com um "ok" quando minha mãe fala para eu ligar para ela ir me buscar se ficar muito tarde.

FAÇO O MELHOR POSSÍVEL PARA ESQUECER que estou preocupada com a possibilidade de Tiffany ficar brava comigo. Dwight me observa com uma ruga na testa, como se soubesse que alguma coisa está acontecendo, mas entende que eu não quero falar sobre isso.

Tento me concentrar no projeto, de verdade, mas tenho essa sensação incômoda nas minhas entranhas de que Tiffany está zangada comigo por eu ter os deixado de lado, e por ficar com Dwight para fazer nosso projeto em vez de ir para a praia.

Sei que é estúpido. Eu posso ter outros amigos — e estamos fazendo trabalho de escola, então, isso deveria me dar a melhor desculpa do mundo para ficar com Dwight em vez de estar com eles.

Mas estou tão preocupada com isso que não consigo me concentrar.

Lembro de todo o tempo que passei sendo uma pária social e como minha vida era miserável, e percebo o quanto não quero desistir dessa nova vida; como não quero estragar tudo. E afasto aquelas ideias sobre querer deixar de lado meus amigos para ficar com Dwight. Talvez eu devesse ter desmarcado com Dwight e ido à praia...

— Madison? Está tudo bem?

Olho para Dwight.

— Hã? Desculpe, eu estava viajando.

— Tem certeza de que está tudo bem? Se quiser ir para casa ou algo assim, ou fazer uma pausa, é só dizer. Eu não me importo.

Nego com a cabeça, inflexível. É tarde demais para reverter as coisas: estou com Dwight, então, é melhor trabalharmos no projeto.

— Está tudo bem — insisto, e ele deixa quieto.

Em determinado momento, pedimos uma pizza para podermos continuar, e já são quase nove da noite quando me afasto das anotações espalhadas ao meu redor.

— Podemos parar agora? Estou exausta.

Dwight dá uma gargalhada.

— Claro. Não temos muito mais o que fazer, na verdade. Mais dois experimentos e as descrições e, então, finalizamos a apresentação e estamos prontos.

Ficamos sentados ali por alguns minutos, arrumando nossas coisas e separando os papéis. Quando nós dois pegamos a mesma folha, os dedos dele se fecham sobre os meus.

— Desculpe — ele diz, e puxa a mão.

Eu me recosto no sofá, cruzando as pernas embaixo do corpo, e observo ele amassar uma folha na qual desenhou alguns diagramas irregulares.

— Dwight.

— Sim? — Ele vira a cabeça para olhar para mim.

— Podemos... posso ver a casa da árvore?

Estamos parados ao pé da árvore, e agora posso ver que é um plátano, com muitos galhos de baixo cortados no toco para que não avançassem muito pelo resto do espaço do quintal; esses tocos tornam a árvore ótima para ser escalada.

Olho para cima, onde a pequena cabana de madeira está aninhada entre os galhos. Consigo distinguir cortinas verdes desbotadas, onde está a janela.

— Aí está — diz, e se afasta. Sei que não olhou para a casa da árvore nenhuma vez; só para a base do tronco. Ele se afasta de novo, mas eu me viro e seguro seu braço.

— Não vamos subir?

Ele me olha com uma expressão indefinível nos olhos, a boca formando uma linha, a mandíbula tensa. Então, suas sobrancelhas escuras se juntam até quase se encontrar, e ele diz:

— Por quê?

— Para vê-la direito — explico com voz calma e baixa.

O cenho dele se franze ainda mais.

— Dwight... — Dou um passo curto na direção dele. — Por que não?

Eu sei por que não.

Ele leva um tempo para responder. Ou, pelo menos, parece um tempo. Pode ser que sejam só alguns segundos, que se arrastam devagar, mas pode ser que sejam minutos.

— Eu não... não subo lá desde que meu pai morreu.

Lembro do que ele me contou naquela primeira vez que nos encontramos para trabalhar no projeto: *Você já teve essa sensação? Um dia, você simplesmente acorda e, de repente, não é mais criança? Uma manhã... lembro de que era em meados de abril, quando eu tinha doze anos, e era um dia de bastante sol. Bem, naquela manhã, eu apenas acordei, e pela primeira vez não quis brincar na casa da árvore. E foi assim... Meu pai morreu há cinco anos.*

Eu consigo fazer as contas.

Aperto a mão de Dwight, e lhe dou um sorriso minúsculo.

— Então, o que o impede agora?

Com um suspiro pesado, ele puxa a mão e passa os dedos para frente e para trás no cabelo, bagunçando tudo.

— Dice, não é tão simples.

Sei que ele não quer, e posso adivinhar seus motivos, mas não quero deixar isso para lá. Tenho uma intuição que me faz querer que ele suba até lá e encare a situação.

E, então, começo a falar, e as palavras saem mesmo que eu não queira. Não posso parar. Não posso controlar minha boca, me calar. Não quero contar para ele e, especialmente, não quero que ele me olhe diferente por causa disso, mas não paro.

— Sabe — digo, baixinho —, quando eu morava no Maine, minha vida era um pesadelo. Eu sofria *bullying* o tempo todo. Eu era gorda. Usava aparelho e uns óculos com lentes tão grossas que meus olhos ficavam do tamanho de bolas de tênis. Eu chorava antes de ir para a escola, e chorava quando voltava para casa. Eu não queria contar para meus pais como era ruim tudo aquilo, porque eles simplesmente ligariam para a escola, e isso tornaria tudo ainda pior. As pessoas me xingavam. Rasgavam minha lição de casa. Jogavam meus livros na piscina da escola. Enchiam meu armário com ketchup. Tenho essa cicatriz no pulso de quando era pequena e me queimei no forno... eles costumavam tirar sarro de mim por isso também. Eu não me esforçava nas aulas, porque eu sabia que, se fizesse isso, eles só me amolariam ainda mais. Então, meus professores achavam que eu era inútil, estúpida e um desperdício de espaço. Eu tinha a sensação de que, se parasse de ir para a escola de vez, ninguém sentiria minha falta. Ninguém iria se importar se algo de ruim acontecesse comigo.

Dwight não diz nada por um tempo.

— Uma vez, eu contei para Jenna como era horrível. Ela me ouviu chorar no meio da noite, quando estava saindo de fininho para encontrar um cara que nossos pais não aprovavam... ela gostava de fazer coisas como essa. Ela me fez contar tudo, mas eu a fiz prometer que não contaria para nossos pais, porque não queria preocupá-los. Ela ficou de olho em mim depois disso; tentou fazer com que parassem de me incomodar, embora nós duas soubéssemos que não adiantaria muita coisa.

Ficamos em silêncio, e por tempo demais para ser confortável.

— Por que está me contando isso? — A voz dele é baixa e seu olhar é triste, mas ele me olha de maneira firme, inabalável.

— Porque isso me fez perceber uma coisa — digo. — Que sempre há alguém que vai ajudar você, seja no que for. Mesmo se você não quiser notar que essa pessoa está lá. Sempre há alguém que, mesmo que não entenda exatamente, estará lá por você. E você só tem que se deixar ajudar.

Há uma longa pausa, e o único som vem de Gellman saindo da cozinha para beber água em seu pote, e depois voltando para dentro de casa. Ele bebe fazendo barulho, e depois volta para sua grande cama. Um carro passa na rua, do outro lado da casa. Uma TV está ligada e o som alto sai da janela aberta de um dos vizinhos.

Então, Dwight solta um suspiro pesado.

— Tudo bem. Só tenha cuidado para subir, ok?

E, com isso, ele dá dois passos largos, passa por mim e começa a escalar a árvore. Eu o observo por meio segundo antes de subir desajeitada atrás dele. Meus pés e mãos escorregam algumas vezes — é mais difícil do que eu esperava —, mas, de algum modo, consigo chegar na casa da árvore.

No entanto, Dwight fica nos galhos antes de adentrar a construção de madeira. Assim que entra, ele se abaixa e me oferece uma mão e, com força surpreendente, me puxa para dentro da cabana.

É estranhamente frio dentro da casa, sem a luz do sol para mantê-la aquecida. É escuro também. Dwight rasteja para abrir as cortinas que bloqueiam a única janela. Olho ao redor, e vejo todo tipo de coisas que o Dwight de doze anos deixou ali antes de parar de brincar naquele lugar.

Há alguns bonecos de ação, um maço de cartas, algumas latas vazias de refrigerante. Um caixote de madeira para se sentar, e um pufe surrado e desgastado largado no canto. Uma fileira de pisca-pisca está pendurada ao redor da janela, presa a uma grande bateria. Uma pilha de livros está encostada em uma das paredes, e eles não parecem ter sofridos danos causados pelas intempéries ao longo dos anos.

Dwight começa a se levantar, mas para quando percebe que é alto demais agora. Eu fico em pé, no entanto, porque sou baixa o bastante. Dou um sorriso de satisfação ao notar isso, e ele sorri um pouco em resposta. Então, me joga o pufe e se senta no caixote. Suas pernas se estendem pelo chão.

— Viu — digo baixinho, ajeitando-me no pufe. — Não foi tão ruim.

— Eu esqueci que tinha deixado essas coisas aqui em cima — ele também diz baixinho, pegando um livro do alto da pilha e folheando-o. É um dos livros da série de Alex Rider, escrito por Anthony Horowitz. Ele olha ao redor, nostálgico, e então diz: — Eu não tinha percebido que estava tão escuro. — Mexe na bateria, espalmando a mão na parte de cima, até que o pisca-pisca volta à vida. As luzinhas lançam um brilho dourado suave pela casa da árvore.

Dwight fica quieto. Muito quieto. Eu o vejo engolir em seco, e seus olhos estão fechados.

Não pergunto se ele está bem. Em vez disso, só estendo as pernas até encostar nas dele um pouco. É um gesto pequeno, mas sei que ele aprecia, pelo jeito como o ar sai de seus pulmões em um longo e tranquilo suspiro.

Não sei quanto tempo passa antes que ele diga:

— O que você me contou antes... — ele se cala, como se não tivesse certeza de como continuar.

— Sim?

— Você não tem de me falar se não quiser — ele começa, e então, sei onde ele vai chegar com isso. Sou eu quem afasta o olhar primeiro; meus olhos vão até minhas mãos, onde meus dedos estão entrelaçados. Mas não estou suada, nem me sinto trêmula ou assustada como fico sempre que a ameaça de falar sobre a antiga Madison se aproxima.

— Você quer saber mais sobre a antiga Madison, certo?

Ele assente, e eu respiro fundo.

— Só não me olhe de um jeito diferente depois, ok?

— Farei o melhor possível — ele diz, e sei que é o máximo que posso esperar.

Respiro fundo e deixo as palavras saírem antes que eu possa pensar melhor no assunto: escuto a mim mesma contando para ele como costumava ser lá em Pineford, com muitos detalhes. Ele não faz "Aham", nem assente, nem diz "ah, sério?" em todos os momentos certos; é como sei que está ouvindo de verdade. Ele apenas me captura com aquele olhar intenso, enquanto olho para minhas mãos e conto minha história.

Quando termino, ele está em silêncio.

— Vamos lá, diga alguma coisa — sussurro. Agora estou assustada: e se ele pensar que sou uma aberração, que sou estranha, que não sou a Madison que ele conhece? E se ele não quiser mais saber de mim?

— Ah.

Dou uma risada, mas parece meio vazia.

— É tudo o que consegue dizer?

— Não sei o que você quer que eu diga — ele admite. — Dizer "sinto muito" não muda as coisas nem as torna melhores.

Minha boca se torce em um sorriso ao ouvir isso, lembrando que ele disse algo parecido depois de ter me contado que seu pai havia morrido.

— Eu sei.

— Mas agora faz sentido — ele diz. — O fato de você sair com eles.

— O quê? — Franzo o cenho de leve. — Não, não é... não é exatamente assim. Eles são meus amigos.

Minhas palavras soam mentirosas até aos meus próprios ouvidos. Mentiras desesperadas que quero que sejam verdade, nas quais quero acreditar.

Fecho as mãos para mim mesma. *Pare com isso, Madison. Pare com isso.*

Ele não diz nada, e não olha para mim. Sei que discorda.

— Não é — repito teimosa. — Eles são boas pessoas. São meus amigos. Não sabem nada sobre mim e me receberam e me aceitaram sem questionar.

Ele me dá um olhar, e o canto de sua boca se vira. Sei exatamente o que aquela expressão está tentando me dizer: que eles poderiam não ter me aceitado se soubessem tudo sobre mim, como ele sabe.

Eu me levanto. Não sei por que isso está fazendo com que eu me sinta tão mal, mas está, e tenho de argumentar.

— Você nem mesmo os conhece bem. Eles são meus *amigos*.

— Tem certeza disso, Madison? — ele responde, em dúvida, erguendo uma sobrancelha para mim. — De verdade?

Franzo o cenho ainda mais.

— Não tenho de me explicar para você.

Eu *não tenho* de me explicar para Dwight. Independentemente do que ele diga e do que quer que eu pense de vez em quando, aquelas pessoas são minhas amigas. Tiffany, Summer e Melissa. Não sou uma grande fã de Kyle, mas nem mesmo ele é tão mal, quando não está sendo um babaca; e Ricky e Adam são ótimos, assim como Marcus. E Bryce é tão doce e maravilhoso, e é sempre tão gentil comigo!

— Esqueça isso — murmuro. — Não importa. — E começo a descer da casa da árvore.

Minhas pernas estão trêmulas por causa da raiva, e meus pés me levam desajeitados para baixo. Perto do chão, erro o pé e caio uma curta distância até o chão. Aterrisso mal sobre o tornozelo, mas ignoro, e começo a caminhar de volta para a casa.

Todo o tempo, Dwight fica me chamando, me dizendo para ter cuidado.

Gellman dá um latido sonolento, e eu faço carinho nele rapidamente antes de voltar para a sala de estar, pegando minhas coisas. Nem verifico se estou com todas as minhas anotações. Só quero sair dali.

Eu contei tudo para Dwight e ele deveria ter compreendido. Ele deveria ter pelo menos *tentado* compreender. Mas ele não fez isso. Só fez uma suposição. Acho que é o que me deixou tão zangada.

Não quero brigar com Dwight. Não quero fazer nada para estragar nossa amizade. Não quero ficar zangada com ele. O que eu quero é alguém que entenda. Preciso de Dwight.

— Madison, vamos lá — ele diz, e eu sinto sua mão em meu ombro. — Dice, você sabe que não falei por mal... é só... eu sinto muito.

*Pouco demais, tarde demais*, quero dizer para ele, mas tenho medo de que, se abrir a boca, possa acabar chorando. Então, eu abro a porta da frente da casa dele e enfio meus pés em meu All Star. Minha saída triunfal está perdendo o efeito, uma vez que não consigo sair de repente, mas não me importo. Eu só quero ir embora.

— Sinto muito — ele diz de novo, seguindo-me pela rua. — Você sabe que vou seguir você até chegar à sua casa.

Então eu paro, me viro para ele, ajeito a mochila mais para cima no ombro.

Estou prestes a argumentar quando ele me puxa em um abraço de urso. É desajeitado e hesitante. Ele é bem mais alto do que eu, e inclino a testa em seu peito, olhando para meus pés. Meu coração acelerado retorna gradualmente ao normal, um constante *tum-tum-tum-tum*.

— Ok? — ele diz baixinho.

— Um abraço não torna nada melhor.

— Eles tornam a maioria das coisas melhor — ele argumenta. — E, de vez em quando, a gente só precisa de um abraço.

— Vou para casa — digo para ele.

— Tudo bem. — E então: — Eu sinto *muito*.

— Eu achava que sentir muito não tornava nada melhor. — Não consigo deixar de dar um sorrisinho com minha própria piada, e ele balança a cabeça para mim, rindo baixinho.

— Ok. — Ele assente. — Diga "oi" para Jenna por mim amanhã.

Sorrio, hesitante.

— Farei isso. Até mais, Dwight.

E, com isso, volto a caminhar para casa, porque embora ele tenha se desculpado, eu simplesmente não posso ficar.

# 26

JENNA NÃO PARA DE FALAR o fim de semana todo.

É bom tê-la de volta. É quase como nos velhos tempos, mas é tão diferente! Não porque estamos na Flórida agora, e ela é uma universitária experiente — pelo menos aos seus olhos. Mas porque ela fica me interrogando sobre coisas e me fazendo falar, em vez de conversarmos principalmente sobre ela. Apesar de nos falarmos algumas vezes na semana por telefone ou Skype, ela ainda quer saber absolutamente *tudo* sobre minha nova vida aqui.

O namorado dela, Henry, é bem legal. É um completo cavalheiro — puxa a cadeira para Jenna se levantar após o jantar, aparece com flores para nossa mãe, responde a todas as perguntas que meu pai faz, claramente tentando descobrir se ele é bom o bastante para a filha dele.

Ele conquista meu pai de uma vez por todas quando conserta a impressora, que já está quebrada há três semanas.

Vamos jantar em um restaurante chique, e a campainha toca quando estamos nos arrumando. Não sei quem pode ser desta vez, mas então escuto meu pai gritando "Dice, é para você" e suspiro, tentando colocar os brincos enquanto desço as escadas. Talvez seja Tiffany ou Summer.

Não é.

É Dwight.

— Ah. Ei.

— Quem é? — Jenna grita do alto da escada.

— Um cavalheiro atrás de Madison! — meu pai grita em resposta e dá uma piscadinha para mim, rindo da "piada" terrível enquanto volta para a cozinha.

Ajeito minha saia preta, desconfortavelmente. Estou usando uma blusa verde fina, com gola baixa e três botões no alto do decote. É bonita, e não faz exatamente meu estilo. Mas minha mãe e Jenna sugeriram que eu usasse, então, cedi e a coloquei para satisfazê-las.

— O que foi?

— Você esqueceu isso — ele me diz, segurando o casaco de moletom azul que eu usava ontem. É um dos que gosto de usar em casa, por isso, fico feliz por ele ter me devolvido. Eu não tinha percebido que tinha deixado na casa dele, minha mente estava preocupada demais ontem.

— Obrigada — digo sorrindo, e pego o moletom. — Mas você não precisava ter vindo até aqui. Podia ter me dado na segunda-feira.

— É que eu queria pedir desculpas de novo — ele sorri timidamente, e esfrega a ponta do pé no capacho. — Eu fui um imbecil.

— Só um pouco. E não foi só você. Eu também reagi mal. Sinto muito. Mas está tudo bem. — Sei que ele fala sério quando diz que sente muito.

— Você tem todo direito de reagir mal. Não se preocupe com isso. Mas, ah, eu meio que queria ver se você estava bem.

— Por quê?

— Não sei. Só achei que devia. O moletom me deu uma desculpa.

Dou uma risada e levanto o casaco.

— Bem, obrigada. E estou bem, de verdade.

— Ótimo. E, ei, eu só... não agradeci por ontem. Por me fazer subir na casa da árvore.

Sorrio para ele.

— Para que servem os amigos?

Alguém desce correndo as escadas, e de repente Jenna aparece por sobre meu ombro.

— Então você é Dwight. Ei! É ótimo conhecê-lo.

— Oi — ele diz, com uma risada nervosa. — Você deve ser Jenna.

— Sim! Bem, eu só queria dizer "oi". Tchau!

Ela some de novo, e não posso deixar de rir.

— Eu já vou indo... posso ver que vão sair para algum lugar. Você está muito bonita, a propósito.

— Ah. — O elogio me pega totalmente desprevenida, e depois de um ou dois segundos abro um imenso sorriso. — Obrigada.

— Nos vemos por aí, Dice.

— Tchau! — digo e, assim que ele começa a descer a rua, fecho a porta. Viro e quase morro do coração ao ver Jenna parada ali, com um vestido, as mãos entrelaçadas nas costas enquanto balança para frente e para trás, em saltos altos precariamente finos.

— Não faça isso — digo. — Você quase me matou do coração.

— E *então*...?

— Então o quê?

— Então, é *ele*. Ele é bonitinho, de um jeito meio nerd.

— Sim, acho que sim. — Dou de ombros.

— Ele não parece muito com um surfista.

— Foi o que pensei. Ei, esses brincos combinam? — São espirais de prata que Tiffany me deu há alguns dias entre um monte de outros acessórios. Segundo ela, eu precisava melhorar minha coleção infinitamente pequena.

Jenna assente, aprovando.

— Claro. Então, você acha que ele gosta de você?

— Como amigo — respondo com firmeza. — Não fique com ideias de que estou em algum tipo de triângulo amoroso. Estou com Bryce, ponto.

Jenna ri.

— Sou uma romântica.

— Para falar o mínimo.

Ela ri novamente e, sem nenhum motivo aparente, me dá um abraço apertado.

— Ah, senti falta da minha irmãzinha.

— Também senti sua falta — digo baixinho para ela, e a abraço com a mesma intensidade.

JENNA E HENRY PARTEM NA MANHÃ de segunda-feira, então, mal os vejo tempo o bastante para dizer adeus e que foi bom conhecer

Henry, já que tenho de sair correndo para a escola. Summer e Tiffany me dão carona esta manhã.

Após as amabilidades de "como foi seu final de semana", Summer pula direto para o assunto, sem fazer rodeios:

— Você já escolheu sua fantasia para a festa?

— Hmmm... eu meio que, ah, esqueci?

— O cacete que esqueceu — Tiffany bufa. — Você ficou adiando isso desde que Bryce anunciou que ia dar a festa!

— Tem certeza de que as coisas estão bem entre vocês? — Summer quer saber. — Você está, tipo, evitando a festa ou algo assim?

— Não — garanto para ela —, não é isso. Só... não sei o que usar.

— Vamos ter de ir às compras na quinta-feira. Vocês duas têm um período livre depois do almoço, certo?

Summer e eu respondemos de forma afirmativa, e Tiffany diz:

— Ótimo! Então, faremos isso. Ah, e lembrem-me de que preciso comprar um batom novo. Fico esquecendo toda hora.

Todo mundo está em nossa mesa de sempre, exceto Marcus e Kyle. Bryce se levanta assim que me vê, e vem na nossa direção. Seus dedos envolvem meu pulso, e eu o deixo me puxar na direção da escola. Eu o sigo para dentro do edifício, passamos pelo meu armário e subimos as escadas. Paramos entre o primeiro e o segundo andares, perto de uma grande janela que dá vista para o campo de futebol.

— Oi. — Puxo as mangas do meu cardigã, de modo que os punhos cubram os nós dos meus dedos. Ele parece bem, acho: está usando uma camiseta branca embaixo da jaqueta do time de futebol, o que enfatiza seu corpo torneado e a pele bronzeada. Seu jeans é um pouco baixo, mas está preso por um cinto largo marrom.

— Madison — diz, me olhando nos olhos —, senti sua falta.

— Também senti sua falta — respondo quase de maneira automática, sorrindo. Ele me mandou algumas mensagens ao longo do final de semana, mas só para dizer que o sinal do celular estava horrível e que sua avó não gostava que ele ligasse para os amigos quando deveria passar um tempo com a família.

De repente, ele me puxa para perto de si, esmagando os lábios nos meus. Preciso de um instante para me recuperar da surpresa e beijá-lo de volta.

Então, ele se afasta e diz:

— Estava esperando para fazer isso desde que vi você sair do carro de Tiffany há cinco minutos.

Dou uma risada.

— Deve ter sido dolorosamente difícil para você. Cinco minutos inteiros.

— Foi mesmo — ele responde, tão sério que tenho de rir. Então, me puxa e me dá outro beijo, dessa vez mais suave, e a única coisa que nos faz parar é o som do sinal avisando que é hora de ir para a classe.

Ele me dá outro beijo demorado, no entanto, e então diz:

— Eu preciso ver minha professora de Química, antes de mais nada. Vejo você mais tarde. — Ele planta outro beijo na minha testa e me deixa ali para ir para a classe, e é o que faço.

Quero que a semana se arraste, porque estou morrendo de medo de ir comprar minha fantasia para a festa de Halloween. Mas, como não podia deixar de ser, o tempo parece passar rápido de propósito. Não acho que o fato de eu estar tão ocupada ajude — tenho trabalhos para as aulas de Arte e História, uma prova de Biologia na quarta-feira, treino extra de atletismo na terça e na quarta...

Então, na quinta-feira, quando o sinal avisa que é hora do almoço, arrasto meus pés até nossa mesa de piquenique para encontrar o pessoal. Decidimos almoçar ali antes de ir ao shopping. Não estou reclamando; com isso, ganho algum tempo para pensar em uma desculpa para me livrar disso.

Escuto-os conversar sobre a grande partida de futebol na próxima sexta, à noite, mas só presto atenção porque sei que terei de ir. Estou lutando para abrir um pacote de jujubas... Hoje não é meu dia, penso — e é quando o pacote se rompe e as balas se espalham por todo lado.

— Ah, droga — murmuro, vendo que só sobraram duas jujubas no pacote, e o resto está espalhado no chão.

— Madison? — Ricky pergunta, inclinando-se na mesa, em minha direção. — Por que você não fala palavrão?

— Sim, por quê? — Melissa me pergunta. — Xingar faz bem.

Balanço um ombro, depois o outro, e coloco as duas jujubas na boca:

— Não sei — digo depois que engulo. — Simplesmente não falo.

— Deve ter um bom motivo — Kyle insiste, e agora vejo que todos estão curiosos. Acho que é meio estranho que eu não fale palavrão, mas isso nunca me incomodou. Não me importo quando as pessoas dizem; é só que não é algo que eu faça.

— Não vejo necessidade — suponho.

— Vamos lá — Adam me diz. — Diga algo grosseiro. Um palavrão.

Reviro os olhos, rindo dele.

— Diga alguma coisa — Tiffany incentiva. — Vamos, Madison. *Merda*. Isso quase nem é palavrão. Diga *merda*.

Eu me remexo em meu assento.

— Não. Não vejo por que eu deveria.

— Ah, viva um pouco! — Ela ri, e eu me contorço um pouco em meu assento.

— Vamos lá, pessoal, deixem-na em paz — Bryce diz, falando pela primeira vez. Ele bate o joelho contra o meu por baixo da mesa e me dá um beijo na têmpora. — Acho que é fofo que você não fale palavrão. É muito popzinha, de todo modo.

Dou uma risada ao ouvir isso, e nem tinha percebido como estava tensa até que meus ombros relaxam. Ele empurra uma mecha do meu cabelo para trás, e eu me inclino em direção ao seu toque por um momento, transmitindo em silêncio o quanto sou grata a ele.

— Bem, acho que é melhor irmos — diz Tiffany, amassando o pacote de Doritos com suas mãos delicadas e de unhas perfeitas. — Ei, Bryce, o que você vai usar na festa?

Ele dá de ombros, fazendo um som ininteligível que todos traduzimos como "não sei".

— Ótimo. Obrigada, querido, você é muito útil.

Bryce franze o cenho, parecendo desnorteado.

— O que eu fiz?

— Não importa. — Tiffany ri. Summer se levanta da ponta da mesa e dá um rápido beijo de tchau em Marcus. Melissa nos diz para nos divertirmos, e eu vou dar um beijo no rosto de Bryce, mas, em vez disso, ele captura meus lábios.

Enquanto prendo o cinto de segurança, tento não pensar no quanto estou assustada com esse passeio.

Sei que tipo de roupa elas vão escolher para mim — alguma coisa curta e sensual que mal vai cobrir meu traseiro. Exatamente o que não quero usar.

Mas elas não estão acostumadas a receber um "não" como resposta, e sei que, quando isso acontece, elas não aceitam de imediato. Elas são minhas amigas, claro, mas isso não significa que não sejam só um pouco mimadas e preocupadas demais com aparência.

Assim que chegamos ao shopping, vamos direto para a loja de fantasias, mas passamos pelas roupas cafonas da frente e seguimos até a seção mais cara.

— Que tal essa? — elas ficam perguntando e apontando. — Isso vai ficar tão sexy em você. Ah, meu Deus, isso não ficaria incrível com um batom vermelho bem vivo? Hmmm... essa aqui não vai funcionar, não com seu corte de cabelo.

Rejeito tudo o que elas sugerem, ou por não gostar ou por saber que não me sentiria confortável. Estou seriamente tentada a usar jeans e camiseta, porque não me importo de verdade. É só uma festa de Halloween. Não vejo qual a graça de tudo isso. Você prepara uma tigela de doces para todas as crianças fofas fantasiadas e talvez assista a um filme de terror na TV.

Tiffany suspira, completamente exasperada comigo.

— Madison, você precisa escolher *alguma coisa!* Não pode aparecer *sem* fantasia, seria ridículo!

— Vamos lá — Summer tenta me animar —, é tão divertido!

— A menos que você esteja planejando aparecer pelada e fazer algum tipo de manifestação contra a comercialização dos feriados — Tiffany ri.

— Aposto que Bryce adoraria — Summer dá uma piscadinha, e as duas começam a rir. Tudo o que consigo fazer é dar um sorriso sem graça que com certeza é quase uma careta.

— Vamos lá, falando sério, você precisa escolher alguma coisa — Tiffany me repreende. — Não vou deixar você aparecer nesta festa de jeans, porque sei que é o que está planejando fazer, Madison.

Dou uma gargalhada ao ouvir isso.

— Só me deem um minuto para olhar, ok? Eu vou... vou encontrar alguma coisa. Vão dar uma volta por aí. Encontro vocês mais tarde.

Elas trocam um olhar cauteloso. Sei que nenhuma delas confia em mim para escolher uma fantasia sexy-de-parar-o-trânsito que elas teriam escolhido.

— É sério — digo, esperando que não consigam captar a nota dura e impaciente que aparece na minha voz. — Ligo para vocês quando acabar. Não vou demorar muito, juro.

Ando pelo segundo piso do shopping até que finalmente encontro uma pequena vitrine preta e roxa que chama minha atenção.

Lá dentro, encontro exatamente o tipo de fantasia que estou procurando.

Não posso evitar o sorriso quando agradeço à vendedora e meus dedos seguram a alça de plástico da sacola. É perfeito. Total e completamente perfeito.

# 27

Na noite da festa, nós quatro estamos nos arrumando no quarto de Tiffany. Ela colocou uma música agitada, e todas estão bebendo em garrafas de vinho. Tenho uma garrafa de cidra na bolsa, mas não muito grande. Minha mãe disse que era para o caso de eu querer beber — ela queria que eu bebesse de maneira responsável e segura.

As outras estão meio embriagadas, rindo e dançando pelo quarto. Tiffany está em pé na cama, chacoalhando como se estivesse em um show de rock, o que me faz rir. Sento em uma cadeira, balançando as pernas.

Nenhuma das garotas conseguiu encontrar um defeito na minha fantasia; elas acharam simplesmente genial.

Exceto Tiffany, que suspirou e disse:

— Bem, não é muita coisa, né?

A calça legging preta rasgada artisticamente da coxa até o tornozelo faz par com um tutu verde florescente; a parte de cima é rasgada e preta, e consegui uma regata justa verde, quase tão florescente quanto o tutu para colocar por baixo. Uso um par de sandálias pretas que Summer me emprestou. Milagrosamente, deu certo seguir o tutorial que encontrei on-line para alisar o cabelo, e abusei do delineador, então, meus olhos estão escuros, profundos e misteriosos.

A aparência de duende é definitivamente uma vitória.

Não pude deixar de combinar com meus antigos fones de ouvido roxos, que uso ao redor do pescoço, com a ponta do fio enfiada no tutu. As garotas acharam que foi um belo toque.

Verdade seja dita, preciso dos fones como um recurso de emergência se a festa acabar sendo demais para mim. Mesmo que não estejam plugados em nada, são ótimos para abafar o resto do mundo.

O pai de Tiffany nos dá uma carona até a casa de Bryce. Se eu pudesse guiar, teria me oferecido, mas as garotas não estão planejando ficar sóbrias, e eu não tenho licença para dirigir. Quando chegamos na festa, um pouco antes das nove, tudo está apenas começando, e as garotas estão se movendo alegremente por conta do álcool, mas não o suficiente para arrastar as palavras ou cambalear.

O baixo ecoa pela casa, ressoando em meus ossos. Gosto da adrenalina que o som me causa, como se me desse algum tipo de coragem para não ser uma completa imbecil nesta festa. A última foi diferente; menor, em primeiro lugar, mas eu não conhecia tanta gente naquela época. Agora, ouço as pessoas chamando meu nome, e não sei para que lado olhar.

— Olá, senhoritas, vocês todas estão muito *bonitas* esta noite — Kyle diz com uma piscadinha para todas nós, acentuando o "bonitas". Ele e Adam estão com Bryce, que está parado no corredor para poder recepcionar as pessoas que vão chegando.

— Ei — digo, indo até Bryce. Fico na ponta dos pés para beijar seu rosto. Mesmo usando salto de quase dez centímetros, ele é muito mais alto do que eu.

Percebo que nenhum dos garotos está tão fantasiado quanto as garotas — umas duas fantasias legais, alguns super-heróis, um cara que vejo desaparecer na cozinha fantasiado de pinguim. Bryce optou por um visual romano (sem camisa). Tenho de admitir: ele realmente parece sexy.

Ele dá as costas para os caras, virando-se na minha direção, os olhos lentamente descendo pelo meu corpo e depois voltando ao meu rosto, onde sei que meu rubor é óbvio. Suas mãos estão na minha cintura.

— Bem — ele diz baixinho no meu ouvido —, você parece absolutamente *inacreditável*.

— Você sabe, toda vez que alguém diz que não acredita em fadas, uma fada morre. — *Ou algo assim*, penso, sem me lembrar muito bem da citação de Peter Pan.

Bryce dá uma risadinha.

— Se eu aplaudir, isso ajuda? — Dou uma risada também, parecendo uma garotinha. — Dê uma volta, então, Sininho!

Faço isso e, quando volto a encará-lo, ele me puxa para perto e me beija, e acho que essa é provavelmente uma maneira mais efetiva de apagar a festa ao meu redor do que os fones de ouvido que estão pendurados no meu pescoço.

Sou a primeira a me afastar, lembrando que estamos no meio de todo mundo aqui.

Ele passa um braço ao redor de mim e diz:

— Você parece incrivelmente sexy esta noite, Popzinha.

— E você é um gladiador altamente atraente — respondo. — Vou ter de pegar essa espada mortal de plástico para afastar todas as garotas que estão de olho em você.

Ele ri, juntamente com os outros garotos que me escutam.

— Você não precisa se preocupar com isso, Mads — ele ri. — Sou eu que vou precisar lutar com os caras por você esta noite.

— Ele está certo — Adam se intromete, piscando para mim e dando um gole em sua cerveja. — Se ele não tomar cuidado, pode ser que eu roube você.

Dou uma risada, sabendo que ele está brincando, porque é o que Adam faz. Mesmo assim, estou lisonjeada, e mordo o lábio inferior levemente, sentindo-me tímida de repente.

— Você fica sexy quando morde o lábio assim — Bryce murmura em meu ouvido. Ele beija minha têmpora. — Por que não vai procurar as garotas? Vou ficar com vocês daqui a pouco, depois que terminar de bancar o anfitrião. — Ele me dá um olhar como se dissesse que não está muito feliz por desempenhar esse papel, mas sei que ele está adorando a chance gloriosa de dar uma grande festa de Halloween.

— Claro — respondo, e o beijo rapidamente. — Vejo você mais tarde!

Mesmo que eu não seja uma pessoa muito festeira, posso dizer que esta é uma ótima festa. Não há muita bebida — ninguém está completamente embriagado como na casa de Tiffany —, e mesmo às dez da noite, todo mundo está só um pouco alegre. A música não é ruim, e a galera está se divertindo.

Vejo Bryce em intervalos — não por muito tempo porque um de nós sempre está dando atenção a outra pessoa. Principalmente Bryce, mas estou impressionada por ter gente querendo disputar minha companhia também. Não estou acostumada a isso.

Deve ser apenas onze da noite, mas para mim parece que já são três da manhã, quando Bryce finalmente pega meu braço e diz para Tiffany e Melissa:

— Se importam se eu roubá-la de vocês um pouco?

— Não, claro, vão em frente — elas respondem para ele, acenam para nós e continuam dançando com todo mundo.

Ele me guia através de grupos cheios de gente e passa pelos bêbados desmaiados e pelos casais que se beijam na escada. Bryce abre a porta do seu quarto e a fecha atrás de si com um suspiro.

— Precisava de um pouco de tranquilidade? — pergunto baixinho, dando um sorriso quando ele olha para mim.

— Só um pouco — ele confessa, enquanto se recosta na porta. — Mas eu queria ver você. Sei que não fica muito confortável com demonstrações públicas de afeto.

Dou uma risada, assentindo, e deixo que ele me puxe para perto dele. Coloco os braços ao redor de seu pescoço e o beijo. Torço meus pés para tirar as sandálias de Summer, que já estão me matando, mas, antes que eu possa tirá-las direito, Bryce me pega, envolvendo minhas pernas ao redor de seu corpo. Uma das sandálias fica pendurada nos meus dedos, e cai no chão com um estampido suave. Ele me puxa um pouco mais para perto quando o beijo se torna mais apaixonado. Seu peito nu é quente e forte contra o meu, subindo e descendo ritmicamente.

De repente, estou deitada em sua cama e ele está em cima de mim, as mãos quentes escorregando para baixo da minha blusa. Levo um instante para perceber, e outro instante para me livrar do beijo, virando o rosto. Agarro seus braços, mas ele já começou a tirar minha roupa. Afasto suas mãos, puxo a blusa de volta no lugar e mantenho o rosto afastado quando ele tenta me puxar para outro beijo.

Fico confortável perto de Bryce; mas não *tão* confortável assim ainda. Não consigo nem me trocar no vestiário depois da aula de Educação Física sem me sentir estranha e constrangida.

— Não — falei para ele.

Ele para e se senta, saindo de cima de mim.

— Merda — ele sussurra para si mesmo. — Madison, eu não... eu não ia... — De repente, ele parece envergonhado consigo mesmo, sem graça.

Tento pegar seu braço, mas ele se levanta e se afasta.

— Droga, eu sinto muito, eu não... achei que você... não importa. Sinto muito.

— Está tudo bem — digo baixinho. — Não se preocupe.

Ele balança a cabeça, teimoso.

— Não, não está bem, eu...

Antes que ele possa me impedir, eu saio da cama e o calo, colocando meus lábios contra os dele. Então, dou um meio passo para trás e seguro seu rosto adorável em minhas mãos.

— Está tudo bem. Só... talvez não faça isso de novo por enquanto, ok?

Seus olhos, que estão arregalados e tristes e só podem ser descritos como olhos de cachorrinho, buscam em meu rosto qualquer sinal que indique que as coisas não estão bem, mas não deve ter encontrado nada, já que assente:

— Ok.

Sorrio e o beijo novamente, para tranquilizá-lo, e ele me beija com tanta vontade quanto momentos antes, mas dessa vez segura meu corpo como se eu fosse o pedaço mais delicado de cristal, e tento encontrar um sorriso.

FICAMOS UM TEMPO ALI, apenas nos beijando, e posso dizer que Bryce está fazendo um esforço consciente para ter cuidado com suas mãos. Estou tão cansada que desabo em sua cama em algum momento, e só me mexo quando ele me sacode gentilmente para me acordar.

Não tenho noção de que horas são, só posso presumir que é de madrugada. Murmuro algumas palavras, tentando descobrir o horário... o que está acontecendo. Esfrego os olhos, cansada.

— Tiff e as garotas estão indo embora em alguns minutos — Bryce me diz baixinho.

— Hmmm, ok — digo, as palavras arrastadas e juntas. Deixo o conforto de seus travesseiros supermacios e me levanto, esticando as pernas e os braços.

— Você é muito linda quando dorme — ele diz com um sorriso carinhoso. — Se não for muito assustador o fato de eu ter ficado olhando você dormindo por um tempo.

Dou uma risada.

— Sinto muito por cair no sono.

— Não se preocupe com isso. — Ele faz um gesto com a mão para eu deixar para lá, com um sorriso iluminado. Então, abre a boca, fecha, e finalmente diz: — Sinto muito sobre... sobre antes. Você sabe. — Ele limpa a garganta.

— Ah. — Sorrio e toco seu braço. — Não se preocupe com isso. Esqueça o que aconteceu.

— Sim, mas...

— Não, nada de "mas"... — eu insisto. — Está no passado. Sério. Vamos esquecer.

Ele assente, mas não parece feliz consigo mesmo. Ele não poderia ter parecido mais arrependido sobre o ocorrido se tentasse, e é por isso que eu o perdoo tão rápido. Não acho que Bryce iria forçar a barra ou algo assim, por isso, considero que suas ações ocorreram no calor do momento.

Pego meus sapatos e descemos, onde as garotas estão esperando. Elas parecem cansadas, saindo do torpor do que quer que tenham bebido, mas ainda estão fofocando e rindo como sempre. Elas sorriem para mim quando derrubo um sapato, minhas reações ainda lentas demais para tentar pegá-lo.

— Aqui, pegue — Bryce se inclina e pega para mim. Sorrio sonolenta e pego o sapato que ele me dá.

O telefone de Tiffany toca e ela exclama:

— Ah! É meu pai! — Ela se aproxima de Bryce e lhe dá um beijo no rosto, dizendo. — A festa foi incrível, Bryce.

— Obrigado.

— Totalmente fantástica — Summer concorda, dando-lhe um abraço rápido. Melissa faz o mesmo, dizendo que teve "uma noite e tanto", enrolando as palavras.

As garotas começam a partir, e eu as sigo; só paro quando Bryce segura meu braço. Olho para ele por sobre o ombro.

— Não ganho um beijo de despedida? — ele me provoca, e eu rio antes de inclinar o pescoço para beijá-lo. Só planejei um beijo rápido, mas os lábios de Bryce têm outras intenções, e ele me beija por todo o rosto antes que eu me afaste por fim, gargalhando.

— Tive uma ótima noite — digo. — Você sabe, enquanto estava acordada.

Ele afasta o cabelo do meu rosto, sua mão parando ali antes que ele se incline para me dar um beijo na testa.

— Boa noite, Sininho.

— Boa noite.

NÃO CONTO PARA AS GAROTAS SOBRE o incidente do quase topless com Bryce — em parte, porque esqueço disso até voltar para casa. Na verdade, não é nada demais, já que: a) nada aconteceu realmente e b) ele se desculpou e nada aconteceu depois disso.

O domingo parece ser monótono, já que minha mãe me pega na casa de Tiffany.

Pelo menos, é monótono até que Dwight aparece — uma visita completamente inesperada.

Abro a porta quando estou no meio do almoço e lá está ele, parecendo confuso, animado e um pouco enlouquecido. Eu o encaro por um instante, me perguntado por que ele está ali, e ele me olha, respirando pesado e sorrindo.

— Tive uma epifania — ele declara. — Sobre o projeto. Preciso ver a apresentação, rápido.

— Ah, claro. — Dou um passo para o lado, para que ele possa entrar e, então, gesticulo para que ele me siga para cima, onde meu notebook está sobre minha escrivaninha.

Abro a porta e ele vai direto para o computador, abre um arquivo, sabendo exatamente onde encontrá-lo em meu disco rígido.

Sento na ponta da cama, observando-o enquanto ele busca pelos slides, lê, digita alguma coisa — tão rápido que parece um maníaco —, salva e fecha tudo.

Então, com um enorme fluxo de ar saindo de seus pulmões, ele se recosta na minha cadeira e estica os braços por sobre a cabeça.

Eu o vi digitar equações. Nem quero perguntar o que era.

— Ok? — pergunto, com riso em minha voz.

— Desculpe. Eu estava a caminho da praia, e estava pensando em algo e... bem, eu não tinha papel comigo, então, pensei em passar aqui. Desculpe pela intromissão.

— Está tudo bem... não se preocupe com isso.

— Como foi a festa? — ele pergunta, amigavelmente.

— Boa... — Lembro de sorrir, como se tivesse tido uma noite maravilhosa. Quero dizer, tive uma boa noite, mas festas claramente não são para mim.

— O que foi? — ele pergunta; deve ter visto algo em minha expressão.

— Nada — digo para ele. — Nada errado.

Ele fica de olho no meu rosto por mais alguns segundos, antes de dizer:

— Tudo bem, se é o que diz.

É quando lembro de algo que queria dizer para ele desde a manhã anterior, e dou um pulinho na cama, estalando os dedos.

— Ike!

Por um segundo depois da minha explosão aleatória, vejo algo cruzar seu rosto. Algo que torna sua expressão mal-humorada e sombria. Mas, então, um olhar mais perplexo aparece em seu rosto — uma fisionomia que enruga seu nariz do jeito mais fofo e me faz querer sorrir —, e acho que devo ter imaginado a outra expressão.

— *O quê?*

Mantenho meu olhar fixo nele, mal conseguindo conter o sorriso.

— Você disse que é difícil tirar um apelido de Dwight, lembra? Bem, consegui um: Ike.

Dwight apenas olha para mim, suavizando sua expressão confusa e erguendo um pouco mais a sobrancelha, em uma pergunta não verbal.

— Como Eisenhower — explico. — O presidente Dwight...

— Dwight D. Eisenhower — ele termina, falando por cima de mim.

— Exatamente. — Estava fazendo minha lição de História na manhã do dia anterior, e havia uma pergunta comparando vários pôsteres de campanhas presidenciais, e o de Eisenhower era um deles. O slogan era: *Gosto de Ike.*

O rosto de Dwight se torna um livro fechado. Ele se inclina na direção da minha escrivaninha e espalma as mãos ao lado do meu notebook. Sem ter certeza do que passa em sua mente, adoto minha cara de paisagem.

*Ele odiou*, penso. Não sei por que aquele pensamento me deixa tão... tão desapontada.

Mas permaneço sentada e, depois de um tempo, ele fala.

— Ike — Dwight diz o nome como se estivesse provando-o, sentindo como rola em sua língua, concentrando-se no som. — Ike e Dice: parceiros no crime — ele brinca, mas há algo em seus olhos, em sua voz, que me leva a acreditar que seu coração não está feliz.

— Parceiros na *Física* — eu o corrijo, e ganho uma risada; então, quando ele levanta a cabeça para me olhar novamente, seus olhos verde-mar estão suaves e aquele sorriso torto está de volta mais uma vez. Acho que isso significa: *Ok, você pode me chamar de Ike.*

Eu já estou sorrindo para ele, e ele dá uma balançada quase imperceptível com a cabeça, do jeito que diz que ele simplesmente não sabe o que fazer comigo.

# 28

A ESCOLA ESTÁ FECHADA NA TERÇA-FEIRA para algum tipo de inspeção elétrica. Mas, ei, não estou reclamando: tenho um dia de folga! E o melhor é que o Dr. Anderson ia ter "uma palavrinha" comigo hoje sobre o teste que ele nos deu na última aula (não é necessário dizer que acertei, tipo cinquenta e dois por cento da prova, desgraçando o bom desempenho de sua classe), mas espero que, até amanhã, ele já tenha se esquecido disso.

Planejo ficar na cama, recuperando o sono que perdi no sábado à noite.

Alguém me liga às sete da manhã, no entanto, então toda a esperança de me livrar daquelas bolsas embaixo dos olhos vira fumaça.

Grogue, tento encontrar o celular. Primeiro, penso que é o despertador tocando, então, bato o dedo na tela algumas vezes até que percebo o que está acontecendo.

— Bryce — gemo —, são sete da manhã.

— Sua voz matutina é muito sexy — ele responde com uma risada na voz.

Caio novamente no travesseiro.

— O que você quer? — Esfrego os olhos, e a luz teimosa que atravessa minhas cortinas fechadas se recusa a me deixar pensar em voltar a dormir.

— Achei que poderíamos passar o dia juntos — ele diz, animado. — Não passamos um tempo juntos há décadas, então, pensei que a gente pudesse fazer alguma coisa.

— Tipo o quê?

— Tenho um plano. — Ele não explica.

Suspiro.

— Não me diga... é algum tipo de surpresa, não é?

— Sim. Agora, vá tomar seu café da manhã e se vestir. Mas nada muito elegante. Estarei aí às oito para pegar você.

Enquanto tomo banho, penso em como é ter Bryce como namorado. Ele me faz ser desejada. Quando estou com ele, esqueço que a antiga Madison chegou a existir.

Meus pais sabem que minha vida em Pineford estava longe de ser ok. Até mesmo "tolerável" podia ser forçado. Mas eu não queria que eles soubessem quão ruim era de verdade. Acho que me acostumei tanto a me esconder das pessoas na escola que comecei a fazer isso em casa também. Agora que estou com Bryce, minha posição no grupo popular da escola é segura — não preciso fingir. Então, por que sinto como se estivesse fingindo?

Bryce aparece na porta de casa às oito em ponto.

Abro a porta e o encontro com um tênis branco, levemente surrado, calça jeans e uma camiseta cinza que se acomoda em seus músculos confortavelmente. Os raios de sol refletem em seus cabelos, tornando-os mais brilhantes, e ele me dá um sorriso de tirar o fôlego.

— Pronta para ir?

— Acho que sim — respondo. — Entre um segundo... só preciso pegar minha bolsa.

— Ok.

— Então, aonde você disse que vamos, exatamente? — pergunto por sobre o ombro enquanto subo as escadas correndo até meu quarto.

— Eu não disse! — Ele ri de volta, gargalhando.

— Droga — murmuro, mas rio também. Eu meio que esperava que ele me dissesse, embora esteja bem animada com a surpresa preparada por ele. Paro diante da minha penteadeira para dar um último retoque na maquiagem antes de pegar a bolsa e descer correndo novamente.

Entramos no carro de Bryce, e ele me diz:

— Você pode ser a DJ hoje. Sinta-se honrada: não deixo muita gente tocar no meu rádio.

Dou uma risada.

— Obrigada. Então, quanto tempo vai levar para chegar até onde estamos indo?

Ele pensa por um instante.

— Talvez meia hora, quarenta minutos? Mas sei para onde estou indo. O bastante.

— O bastante? Por que isso não me conforta?

Ele ri e estende a mão para apertar meu joelho, em vez de engatar o carro. Então, inclina-se para me beijar antes de ligar o motor e sair com o carro.

Conversamos sobre todos os tipos de coisas no caminho — as fofocas da festa de Bryce, a partida de futebol da sexta-feira.

Os Hounds já jogaram algumas partidas. Ou foram longe ou não foram muito importantes, porque ainda estamos no início da temporada, mas essa partida de agora, por algum motivo ou outra coisa que não posso imaginar, é importante. Toda a escola está agitada com a ansiedade. É contra um dos nossos principais rivais, o Buchanan High, então, há um teor mais competitivo.

— Estou realmente animado com o jogo. Acho que podemos vencer.

— Vocês não perderam um jogo da temporada até agora — eu o recordo.

Ele para antes de falar:

— Estão todos contando comigo. Não dizem isso antes da partida porque não querem que eu pire. Mas sei que estão. E meus pais. O treinador disse que ouviu dizer que um olheiro de faculdade pode estar no jogo.

— A temporada ainda está um pouco no início para isso, não é?

— Bem, sim, talvez, mas são só olheiros, descobrindo se há alguém em quem vale a pena ficar de olho.

Em geral, ele não fala sobre futebol ou sua bolsa para a faculdade assim. É mais tipo "espero conseguir uma bolsa", ou talvez "minha mãe realmente espera que eu consiga uma bolsa para essa universidade". De vez em quando, ele diz: "Preciso ter um plano reserva caso a bolsa de estudos não dê certo. Todo mundo precisa de uma universidade reserva".

Mas isso é diferente.

Posso ver que ele está preocupado em não conseguir. Não posso imaginar o tipo de pressão que todo mundo faz nele. E, além de tudo, ele precisa manter as notas altas.

Ele não fala mais nada sobre o assunto por um longo minuto, o que acompanho pela canção no rádio. Então, gira um pouco o botão, aumentando o volume.

Ele estaciona o carro em uma pequena área de cascalhos aos pés de uma colina. É densamente arborizada e íngreme, mas os caminhos são marcados por trilhas de terra e grama batidas. As flores silvestres animam toda a paisagem.

Descemos do carro, e não lamento por usar meu All Star. Bryce abre o porta-malas e pega primeiro uma toalha, e depois um cooler gigante que parece cheio até a tampa.

— Quer que eu carregue alguma coisa? — pergunto primeiro.

Ele ri.

— Consigo me virar, não se preocupe. Posso carregar você no outro ombro, se quiser — ele oferece com uma risada, e dá um tapinha no ombro direito, já que o cooler e a toalha estão sobre o ombro esquerdo.

— Estou bem. Um piquenique, hein?

— O que foi que lhe deu essa ideia?

Rio novamente, e dou três passos em sua direção, ficando na ponta dos pés para beijá-lo.

Começamos a subir a colina — não tenho de ser um gênio para saber aonde estamos indo. Não conversamos muito. Não porque estejamos sem fôlego, mas porque nós dois deixamos nossos pensamentos vagarem. É só quando estamos quase no alto que a realidade me atinge: meu namorado me trouxe para um piquenique.

Quatro meses atrás, se alguém sugerisse que isso poderia acontecer comigo, eu teria gargalhado e dito que a pessoa era totalmente maluca. Que nunca, não em um milhão de anos, isso aconteceria com a Maddie Gorducha. A ideia de qualquer namorado já era digna de riso, muito menos um que fizesse coisas meigas como essa.

Olho para Bryce de canto de olho e sorrio. Pensar que ele teve todo esse trabalho me dá uma sensação acolhedora no estômago.

Ele não tinha de fazer nada especial. Poderíamos ter ficado em uma das nossas casas; talvez vendo um filme ou saindo para jantar... mas ele decidiu fazer algo especial.

Paramos em uma pequena clareira. As árvores ficam mais finas e a colina começa a descer, mas há uma área semicircular ali, onde Bryce estende a toalha e coloca o cooler.

Caminho até a beirada da colina e olho para a paisagem. Dá para ver o mar dali. E, ali perto, também dá para identificar o shopping, com o trânsito indo e vindo. É uma vista incrível. E há pássaros por todo lado. O sol está brilhante e faz as árvores lançarem uma névoa verde-amarelada ao nosso redor. É um tipo agradável de calor, e abraço meus cotovelos, sorrindo para mim mesma sem nenhum outro motivo além do fato de que estou feliz.

Braços familiares envolvem minha cintura, e inclino a cabeça para apoia-la no ombro de Bryce. Ele beija minha têmpora.

— Isso é bem legal — digo baixinho para ele. Quase tenho medo de falar alto demais e estragar a paz do ambiente. Viro em seus braços e mostro-lhe meu sorriso. — Você é incrível.

Ele beija a ponta do meu nariz, e isso me faz rir.

— Você é realmente maravilhosa, Madison, sabe disso?

Não sei se é ele ou se sou eu quem inicia o beijo, e não sei quanto tempo dura, mas é fantástico.

Quando finalmente nos separamos, não posso deixar de soltar um suspiro, porque não queria que aquilo terminasse e, então, nós dois caímos na gargalhada, porque ouvimos meu estômago roncar.

Bryce cutuca minha barriga de um jeito brincalhão.

— Acho melhor darmos um pouco de comida para você antes que você desmaie, né? O que você quer? Tenho um pouco de tudo: sanduíches, chips de batata, salada, macarrão, asas de frango e...

— Uau, calma! Parece que você preparou um banquete para todo o time de futebol.

Ele ri, e nos sentamos na toalha, que é uma coisa grossa de feltro, gasta de tão velha. Passo os meus dedos por ela. Bryce começa a empilhar comida ao nosso redor, e vejo que subestimei o tamanho desse almoço. É muita comida!

— Bem, vá em frente.

E eu vou. Comemos em pratos de plástico com talheres azuis de plástico combinando, colocando o que nos dá vontade nos pratos e comendo com gosto. Em geral, não como tanto assim, mas não posso evitar. De repente, estou faminta, e a comida é boa demais para desperdiçar.

Bryce pega um pote de morangos e uma garrafa de cobertura de chocolate — do tipo que se coloca em sorvetes.

— Sobremesa? — ele pergunta com um sorriso.

Olho aquilo por um instante, sabendo que meu estômago não aguenta muito mais — o cós da minha calça já está até um pouco apertado —, mas vejo a expressão em seu rosto e digo:

— Claro! — Não dá para dizer "não" para aqueles grandes, esperançosos e felizes olhos castanhos.

Ele abre o pote e joga a deliciosa cobertura de chocolate nos morangos, que são de um tom vermelho vivo e suculentos. Pego um deles com os dedos e enfio na boca, segurando o talo.

Solto um gemidinho de aprovação. Bryce ri para mim e come um também. Estou prestes a apanhar mais um, quando ele pega um para mim, segurando-o no alto. Olho para o morango por um instante antes de me inclinar para a frente, abrindo a boca e dando uma leve risadinha.

Ele move o morango no último instante, tocando a ponta do meu nariz com ele. Sinto a cobertura de chocolate no nariz, e vejo que ele está comendo o meu morango. Limpo o chocolate com um dedo e lambo, lançando um olhar atônito para ele.

— O que foi? — ele diz, na defensiva. — Precisava de uma doçura extra.

Dou uma gargalhada. Não minha gargalhada normal: ronco e jogo a cabeça para trás e solto aquela gargalhada alta e comprida, sobre a qual não tenho controle. Depois de um tempo, consigo me acalmar o bastante para transformá-la em risadinhas, antes de parar e apenas sorrir como uma boba para ele.

— Gosto da sua gargalhada — ele me diz.

— E eu gosto de você — respondo, e ele ri. Então, ele afasta a comida e dá um tapinha no espaço ao seu lado; quando rastejo em sua direção, ele agarra minha cintura e me puxa para perto.

Bryce me dá um beijo lento e comprido. Seus lábios são gentis e suaves sobre os meus. Eu me aproximo um pouco mais dele e, em algum ponto, ele me puxa para seu colo, e dali só deixamos que a gravidade aja até que nos deitamos na relva. Estou meio em cima dele, e nossas pernas estão entrelaçadas.

Eu me afasto do beijo, mas deixo nossos narizes se tocando. Ele empurra minha franja para trás e coloca o braço ao redor do meu corpo.

Durante todo o tempo olho para seus olhos castanhos cálidos e penetrantes, e penso em como este dia está perfeito, como está sendo maravilhoso, como...

— Eu amo você — ele diz.

Meu mundo para de girar por um instante. Pelo menos, é o que parece. Sinto como se meu coração não batesse, e minha respiração fica parada em meus pulmões, e as aves param de cantar, e aquela fina nuvem branca não está mais se afastando no céu.

Então, alguém aperta o play novamente, e estou olhando para ele. Nossas respirações se misturam, e meu coração está surpreendentemente calmo em meu peito.

E eu digo para ele:

— Eu também amo você. — Porque não sei mais o que dizer.

Acho que eu o amo. Não é a primeira vez que penso nisso. De vez em quanto, fico deitada à noite, acordada, pensando em Bryce e sorrindo por causa de alguma coisa, e então me pergunto se talvez o amor seja isso. Mas nunca tive certeza. Não é como se, tipo, um dia eu simplesmente tivesse decidido que eu o amo.

Talvez eu não o ame.

Talvez eu não o ame, e fiz a coisa errada e estraguei tudo.

Mas ele me faz sorrir e me faz feliz. E ele me ama.

Por isso, digo o mesmo para ele, e há uma mistura de alívio e alegria que consome sua calma expressão, e ele me beija.

E, quando ele me beija, deixo que meus pensamentos voem para longe, espalhando-se até que não estejam mais em lugar algum, e permito-me sentir: sinto a grama pinicando minhas canelas nuas e o calor do pescoço de Bryce sobre a palma da minha mão; sinto a luz do sol banhar minha nuca e meus braços; sinto seus lábios, tão suaves, sobre os meus. E não tenho nenhum pensamento consciente pelo simples ato de beijá-lo, como em geral tenho; em vez disso, apenas aproveito.

Há esses raros momentos na vida que você quer guardar em uma garrafa para manter bem perto em um dia de chuva e apreciar quando a nostalgia o atinge.

Este dia, acho, seria um desses momentos.

# 29

Mais tarde, estamos guardando as coisas.

— Podemos ir para minha casa, se você quiser — Bryce oferece. — Quero dizer, meus pais vão estar no trabalho...

— Claro — digo.

Há uma ligeira pausa e, então, ele limpa a garganta.

— Madison, quero dizer... bem, teremos a casa toda para nós e... — Ele ergue um pouco a sobrancelha, o que me faz compreender as implicações do que ele está tentando me dizer, e minhas sobrancelhas também se levantam.

— Ah. Certo. Entendo.

Há outra pausa. Não digo nada porque não sei o que dizer. Minha língua está presa. Então, os braços de Bryce circundam minha cintura por detrás, e ele começa a beijar meu pescoço. Posso ouvir sua respiração pesada em minha orelha. Sua mão começa a subir pela minha cintura, deslizando por baixo da minha blusa e subindo, devagar...

Puxo a mão dele de volta para a minha cintura.

E ouço-o suspirar.

— Madison, eu pensei...

Eu me afasto um pouco, só o suficiente para poder me virar e encará-lo. Meu rosto ainda está quente, mas olho para ele nos olhos e balanço a cabeça.

— Não posso — digo. — Não... ainda não estou pronta para algo assim, ok? Você não entendeu na festa?

Acho que percebo um sinal de irritação em seus olhos, mas talvez eu só esteja imaginando coisas.

— Achei que fosse por causa da situação. Porque eu tinha bebido. E por ter um monte de gente ali.

— Não foi só isso — tento explicar. — Eu só... não quero.

Ele coloca os braços ao meu redor e me puxa para bem perto, beijando minha testa.

— Ok. Ok — ele diz baixinho. — Posso esperar. Ok.

Suspiro de alívio.

— Obrigada.

— Amo você.

E eu digo:

— Também amo você.

Depois que ambos dissemos, "eu te amo" parece ter se tornado o jeito como terminamos nossas conversas. Sempre que ficamos em silêncio, ele diz isso.

E eu ainda estou tentando colocar meus pensamentos no lugar para poder decidir se realmente o amo. Acho que sim. Não tenho certeza de como é se sentir apaixonada. A gente lê sobre isso nos livros e vê as pessoas retratando isso nos filmes — e observa pessoas que devem estar apaixonadas na vida real também. Mas é estranho tentar descobrir quando acontece com a gente.

Assim que entro em casa, ligo para Tiffany e conto tudo para ela. Bem, quase tudo. Deixo de fora a parte de não ter certeza se eu o amo ou não.

Ligo para Summer e conto para ela também. Penso em abrir para ela absolutamente tudo, mas tenho medo de que ela revele para Tiffany. Por fim, ligo para Jenna, e é para ela que conto a verdade inteira.

— Bem... — ela para de falar e posso imaginar seus lábios se apertando em uma linha fina como sempre acontece quando ela está pensando. Ela não sabe o que dizer tampouco. Estou feliz por não ser a única. — Eu não posso descrever para você, na verdade. Eu não sei... acho que você apenas *sabe*. Talvez você não esteja apaixonada se está duvidando de si mesma.

— Não é tanto que eu esteja duvidando de mim mesma — tento explicar. — Não consigo nem imaginar como é.

— Bem colocado — ela concorda. — Mas você gosta dele?

— Sim. Gosto muito.

— Durma pensando nisso — ela sugere. — Talvez pela manhã seus pensamentos estejam mais organizados.

— Ok.

— Tudo bem.

— Como vão as coisas com Henry? — pergunto.

E, então, Jenna se desmancha, daquele seu jeito entusiasmado e contagiante, contando como as coisas estão maravilhosas com Henry e o quanto ela gosta dele e o quão fantástico ele é. Estou feliz por ela, honestamente estou.

— Vocês já disseram a palavra que começa com A? — pergunto, interrompendo-a.

— Sim.

Ela soa tão segura de si mesma, e tão verdadeiramente feliz quando diz isso. Assinto, mesmo que ela não possa me ver.

E, pela primeira vez na minha vida inteira, sinto inveja da minha irmã mais velha. E não porque ela é bonita, popular, sabe o que quer fazer com sua vida e tem amigos e tudo mais. É porque ela sabe que está apaixonada e não tem de pensar a respeito.

— Ah, meu Deus! — Tiffany dá um tapa na própria testa. — Eu estava tão ocupada pensando na festa de Bryce, que me esqueci totalmente disso.

Summer ri.

— Provavelmente seria bom se começássemos a fazer as compras logo.

— Não brinca. Se queremos que nossos vestidos fiquem prontos a tempo... tipo, Alison estava me falando há algumas semanas sobre o casamento da prima, e que deixaram até, tipo, o último mês para mandar fazer o vestido das damas de honra, e eram quatro vestidos, e foi um desastre completo. Uma delas não ficou com a barra feita direito. E se você pensar que todas as outras escolas da região também vão organizar um baile...

Elas estavam falando do Baile de Inverno. Eu tinha passado pelos cartazes há algumas semanas, mas sem prestar muita atenção. Por algum motivo, não havia me ocorrido que eu iria a esse baile.

Não tenho muita certeza se quero ir, já que não sou uma pessoa muito chegada a festas, mas sei que irei. Porque todas as garotas querem que eu vá, e porque irei com Bryce, claro.

— Ah, droga — Tiffany diz então. — Preciso de um par para esse baile.

— Não que vá ser muito difícil conseguir um — digo sem pensar. — Os caras se desdobram para chamar sua atenção.

Ela dá uma gargalhada.

— Você está exagerando, Madison.

— Não estou — digo, porque não estou. — Você só tem de escolher o cara, é fácil.

— Bem... — ela diz com um tom de dúvida, mas todos sabemos que estou falando a verdade, até mesmo Tiffany. Ela só está sendo modesta. — Argh. A última vez que fui a um baile foi no ano passado, com Steve. Acho que terei de encontrar alguma pobre alma para me aturar durante a noite, hein? — ela dá uma gargalhada.

Então, o sinal toca.

— Vamos lá, Tiff, acho melhor nos prepararmos para a aula de Geografia. Temos prova hoje. Nunca estive mais animada na vida — Summer diz, e todas caímos na risada. Então, ela se vira para mim. — Que aula você tem agora?

— Educação Física — respondo, e elas murmuram solidárias. Dou de ombros, sabendo que vou ficar escondida embaixo da arquibancada com Andy novamente. É um treino de futebol americano; nada no que eu tenha interesse. Estou feliz com o fato de que a professora de Educação Física não é a mesma treinadora do atletismo — do contrário, eu me sentiria culpada por cabular a aula.

Sigo pelo corredor até o quadro de avisos, com alunos passando apressados ao meu redor a caminho de suas classes. Olho para o cartaz do Baile de Inverno.

É bonito e bem feito, na verdade. Bonito e simples, em vários tons de azul, branco e prata, com uma figura de um salão de baile com um arco de balões ao fundo. A data do baile, leio, é onze de dezembro. É daqui a um mês; temos tempo mais do que suficiente para procurar os vestidos.

Me pergunto como será. Vi todas as fotos dos bailes de Jenna em Pineford. As garotas todas enfileiradas com seus vestidos de cores vivas, e os rapazes em seus smokings, com gravatas ou talvez camisas, combinando com os vestidos de seus pares. De vez em quando, todos se juntam para alugar uma limusine. No baile, tiram fotos, dançam, comem e parecem se divertir muito, mas eu me pergunto se vou me divertir.

Em momentos assim, acho que talvez eu preferisse não ser popular. Gosto das minhas amigas, claro, gosto, sim, e sou tão grata por elas terem me aceitado em primeiro lugar, mas não sou como elas. Em momentos assim, sinto que não me encaixo.

Eu me repreendo mentalmente. *Você está sendo estúpida, Madison. Você vai se divertir no baile. Se preocupar não vai ajudar em nada! Tudo com o que você tem de se preocupar agora é arrumar um vestido. E isso não é nada demais, na verdade. Então, pare de pensar tanto e vá para a aula de Educação Física.*

Olho para o cartaz mais uma vez antes de me dirigir ao vestiário feminino para me trocar para uma sessão bem inusitada: ficar sentada embaixo da arquibancada com meu iPod.

NA QUINTA-FEIRA, JÁ OUVI TANTA AGITAÇÃO por causa do baile que se aproxima que começo a sentir aquela mistura de ansiedade e preocupação por precisar procurar um vestido.

Na sala de aula, Tiffany e Melissa estão conversando sobre comprar vestidos. Todas vamos sair para fazer isso amanhã, no shopping.

— Estou pensando em um vestido longo — declara Tiffany. — Usamos vestidos curtos para o verão e no inverno passado. Além disso, eles vão estar tão ultrapassados nessa estação!

— Totalmente — concorda Melissa. — Que cor você está pensando? Estou querendo ir de rosa. Tipo um rosa pastel. Nada muito vibrante.

— Hmmm, sim — Tiffany murmura concordando, ou talvez consentindo, considerando o jeito como Melissa olha para ela quase como se esperasse uma aprovação dessa decisão. — Estou pensando em prateado. Você sabe, para manter o tema e tudo mais. Summer vai de roxo berinjela. Ela ia de lilás, mas imagina que horrível essa cor ficaria com o cabelo dela?

— Ah, merda, sim. Foi por pouco.

— Eu sei, certo?

Então, as duas olham para mim, e é só quando Melissa diz "E quanto a você e Bryce?" que percebo que estão esperando que eu diga que cor de vestido quero usar.

Dou de ombros.

— Não sei. Azul, talvez? Ainda não pensei sobre isso.

— Bryce fica bonito de azul — Melissa diz.

Como se supostamente isso fosse me ajudar.

Dou de ombros de novo.

— Sim, ele fica. Não sei. Pensei em simplesmente escolher o vestido que eu mais gostar.

— Mas você precisa ter alguma ideia de que vestido quer — Tiffany diz, chocada. — Decote em formato de coração? Saia rabo de peixe? De alças? Tomara que caia?

Nem sei se tenho cem por cento de certeza do que é uma saia rabo de peixe. Dou de ombros novamente, porque é resposta suficiente.

Tiffany me olha boquiaberta, antes de fechar a boca novamente, e Melissa só fica me olhando com os olhos esbugalhados. Quero me contorcer em meu lugar; agora pareço realmente estranha, porque não estou tão animada com o baile como elas.

Não me entenda mal, estou animada. De verdade que estou. Caramba, é meu primeiro baile! E vou aparecer com o astro do time de futebol, o cara mais lindo da escola, como meu par! Eu, Madison Clarke. Eu vou de verdade ao baile!

Mas, sim, também estou realmente preocupada com isso. Sei que, provavelmente, não vou me divertir tanto quanto os outros — estou meio que nervosa também porque nunca estive em um baile antes. O problema é que não estou animada pelos mesmos motivos que elas; e não quero que saibam disso.

Mas elas confundem minha falta de interesse no vestido com falta de interesse em todo o conceito do baile. Claro, não quero explicar tudo isso para elas. Não posso. Não sem ter de contar tudo. E isso nunca vai acontecer.

— Quero dizer — ouço Tiffany dizer —, você está agindo como se nunca tivesse ido a um baile antes.

Por uma fração de segundos, penso que o sinal vai tocar e me salvar, mandando todo mundo para a próxima aula. Seguro a respiração e conto: um, dois, três, quatro... nada acontece. É claro que não.

— Me esqueci completamente! Eu tinha de ver a treinadora logo de manhã por causa do encontro de atletismo! — Dou um tapa na testa e fico em pé, arrastando a cadeira para trás ruidosamente, e fazendo várias cabeças se virarem para mim. Não que isso seja inteiramente anormal nesses dias. — Vejo vocês mais tarde, ok?

E saio correndo o mais rápido que posso sem parecer mais boba do que já pareço.

Não estava mentindo completamente. Eu tinha de conversar com a treinadora sobre o encontro de atletismo. Mas ela tinha dito que eu poderia aparecer no intervalo das aulas, que era o meu plano até agora. Então, levanto os olhos e percebo que nem mesmo estou indo na direção da sala dela. Mas não dou meia-volta, só continuo em frente. A música toca em meus ouvidos. Nem notei que coloquei os fones de ouvido; foi um ato reflexo, suponho. Estou perto de hiperventilar também — meu peito está pesado, pois respiro de modo superficial e rápido; meu coração está palpitando; minhas mãos estão tremendo e minhas pernas estão tão trêmulas, que acho que vão entrar em colapso.

Com sorte, não caio até chegar na biblioteca.

Não me pergunte por que fui para lá; a verdade é que não sei. Mas o lugar está tranquilo e, já que todo mundo está na classe, ou indo para alguma atividade, talvez eu não seja perturbada. Estou longe dos olhares indiscretos. Caminho por entre algumas estantes, sem ideia de que seção estou, e finalmente paro. Eu só... escorrego para o chão. E fico ali.

Não sei se consigo me levantar de novo. Eu apenas encolho os joelhos até a altura do queixo e apoio a testa neles, apertando os olhos com tanta força que posso ver pontos brilhantes através do vazio escuro. É quase como se eu tentasse bloquear tudo mais.

O que, suponho, é o que estou fazendo.

Minha respiração começa a se acalmar, quando de repente sinto uma mão no ombro, o que me causa um sobressalto tão grande que bato a cabeça na estante atrás de mim. Um livro cai de uma das prateleiras mais altas.

— Desculpe — diz Dwight. — Eu não queria assustar você.

Ele pega o livro antes de mim, e o coloca no lugar. Esfrego a parte de trás da cabeça e estico um pouco as pernas.

Então, ele se senta ao meu lado no chão. Seu ombro toca o meu.

Olho para ele, tentando desesperadamente manter minha expressão neutra. Não é difícil.

A expressão dele, por outro lado, é cheia de preocupação: a ruga profunda em sua testa, a sombra perturbada em seus olhos, até a pequena dobra em seu nariz.

— Está tudo bem? — ele me pergunta.

Confirmo lentamente com a cabeça, mas ele diz:

— Mentira.

Dou uma risada. Não soa tão vazia quanto eu esperava, o que é uma coisa boa.

— Estou bem.

— Maior mentira do universo.

Dou um sorriso cauteloso, mas não digo nada para ele. O que eu poderia falar? Dizer para ele que estou cansada de fugir de tudo? Que estou cheia de tentar ser alguém que não sou de verdade? E que estou me agarrando desesperadamente a todas as pontas da minha nova vida aqui, mas que estou prestes a estragar e perder tudo?

Não sei o que dizer para ele.

Não sei o que dizer para *mim mesma*.

Então, depois de um tempo, ele fala:

— Dysania.

— Como é? — Inclino a cabeça de lado, na direção dele.

— Dysania — ele repete. — O estado de achar difícil levantar da cama de manhã. Li em algum lugar uma vez que era uma "condição rara". Não é preciso ser um gênio para descobri que essa pessoa claramente não tem ideia de como é ser um adolescente em um dia de aula.

Ele diz isso para me fazer rir. E eu quero rir, porque é engraçado. Mas não consigo — e não sei por quê. Tento um sorriso, só que os músculos do meu rosto estão relutantes, e parece mais uma careta.

— Alexitimia — ele me diz na sequência. — Dificuldade em descrever os sentimentos para alguém.

Consigo concordar levemente com a cabeça.

— Eccedentesiast.

*O que você comeu no café da manhã? Um dicionário? Por que todas essas palavronas, Ike?*

— Alguém que finge um sorriso — ele define para mim. — E você, minha amiga, está sendo uma agora mesmo. — Ele coloca o indicador embaixo do meu queixo e o deixa lá por um instante, e o gesto faz com que meus olhos se encontrem com os dele. Seus olhos são tão tristes, tão pesarosos, tão *curiosos*, que tenho de abaixar o olhar. Olho para minhas unhas, que estou tentando deixar crescer. Com essa luz, dava para ver o brilho do esmalte claro e extraforte que passei nelas.

Sei que ele quer respostas. E eu quero contar para ele. Quero confiar nele porque sei que, mesmo que ele não entenda, não vai achar que sou estúpida. Mas não posso contar. Simplesmente não posso. Eu deixei tudo para trás, lá em Pineford. Trancado em uma caixa, no fundo da minha mente.

*Não posso fazer isso agora*, quero falar para ele. *Não quero fazer isso agora. Será que você pode, por favor, não...*

— Dice — ele diz melancolicamente, inclinando-se para dentro do meu campo de visão, para que possa me encarar. — Dice. Por favor, fale comigo.

E eu começo a chorar.

# 30

A ÚLTIMA VEZ QUE CHOREI FOI no funeral da minha tia-avó Gina. Por algum estranho motivo, parece meio que... *bom* deixar tudo sair.

Pelo menos Dwight não parece um cervo pego pelos faróis de um carro, como imagino que a maioria dos caras fica quando uma garota rompe em lágrimas. Não consigo acreditar que estou agindo assim, mas não posso evitar. Alguma coisa fez as comportas quebrarem como galhos, e este é o resultado — estou sentada no chão da biblioteca, soluçando baixinho, e os braços de Dwight estão ao meu redor. Ele circunda a mão nas minhas costas, e acaricia meu cabelo, deixando-me chorar em seu peito.

Tudo em que consigo pensar é: *estou feliz que seja ele.*

É uma coisa boa que eu não chore alto; caso contrário, provavelmente seria descoberta agora. Afinal, isto é uma biblioteca — barulho simplesmente não é tolerado.

Quando os soluços começam a diminuir, meu corpo para de tremer, e só restam lágrimas escorrendo em silêncio pelo meu rosto. Digo:

— Eu molhei sua camiseta.

Dwight ri baixinho, e se mexe um pouco, enfiando a mão no bolso.

— Tome. Está limpo, eu juro. — Ele coloca um lenço de papel na minha mão e eu limpo o rosto e assoo o nariz, baixinho.

— Obrigada. — Minha voz é rouca. Minha boca parece seca. Ele tira o braço quando começo a me sentar e, então, ri de novo, e pega o lenço dos meus dedos, secando meu rosto, embaixo dos olhos.

— Você está horrível.

— Ike, você é tão charmoso.

— Vejo que seu sarcasmo permanece intacto.

O canto da minha boca se vira em uma tentativa de sorriso. Pego o lenço dele novamente e assoo o nariz, e seco o restante das lágrimas.

Abro a boca para me desculpar, mas ele deve saber o que eu vou fazer, já que diz:

— Não.

Então, eu não me desculpo.

Nós nos olhamos por um momento, e ele estende o braço; sem hesitação, eu me aconchego nele. Apoio a cabeça sobre o lugar em que está seu coração, e posso senti-lo batendo, forte e estável. É calmante. O braço dele está ao meu redor, e é quente. Eu estremeço, percebendo de repente como sinto frio apenas com minha camiseta fina.

Mas não é um abraço romântico; é um abraço de amigo. Um abraço de conforto. Ele só está sendo gentil. Está ali por mim. E é tudo o que eu quero agora.

— Dice — ele diz baixinho, a respiração agitando o alto do meu rosto. — Você não precisa me contar qual é o problema, mas estou aqui se quiser falar. Talvez ajude se conversar com alguém. Não vou julgar você.

Parte de mim não quer contar para ele; contar para alguém vai tornar tudo mais real. Mas uma parte maior de mim quer contar para ele, quer que ele use aquele cérebro imenso para encontrar uma solução, como se eu fosse uma equação que ele pode resolver se eu definir alguma das variáveis para ele. Parece bobo, mas, quando penso desse modo, posso me enganar e pensar que não é tão ruim assim, que pode ser consertado. E, de todo modo, eu já contei muita coisa a meu respeito para ele.

As palavras começam a jorrar dos meus lábios antes que eu possa pensar nelas.

— É só que é tão difícil porque tem o baile, e eu estou realmente animada, mas não como todos os outros, porque tenho motivos diferentes, e as garotas quase descobriram mais cedo, e eu cheguei tão perto de estragar tudo, e não posso aguentar isso. Não posso voltar ao jeito como as coisas eram. Ok? Eu simplesmente não posso. E, então, tem toda essa coisa sobre Bryce querer fazer sexo, mas...

Fecho os lábios. Lágrimas enchem meus olhos de novo, mas desta vez eu me recuso a deixá-las cair. Não posso contar tudo para ele, falar em voz alta meus pensamentos mais profundos para ele. Além disso, ele não se importa, não é mesmo? Ele está só sendo gentil.

Então, não vou aborrecê-lo com detalhes.

A mão de Dwight ainda está no meu cabelo. Eu nem tinha notado que ele estava me fazendo carinho até agora.

— Que coisa toda com Bryce, Madison? — Dwight pergunta com uma voz estranhamente fria. — Ele não... ele... fez alguma coisa para você?

— Não! — respondo rapidamente, e só depois me lembro de manter a voz baixa. — Deus, não. Ele só... eu acho que ele ficou um pouco... desanimado quando eu disse "não". Mas está tudo bem. Ele disse que vai esperar. Não é nada.

Não sei por que eu disse "não é nada", quando nós dois sabemos que não acredito nisso.

A verdade é que não sei quão paciente Bryce será a esse respeito. Não sei quanto tempo vai levar até que ele pergunte de novo, e talvez ele fique cansado de esperar. Sei que ele disse que me ama, e eu acredito nele, mas simplesmente não sei. Eu gostaria de pensar que estou errada sobre isso e sendo estúpida. Mas não consigo me fazer acreditar nisso. Não é como se eu tivesse muita experiência no "departamento garotos". Não tenho nem ideia se o que estou pensando é legítimo ou estúpido.

Mas Dwight não me pressiona sobre o assunto, e fico feliz.

Ele me olha nos olhos, então, e seus olhos verdes estão cheios de tanta dor, tanto pesar — mas não pena, acho. É mais como se ele estivesse triste *por mim*.

Ele segura meu rosto antes que eu possa desviar o olhar. É estranho, mas eu penso: *Não quero desapontá-lo. Preciso de Dwight. Não quero estragar as coisas com ele.*

Então, mantenho meus olhos nos dele, e sua expressão suaviza lentamente, até que surge um pequeno sinal de seu sorriso torto. O silêncio, que até agora estava confortável, de repente parece diferente.

Carregado. Tenso, até. Não, *tenso* é forte demais; *inquieto* pode ser uma palavra melhor. Sim. É um silêncio pesado, inquieto.

A parte mais estranha é que *eu* não me sinto inquieta. E tudo de ruim e de entorpecido que estava me consumindo se esvai. Isso não me deixa vazia; como daquela vez em que ficamos nós dois sentados em silêncio no meu quintal, eu me sinto contente. Não feliz, exatamente, mas mais do que simplesmente em paz. É uma sensação boa, mesmo que minha garganta esteja dolorida e eu ainda esteja fungando um pouco de tanto chorar.

Não tenho certeza de qual de nós começa, mas de repente estamos nos inclinando um na direção do outro e, no segundo seguinte, estamos nos beijando. É um tipo indeciso de beijo — parecido com uma pergunta. Os lábios dele são suaves e hesitantes sobre os meus, e sei que os meus estão do mesmo jeito. E, então, lentamente, pressiono os lábios com mais firmeza nos dele, e ele me beija de volta, gentilmente, uma mão ainda segurando meu rosto e a outra movendo-se para as minhas costas. Ele me segura como se eu fosse muito frágil e, nesse momento, realmente sou; mas não sou só eu. Esse momento, que parece tão perfeito e tão feliz, é realmente frágil, e acho que nós dois sabemos que ele vai se romper a qualquer segundo.

E se rompe.

E é minha culpa.

Eu o destruo.

Porque, em determinado ponto, quando estou beijando Dwight, eu percebo exatamente o que estou fazendo. Estou beijando *Dwight*. E tenho um namorado que certamente não é Dwight. E, quando esse pensamento cai sobre mim com tudo, eu me afasto, arrancando freneticamente os braços dele ao redor de mim e pegando minha mochila, tentando não olhar para ele. Não consigo. Sou uma pessoa horrível, horrível, horrível. Eu acabo de beijar outro cara, embora esteja namorando Bryce. Meu estômago se contorce em nós.

— Dice — eu o ouço dizer, mas o som é muito distante. Há um rugido em meus ouvidos.

— Eu... eu não posso. Sinto muito. Sinto muito mesmo.

Sinto por muito mais do que posso pôr em palavras. E eu vou embora. Tenho de ir. Não posso ficar, não depois do que aconteceu.

Me sinto horrível. Má.

Não choro agora; estou desgostosa demais comigo para isso.

Devo contar para Bryce?

Não.

Não, é claro que não. Não é como se o beijo tivesse significado alguma coisa. Foi só um estúpido beijo de consolo. Não é como se eu estivesse prestes a começar a sair com Dwight pelas costas de Bryce. Deus, não. Foi só um beijo sem sentido. Foi só isso.

Bryce não precisa saber. Ninguém precisa saber. Não faz nenhuma diferença. Estou com Bryce e ele me ama e estou feliz com ele, e é tudo o que importa. Aquela coisa com Dwight não vai acontecer de novo.

Não temos muito mais o que fazer no projeto. Fico feliz. Quero dizer, não terei de vê-lo muito mais. Eu o encontrarei nas aulas de Física, mas e daí? Não terei de falar com ele.

Não que ele vá querer falar comigo depois do que aconteceu, tenho certeza.

Toco meus lábios com o dedo e estremeço.

O sinal toca, assinalando o fim do primeiro período. Quanto tempo ficamos na biblioteca? Quanto tempo fiquei chorando?

*Hmmm*, penso distraída, *é a primeira vez que cabulo aula. Acho que a nova Madison é uma rebelde.*

Desvio para o banheiro feminino perto da sala de Artes. Ele não é muito usado porque ainda não está terminado e o espelho é minúsculo. Não me desaponto: ninguém está ali naquele momento.

Dou um suspiro de alívio e coloco meus livros no balcão ao lado da pia. Inclino-me na direção do espelho: meus olhos estão um pouco vermelhos, mas não estão de todo mal — posso dizer que a culpa é de uma noite mal dormida, se alguém perguntar —, e meu delineador está borrado. Limpo o rosto e aplico pó compacto que tenho na bolsa, para não parecer tão manchada.

Agora, a garota no espelho está recomposta e calma, sem um cabelo fora de lugar.

Pronto. Perfeito.

Eu me endireito e encaro o espelho. Minha mente volta para o dia em que estava sentada no Langlois Café, naquela primeira vez, quando conheci Dwight, quando ele me ajudou com meu celular novo. E eu estava olhando meu reflexo na colher, pensando em como era estranho ver aquela nova versão desconhecida de mim mesma.

Achei que eu já tinha me acostumado com ela.

Não tenho nem certeza se ainda sei quem sou.

A porta se abre e uma garota da minha aula de Artes entra.

— Ah. Oi — ela diz baixinho, evitando meus olhos, porque provavelmente pensa que não pode *não* dizer oi, porque é educado.

— Oi — respondo.

Tenho aula de Artes agora. Eu me pergunto qual pode ser minha desculpa. Talvez o melhor a fazer seja escapar do segundo período também, para evitar perguntas. Sim. Isso provavelmente é o melhor.

A garota sai do reservado e lava as mãos na pia ao meu lado.

— Você está...? — E, então, ela balança a cabeça.

— O quê?

— É só que você não parece estar muito bem — ela explica, abaixa a cabeça e olha para a pia, esfregando um pouco de tinta azul do polegar, para não ter de olhar para mim.

Eu percebo, assim, que devo ser meio intimidadora para ela. Estou namorando com o cara mais popular da escola; sou amiga de todos os alunos populares, portanto, eu também sou popular por associação. E sei, por ver os garotos em Pineford ao redor do grupo popular, que eles nunca falam com os demais — eles sempre parecem um pouco assustadores demais para o resto.

Não tenho ideia do que me leva a responder para ela, mas eu me escuto dizendo:

— Eu estraguei tudo.

A boca dela se contorce em um sorriso sombrio.

— E não é o que acontece com todos nós?

Olho para a mancha azul teimosa que ela esfrega no polegar por um milésimo de segundo mais e digo:

— Vejo você na aula — e saio para a segunda metade da aula de Artes.

# 31

— ESTOU BEM — DIGO PARA ELE, dando um sorriso que diz que nada está errado. — Sério.

Bryce franze o cenho em dúvida.

— Tem certeza? Tiff e Melissa disseram que você estava agindo de um jeito meio estranho na aula. Disseram que você saiu correndo sem motivo.

— Precisava falar com a treinadora. Assunto da equipe de atletismo.

Ele ainda não parece acreditar muito em mim — posso ver em seu rosto. Mas estou determinada a fazer com que acredite. Já estou bloqueando tudo o que aconteceu nesta manhã. Imagino que, se eu fingir bastante que nada aconteceu, começarei a perdoar a mim mesma. Sei que é uma esperança vã, mas pelo menos é algum tipo de esperança.

— Sério.

— Você sabe que pode me dizer se tiver algo de errado, certo? — ele toca meu cotovelo com as pontas dos dedos e, então, me atrai para seus braços, abraçando-me enquanto se recosta no armário. Fecho os olhos e apoio a cabeça em seu peito. Posso sentir seu coração. Lento, estável, forte.

— Eu sei — digo, e envolvo meus braços nele.

— Então, tem certeza de que não tem nada de errado? Nem um pouquinho?

Confirmo com a cabeça contra seu peito.

— Está tudo bem, Bryce.

— Ok.

Eu não replico; em vez disso, só o abraço um pouco mais apertado, e ele beija o alto da minha cabeça.

— Ouvi dizer que vocês vão sair amanhã para comprar vestidos para o baile — ele diz, mudando de assunto. — Mas precisam voltar a tempo para a partida de futebol.

Confirmo com a cabeça de novo.

— Sim.

Ele ri com suavidade.

— Você não vai me falar do vestido perfeito? Descrevê-lo para mim com os detalhes mais excruciantes?

— Eu deveria?

Ele ri de novo.

— Não sei. Com toda a honestidade, prefiro que não. Eu não teria muita ideia do que você está falando.

Também rio.

— Só vou esperar, ver os vestidos e decidir qual deles gosto mais. Não adianta ir com altas expectativas e depois ficar desapontada.

Ele beija minha cabeça mais uma vez, e ouço uma risada ressoando em seu peito.

— Você é muito surpreendente, Popzinha.

— Surpreendentemente boa?

— Surpreendentemente perfeita — ele me diz, e, embora eu não possa ver, sei que ele está sorrindo. E é quando percebo que estou sorrindo também.

— Amo você.

— Também amo você — digo, e afasto um pouco a cabeça de sua camisa, para poder encontrar seus lábios para um beijo.

— Jesus, vão procurar um quarto! — uma voz familiar exclama ali perto, e nos separamos para ver Adam e Ricky gargalhando enquanto passam por nós. Fico um pouco ruborizada, balançando a cabeça enquanto Bryce lhes diz para onde devem ir.

NA SEXTA-FEIRA DE MANHÃ, meu pai me dá seu cartão de crédito, dizendo para eu não exagerar e não comprar nada muito curto.

— Não se preocupe — asseguro. — As garotas disseram que vamos todas com vestidos longos.

— Ótimo. — Ele assente rapidamente e, então, abre um sorriso. — Sua mãe e eu estamos realmente felizes por você, Dice, sabe disso? Todos esses novos amigos, indo a bailes e às compras, e Bryce parece ser um cara muito legal.

— Ele é — concordo e sorrio. Não por causa do que ele disse, mas pelo modo como disse.

No passado, eu tinha certeza de que meus pais queriam que eu fosse como Jenna; mas sei que isso não é verdade, não mesmo. Em especial, quando eles dizem coisas como as que meu pai acabou de dizer. Ele não disse "Você é como Jenna" ou "Você está ficando parecida com Jenna". Ele simplesmente estava feliz por eu estar feliz aqui, por eu estar me encaixando. Por eu ter uma vida inteiramente minha. É por isso que fico sorrindo durante todo o caminho até a escola.

O dia passa bem rápido, na verdade. E é bom porque nem mesmo a aula de Física pode estragar meu dia — o Dr. Anderson está doente, assim, a aula é cancelada, o que significa que não tenho de encarar Dwight. Fico animada o dia todo.

— Alguém está feliz — Summer observa com uma risada quando entramos no carro de Tiffany.

— O que você tinha ontem? — Melissa pergunta.

Dou de ombros.

— Hormônios, eu acho. Não sei. Me desculpem.

— Não se desculpe, boba! — ela ri. — Nós só ficamos preocupadas.

Sorrio, e Melissa me sorri de volta.

— Temos de voltar às cinco e meia — Tiffany diz. — Isso nos dá três horas de compras. E hoje vamos principalmente prospectar. Sapatos e assessórios podem esperar também. Eu estava trabalhando no nosso plano de ataque na aula de Espanhol, mais cedo. Imagino que se começarmos com as butiques menores, no fundo, no andar de cima...

Deixo de prestar atenção e olho pela janela. Eu quase tinha me esquecido do jogo esta noite, com todos concentrados no baile e com toda a coisa com Dwight ontem...

*Não, não, não! Pare de pensar nisso!* Empurro aquilo para o fundo da mente antes que meus pensamentos possam voltar para ontem de manhã.

— Não posso acreditar que todas vocês vão me dispensar por um jogo esta noite — digo, dando-lhes um olhar dramaticamente exagerado.

Summer suspira e diz:

— Bem, é o que você ganha por não se juntar à equipe das líderes de torcida, Madison... — Mas, então, ela ri e diz: — Mas você tem Ricky. Ele não vai jogar. E um monte de gente vai estar ao seu redor também. Você ficará bem.

— Ah, e não esqueçam, há uma festa após o jogo na casa de Liam Kennedy, mais tarde.

Liam é do time de futebol, e não penso muito no assunto — só o suficiente para escolher minha roupa, que é uma saia branca e lisa na altura do joelho e uma regata vermelha com algumas franjas. As cores do Midsommer High, dos Hounds. Pensei ter feito minha parte.

Não demora muito para chegarmos ao shopping. Paramos no Subway e comemos um lanche rápido antes de colocar em prática o plano arquitetado por Tiffany para procurar os vestidos.

A primeira loja que vamos é uma da qual nunca ouvi falar, mas, no entanto, é um lugar bem grande, e sei, assim que somos atingidas pelo ar-condicionado, que vamos ficar um bom tempo por ali.

As garotas se separam imediatamente, exclamando para os vários vestidos que chamam a atenção, mais felizes e animadas do que o normal — esse é um momento e tanto.

Mas hesito na entrada. Viro a cabeça lentamente de um lado para o outro e avalio a situação: vestidos roxos, vestidos floridos, vestidos elaborados e bufantes, vestidos cor-de-rosa, vestidos curtos, vestidos compridos — todos eles em algum tipo de ordem, mas, à primeira vista, todos misturados... é um labirinto, e não tenho certeza de por onde começar.

Respiro fundo para me controlar, e me aproximo de um cabideiro qualquer para dar uma olhada nele.

—Ah, meu Deus, isso é lindo...

— Melissa, olhe este aqui! Ficaria tão bem em você!

— Ah, Deus, este aqui é incrível, é tão sedoso!

— Ei, Madison, já encontrou alguma coisa?

Viro a cabeça para olhar para Melissa, que sorri para mim e espera uma resposta. Só posso imaginar como devo parecer um cervo pego pelos faróis de um carro.

— Hmmm... não, acho que não. — Então, rio e digo: — Acabamos de colocar os pés na loja... Jesus, me dê um segundo!

Passo os dedos pelos tecidos suaves e sedosos, e sinto que começo a entrar em um estado de encantamento. Nunca fui interessada em roupas, mas cercada por todos esses vestidos lindos de baile... é fácil ver como as pessoas podem ficar tão obcecadas por tudo isso...

Minhas mãos param em um vestido preto, alguns cabideiros adiante daquele em que comecei. Empurro os outros vestidos para longe, os cabides fazendo barulho contra o trilho de metal. É um vestido que vai até o chão, sem mangas, com gola em v. O tecido, que reflete a luz e dá ao vestido um brilho suave, é franzido nos ombros e envolve o corpete antes de cair graciosamente na saia.

É um vestido muito simples. Elegantemente simples. Acho que é por isso que gosto tanto — não tem nada exagerado, nenhum babado, franja ou coisa do tipo e, mesmo assim, é um vestido fantástico. Pego o cabide antes de sequer pensar nisso.

— Ah! Madison encontrou algo! — Ouço Summer exclamar do outro lado da loja, e descubro que ela não está muito distante. — Vamos ver?

Saindo detrás do cabideiro, levanto o vestido diante de mim, sentindo-me, de repente, nervosa, como se precisasse da aprovação delas.

— *Preto?* — Summer e eu olhamos para Tiffany, que está enrugando o nariz. — Não é um pouco... um pouco...

— Sem graça? — sugiro, sorrindo irônica. — Deprimente?

Ela dá de ombros, sem negar.

— Bem, talvez você devesse olhar mais um pouco por aí, sim? Um pouco de cor nunca machucou ninguém. Que tal azul? Azul-claro ficaria ótimo em você.

— Vi um vestido azul-claro ali atrás — diz Melissa.

Vejo Tiffany abrir a boca para retrucar, mas ela pensa melhor e, em vez disso, retorce a boca até deixá-la em uma linha fina. Ela se vira para pegar outro vestido branco e prateado para acrescentar à sua coleção.

Volto para trás do cabideiro, para devolver o vestido, e Summer se aproxima pelo outro lado, olhando um vestido num tom vivo de roxo.

Quando ela fala comigo, sua voz é baixa e gentil. Ela diz:

— Gostei do preto também. Não devolva, não.

Pisco para ela, que sorri.

Não devolvo o vestido preto.

QUANDO TODAS DECIDIMOS EXPERIMENTAR nossos vestidos no grande provador, sou a que tem menos opções. Talvez meia dúzia de vestidos, enquanto as outras têm pelo menos uma dúzia.

Os cubículos são bem grandes, separados por cortinas, todos arrumados em semicírculo ao redor de uma parede de espelhos e minúsculos pedestais, que presumo que são usados para medir eventuais ajustes. Há alguns assentos estofados também.

No meu cubículo, penduro os vestidos ao meu redor. Três azul-claros, o preto, um verde-hortelã e um vinho em tom escuro. Nenhum deles é particularmente elegante, e todos são bem simples. Provavelmente, o vinho é meu favorito: tomara que caia, com um corpete de renda e a saia com faixas douradas entrelaçadas. Mas ainda tenho uma queda pelo preto, embora não possa explicar o motivo.

Experimento o verde primeiro, mas fica horrendo em mim. Deixa minhas curvas todas nos lugares errados, e me faz parecer desbotada. Nem me incomodo em mostrar para as garotas.

Dois dos azuis têm a aprovação delas, mas fico imensamente desapontada ao descobrir que o vinho não fica tão bom em mim quanto parecia no cabide. Experimento os dois azuis de novo, já que as outras ainda estão provando toda a pilha, mas nenhum deles me cativa particularmente. Decido que vou olhar outra coisa em vez de levar um desses, e coloco a cabeça para fora do meu cubículo para dizer isso para as meninas.

— Mas aquele azul-lavanda ficou tão perfeito em você! — Tiffany faz beicinho.

Aceno com a cabeça para ela.

— Não tão perfeito quanto esse fica em você — digo. O vestido prata cintilante que ela usa tem mangas até os cotovelos e uma saia lisa. Fiz o comentário principalmente para distraí-la, mas o vestido realmente *fica* incrível nela, contrastando a pele e o cabelo escuros e os grandes olhos castanhos. Ela me dá um sorriso e rodopia, para que a saia gire ao seu redor, e eu desapareço dentro do meu cubículo de novo.

Ouço Summer anunciar que o vestido com alças finas de lantejoulas faz com que ela pareça desalinhada, mas estou analisando o vestido preto. Penduro os outros, meus rejeitos, do outro lado, para que este fique sozinho.

Decido experimentá-lo. Não tenho nada a perder, tenho?

O material desliza pela minha pele, suave como água, e contorno meus braços ao redor do corpo para fechar o zíper antes de lembrar de que não há zíper. Não notei no início, mas este vestido é inteiramente sem costas, exceto por duas faixas que cruzam minha coluna e se juntam ao vestido na altura da cintura.

Passo as mãos pelo tecido. Durante todo esse tempo de compras, senti um pouco como se fosse uma criança brincando de me fantasiar, mas este aqui é diferente. Eu simples, verdadeira e inexplicavelmente gosto deste vestido. Muito.

*Este é o vestido*, penso comigo mesma, sorrindo para meu reflexo. Sei que só experimentei cinco, e ainda temos várias outras lojas para visitar, mas este é o vestido. É este que quero usar no Baile de Inverno.

Gosto especialmente do jeito como o tecido franzido ao redor do corpete faz com que pareça que tenha mais curvas do que realmente tenho.

Embora eu tenha certeza de que este é o vestido, não preciso comprá-lo ainda. Vi uma placa na frente da loja dizendo que podemos reservar peças por dez dias, então, farei isso.

Depois, visto minhas roupas novamente e vou me sentar em um dos assentos acolchoados para assentir, murmurar concordância e dizer para as outras como estão lindas em seus vestidos, até que chega a hora de ir, e peço para o cara no balcão da frente reservar o vestido preto para mim.

Depois que faço isso, Tiffany me diz com um sorriso animador:

— Tenho certeza de que vamos encontrar alguma coisa mais alegre para você, Madison. Não se preocupe.

E eu respondo:

— Não vou me preocupar.

# 32

O RUGIDO DA MULTIDÃO E O BARULHO adicional da banda da escola são ensurdecedores, e a atmosfera é tão carregada que parece quase tangível.

Com um pequeno balde de pipoca, abro caminho pela escada das arquibancadas. Deixei Ricky e os outros rapazes em algum lugar por aqui, tenho certeza disso... Será que estão em alguma das fileiras de cima?

Nunca fui a um jogo de futebol antes; agora, vejo o motivo de tanta animação.

— Ei, Madison! — uma voz me chama e, ao virar a cabeça ao redor, vejo Andy à minha esquerda, perto do final de uma fileira com alguns assentos livres ao seu lado.

— Oi! — grito de volta, sorrindo. Eu acenaria, mas não tenho as mãos livres agora. Em vez disso, caminho de lado como um caranguejo até as arquibancadas perto dele. Carter está do outro lado, e se inclina para frente para me cumprimentar também, com um grande sorriso no rosto.

— Eu não sabia que vocês gostavam de futebol — digo, sem julgá-los, apenas por curiosidade.

— Não gosto — Carter diz. — Eles me arrastaram até aqui.

— Eles? — De repente o sangue parece correr mais rápido em minhas veias.

— Andy e Dwight — ele explica, dando-me um olhar estranho, franzindo sua sobrancelha e meia.

— Partidas de futebol e de futebol americano fazem parte integral da vida dos alunos no ensino médio — Andy me informa, distraindo-me. — Você não pode perdê-los — acrescenta, em tom conspiratório. — Algumas das líderes de torcida são gostosas... não posso negar.

Dou uma gargalhada, assim como eles dois.

Então escuto um "ah" atrás de mim e paraliso:

— Aí está você! — exclama Andy. — Estamos morrendo de sede aqui! — Ele estende a mão e, com minha visão periférica, vejo uma mão passando um copo de plástico.

— Fila longa — Dwight responde simplesmente.

Ele não parece estar em seu estado normal. Soa tão tenso quanto eu me sinto. A ideia de que ele contou para os outros dois sobre o beijo cruza rapidamente minha mente, mas, pelo andar das coisas — tipo como parecem confusos pelo nervosismo entre nós dois —, concluo que eles não têm noção de coisa alguma.

— Eu preciso ir — murmuro, inclinando a cabeça. Dou um sorriso rápido para Carter e para Andy. — Vejo vocês por aí.

— Por que a pressa? — pergunta Carter, e é quando tenho certeza de que eles não sabem nada sobre o beijo, o que é um alívio, embora eu não me sinta muito melhor com isso.

— Eu só... eu não devia...

— Madison tem coisas mais importantes para fazer do que falar com gente como nós — diz Dwight, e, a menos que eu esteja enganada, há um tom condescendente em sua voz que faz meu sangue ferver. — Tipo lixar as unhas.

Mordo a língua — literalmente. Fecho os olhos rapidamente. Quero dar meia-volta e gritar com ele; dizer que ele não tem direito de falar algo assim; dizer para ele calar a maldita boca. Mas não posso. Não vou fazer isso. Esta é uma daquelas ocasiões em que é melhor tentar ser invisível.

— Não queremos que seu namorado fique com ciúme agora, não é? — O desdém escorre em sua voz.

— Dwight, pare com isso, cara — Andy diz baixinho, olhando para mim. Deve haver algo em minha expressão que mostra que ele está me irritando, embora eu esteja lutando desesperadamente para manter a cabeça baixa e o olhar impassível. Costumava ser tão fácil! Acho que é mais difícil fingir que você não se importa quando você *realmente* se importa.

— Eu estava indo embora mesmo — murmuro. Enquanto seguro a pipoca, levanto a mão para Carter e Andy, tentando dar um sorriso. — Aproveitem o jogo, rapazes.

Mantenho a cabeça baixa enquanto passo por Dwight, mas é difícil não notar a expressão em seu rosto — não consigo evitar — e, no segundo em que nossos olhares se encontram, a máscara desdenhosa que ele usa dá lugar a um clarão de dor, um tipo de olhar apologético e triste... e, então, a máscara está de volta, e meus olhos estão novamente no chão. É uma imagem que vai me assombrar, eu sei.

A voz retumbante dos alto-falantes ao redor do campo anuncia: *Só faltam quinze minutos para o início do jogo, peguem seus lugares! Ah, e a equipe de líderes de torcida da escola vai entrar em apenas dez minutos!*

Atravesso mais algumas filas até que ouço alguém gritar meu nome e, agradecida, vou até lá e me sento ao lado de Ricky.

— Está tudo bem? — ele pergunta, pegando um pouco da minha pipoca. — Você parece um pouco... não sei. Está esquisita. — E faz uma careta. — Argh, pipoca salgada. Por que não pegou a com manteiga?

Forço uma gargalhada e digo:

— Eu não sabia que estava comprando pipoca para você, desculpe. Você devia ter especificado.

Ele suspira, mas seu sorriso é bem-intencionado.

— Bem, lembre-se da próxima vez, ok?

— Ok — rio. Dessa vez não é tão forçado, mas meu coração ainda não está completamente presente.

Ganhamos a partida por três a um. Bryce marca dois dos três gols, e um foi faltando apenas dois minutos para a partida acabar. Mesmo para mim — e não sou nem um pouco interessada em futebol —, foi uma partida bem excitante. E a animação não morre depois que acaba o jogo, já que todo mundo vai se reunir na casa de Liam Kennedy.

Todas as líderes de torcida e os jogadores foram para os vestiários tomar banho e se trocar, então, não faz sentido ir parabenizar Bryce agora; vou esperar até a festa.

Ricky, escolhido para ser o motorista da vez, vai dar uma carona para mim e para mais dois outros alunos até a casa de Liam. Abrimos caminho entre os enxames de pessoas — pais, professores e estudantes — até o estacionamento. E não posso me impedir de olhar ao redor, em busca de Dwight.

Andei evitando pensar na cena inteira da biblioteca por causa do beijo; eu me recusei a deixar meus pensamentos vagarem até ali. Mas, neste instante, depois do jeito como Dwight agiu, não posso evitar. Os caras estão entretidos em um replay verbal da partida inteira, por isso, eu me distraio quando entro no carro de Ricky, já pensando naquela manhã.

Depois do jeito como Dwight agiu no início do jogo, dizendo aquelas coisas para mim... tenho certeza de que ele me odeia. Ele lamenta ter me beijado. Lamenta até mesmo ter falado comigo ontem.

Ele não foi exatamente muito caloroso comigo no início do ano letivo, ao notar que eu tinha feito amizade com o pessoal popular — embora, depois disso, as coisas tivessem melhorado entre nós. A coisa é que eu gosto de Dwight. Não sei por que contei tanto da minha história para ele, em especial quando queria enterrar tudo de uma vez por todas.

O pânico me percorre por um instante. Ele sabe minha história inteira. E agora me odeia. Ele pode espalhar tudo por aí, e eu posso acabar como uma pária social mais uma vez. Só que, dessa vez, seria ainda pior.

*Mas será que alguém o ouviria?*

Sim, decido. Sim, as pessoas o escutariam. A menor fofoca sobre alguém pode se espalhar como um rastilho de pólvora no ensino médio, não importa quem ou quão confiável seja a fonte.

Mas acho que ele não contaria nada para ninguém, não é? Conheço Dwight. Ele é um cara legal: ele me consolou na biblioteca, e não se apavorou quando comecei a chorar. Um cara como esse não seria vingativo o bastante para alimentar rumores por aí. Esse pensamento finalmente me acalma.

Então, penso novamente na reação dele antes do jogo. Eu realmente não quero que Dwight me odeie. Eu gostava de sair com ele. Na verdade, eu me diverti trabalhando no projeto de Física, não só porque ele era uma boa companhia, mas porque seu entusiasmo deixava tudo mais suportável.

Eu só...

*Eu sentiria falta dele se não o tivesse por perto.*

Não deixo que as garotas saibam quanto eu gosto de ter Dwight como amigo. Sei que Tiffany chamaria isso de "suicídio social"; as outras provavelmente não entenderiam tampouco. Summer talvez — como ela havia feito com o vestido preto para o baile. Eu só não entendo por que deveria me sentir culpada por ser amiga de um cara que não é considerado popular.

Um estalar alto de dedos diante dos meus olhos me faz dar um pulo violento de susto, tanto que o cinto de segurança marca meu ombro.

— O que foi? — pergunto.

— Estamos aqui — Owen, da minha aula de Álgebra, diz. — Você está ok? Parece em outro mundo.

Balanço um pouco a cabeça e dou um sorriso largo.

— Estou bem. Totalmente bem.

Saio do carro depois de Owen e aliso minha saia. Uma dúzia ou mais de carros já estão por aqui, e vários mais procuram lugar para estacionar. Liam já chegou — eu o vejo perto da porta, acenando para as pessoas entrarem e dizendo "oi", e também aceitando os parabéns por sua performance no jogo.

Eu me pergunto como ele chegou aqui tão rápido — até que vejo que ele ainda está usando o uniforme do time.

— Oi, Madison! — ele exclama quando apareço atrás dos caras na varanda da casa dele.

— Oi. — Mesmo a esta distância, consigo sentir o cheiro de suor e terra nele. — Ótimo jogo esta noite, a propósito.

— Obrigado. Você sabe, eu realmente não tenho crédito suficiente como defesa. Quero dizer, veja só, nós dois sabemos que eu *carrego* aquele time de perdedores.

Dou uma risada e digo, meio sarcástica:

— Claro que sim.

Ele me dá uma piscadinha e, então, grita para alguém atrás de mim.

— Hutchins! Como vai você, cara? Quanto tempo não nos vemos!

Não tenho certeza de quem chegou. Duvido que as garotas já estejam aqui. Vai demorar uma década até que estejam prontas, se foram tomar banho. Mas, dessa vez, não me escondo no banheiro. Eu quero — como naquela primeira festa na casa de Tiffany —, porque ainda não conheço muita gente aqui. Na verdade, eu só saio com um grupo pequeno, e tento saber e decorar quem é quem, e quem está namorando com quem.

Mas decido que, só para variar, vou sorrir e aguentar firme, ser um pouco mais corajosa.

Sigo os caras até a cozinha, e vejo um monte de latas em um cooler que está no chão. Cruza minha mente brevemente que uma lata de cerveja não vai machucar ninguém — meus pais não vão saber, e isso não vai me deixar bêbada nem nada assim... e todos os outros estão bebendo.

Mas é tudo o que acontece: penso nisso por uma fração de segundos e, então, pego uma lata de soda limonada diet. Não porque esteja preocupada com o que meus pais diriam se descobrissem. Eu só não quero tomar álcool, ponto.

— Madison! Oi!

Me viro e reconheço Nicole, que está na mesma sala que a minha na aula de Inglês, e uma garota que, depois de uns dois segundos, lembro que se chama Mary-Jane. Sorrio, feliz em ter com quem conversar.

— Oi! Como vão vocês?

A NOITE ESTÁ REALMENTE BEM DIVERTIDA; as garotas me encontram quando finalmente chegam, e eu fico com elas por um tempo. Penso em tentar encontrar Bryce, mas não o vejo em parte alguma, embora tenha ficado de olho. E, francamente, estou me divertindo tanto com as garotas, tentando dançar sem parecer uma completa idiota.

Estou rindo quando Melissa, soluçando e rindo, se desequilibra sobre Tiffany. Estendo a mão, tentando ajudar a estabilizá-la, quando uma mão pousa na minha cintura.

Viro para ver quem é, e me pego sendo beijada. Em uma fração de segundos, reconheço Bryce e o beijo de volta.

Nós nos separamos depois de um tempo, e ele se inclina para sussurrar no meu ouvido:

— Estive esperando por isso a noite toda. Vamos, vamos encontrar um lugar mais tranquilo

Ele continua segurando minha mão enquanto abrimos caminho pela multidão de pessoas suadas. Finalmente, conseguimos chegar do lado de fora.

O ar noturno parece frio na minha pele depois do calor da casa. Não há muita gente no quintal de Liam Kennedy e, quando Bryce me leva até um canto, o ritmo da música desaparece ao fundo. Ele senta na grama e dá um tapinha no chão ao seu lado.

— Belo jogo, a propósito — digo para ele enquanto me sento ao seu lado. Ele estende a mão e me puxa para seu colo. — Você jogou muito bem. Não sei por que está preocupado em ser escolhido pelos olheiros da faculdade. Eles vão notar você com facilidade.

— Não quero falar sobre isso agora — ele diz com desdém, e me beija novamente.

— Está tudo bem? — pergunto para ele.

— O que foi? Então, agora não posso nem beijar minha namorada sem que algo esteja errado? — Ele tenta falar isso em tom de brincadeira, mas há tensão em sua voz.

— Bryce...

— Está tudo bem, pelo amor de Deus — ele diz, desta vez um pouco mais áspero. Quase ríspido. Ele começa a me beijar novamente, mas levo a cabeça para trás e ele não consegue. Espero que ele fique ainda mais bravo, já que obviamente está de mau humor, mas, para minha surpresa, ele envolve os braços ao meu redor e diz: — Eu só... só estou um pouco estressado com toda essa coisa de universidade. O jogo de hoje não foi meu melhor.

— Está brincando? Você foi fantástico! Todo mundo disse isso.

A boca dele se retorce um pouco, e eu coloco uma mão em seu rosto.

A sombra da barba por fazer roça a palma da minha mão e meu rosto, quando eu me inclino para frente para lhe dar um beijo.

— Pare de se preocupar tanto com isso. Vai ficar tudo bem. Todo mundo sabe que você vai ganhar essa bolsa. O treinador não teria dito antes se ele achasse que você precisaria se esforçar mais e melhorar?

— Acho que sim.

Dou outro beijo em seus lábios.

— Exatamente. Então, você deveria estar comemorando. Deveria estar feliz. Vocês ganharam, e jogaram de maneira fantástica.

Ele me dá um sorrisinho e beija meu nariz.

— Obrigado, Popzinha.

Sorrio.

— É para isso que estou aqui.

Ele me beija de novo, só que, desta vez, de uma forma mais profunda e intimamente.

Depois que nos separamos, ficamos em silêncio um tempo com o som de fundo da festa nos cercando.

O quintal da casa de Liam tem um muro de tijolos separando-o do quintal dos vizinhos. Há um canteiro na frente, com lanternas antigas a mais ou menos trinta centímetros do chão; consigo identificar o zumbido silencioso da eletricidade. Elas lançam um brilho amarelo-alaranjado sobre o rosto de Bryce, deixando um lado na sombra e iluminando seu cabelo loiro ondulado. Seus olhos estão quase cor de avelã. Ele parece tão lindo, sempre parece. Espero não estar tão terrível sob esta luz.

— Está se divertindo? — ele pergunta. — Você certamente parecia se divertir quando eu a vi dançando com as garotas.

O canto da minha boca vira em um sorriso.

— Sim, é uma bela festa. E Melissa pode ser engraçada quando está bêbada.

— Você não está bebendo?

Nego com a cabeça.

— Não — confirmo. — Não vejo motivo. Diversão e álcool não andam lado a lado. Pelo menos, não para mim. Suponho que não posso garantir pelas outras pessoas.

Aparentemente, outras pessoas significa a maioria das pessoas desta festa.

— Você é tão diferente do que esperei quando a vi pela primeira vez. Bem, ok… bem diferente. Mas não completamente diferente.

— Por quê? O que você esperava quando me viu pela primeira vez?

— Isso é particular — ele responde, malicioso, beijando-me de leve.

Pego seu rosto e o seguro perto do meu.

— Mas quero descobrir — digo para ele, sorrindo também. — Vamos lá, me conte, eu quero saber!

— Hmmm, não.

— Você só está fazendo isso porque quero saber, não é? Está fazendo isso para me irritar.

— Talvez…

— Tudo bem, que seja. — E, para enfatizar minha posição, empurro os braços dele e me levanto, alisando minha saia. Mas antes que eu me afaste, ele segura meu tornozelo e dá um puxão. Eu grito, mas ele me puxa de volta para seu colo. — Bryce! Não faça isso! Eu podia ter quebrado alguma coisa!

Ele revira os olhos, um sinal que me diz que ele acha que estou sendo melodramática. Eu o ignoro.

Apertando-me um pouco mais, ele ri e sinto sua risada reverberar em seu peito, onde meu braço está espremido contra seu corpo.

— Tudo bem, se realmente quer saber, achei que você era o tipo de pessoa que não aceita merda de ninguém e que não dá a mínima para o que as pessoas pensam sobre você.

*Bem, estava errado nas duas suposições…*

— No que eu estava certo — ele continua, me surpreendendo. Eu realmente aparento ser esse tipo de pessoa? Devo fazer um trabalho melhor do que penso ao esconder meu antigo ser embaixo dessas camadas da nova Madison. — Mas também pensei que você fosse algum tipo de garota durona. O cabelo curto, o piercing no nariz, a atitude. Então, você pode ver por que todo mundo fica surpreso quando você diz que não fala palavrão e que não bebe.

Dou uma gargalhada, não consigo evitar. Mas Bryce também ri.

— Mas não é diferente de um jeito ruim — ele me assegura, apressado.

— Bom saber.

— Amo você.

— Também amo você — respondo com um sorriso, e começamos a nos beijar de novo. Até que perco a noção do tempo. As trilhas soltas de pensamento vagam pela minha mente antes que eu possa juntá-las, amarrá-las e guardá-las para mais tarde.

# 33

NOVEMBRO SE ARRASTA ATÉ CHEGAR EM DEZEMBRO, os dias tranquilos e sem incidentes, borrados por um monte de lição de casa. O Dia de Ação de Graças, em grande parte, é como sempre foi. Visitamos a família do meu pai, e todas as minhas primas ficam boquiabertas com meu piercing e com meu novo corte de cabelo, até que voltamos para casa de novo. A coisa mais emocionante que me acontece é arranjar um tutor de Física, a quem vejo uma vez por semana, quinta-feira à tarde, já que Dwight e eu não nos falamos mais. A única interação entre nós foi depois da partida de futebol, na nossa aula seguinte de Física — eu disse "oi", ele me ignorou. É isso. Nunca mais nos falamos depois desse dia.

Busco meu vestido para o Baile de Inverno: escolho o preto, para desgosto de Tiffany e Melissa — e acontece que de minha mãe também. Todas queriam saber por que eu não escolhi algo mais *colorido*.

O restante das garotas também já escolheu o vestido, claro. Em um final de semana, depois que compramos nossas roupas, elas me arrastaram até o shopping para escolhermos sapatos, bolsas de mão, enfeites de cabelo e todo tipo de coisas que eu nem sabia que as pessoas tinham de comprar para ir a eventos como esse.

Agora que o baile é amanhã à noite, não tenho certeza se estou animada ou nervosa.

Estranhamente, no entanto, a coisa que primeiro vem à minha mente é o projeto de Física que temos de entregar na próxima semana.

O Dr. Anderson quer que seja na próxima quinta-feira, mas... nem mesmo sei se terminamos ou não. Não fiz mais nada nele. Dwight tem uma cópia da coisa toda, então, ele pode ter feito mais. Na verdade, não, ele *vai* fazer mais, porque embora me odeie, não vai correr o risco de estragar sua própria nota.

Eu devia me sentir culpada por isso? Praticamente estou, sugando o trabalho pesado dele. Não é nada justo... mas eu contribui da melhor maneira que pude, e não é minha culpa que agora ele me deteste. Tanto faz. Não é como se eu me *importasse* com o curso preparatório de Física. Eu só tenho de aguentar até o final do ano, a menos que seja tarde demais para pedir transferência para alguma outra coisa — para qualquer outra coisa.

— Alô? Terra para Mads! Tem alguém nessa sua cabecinha estranha?

Balanço a cabeça, de volta à realidade — de volta para Jenna, gritando pelo notebook para mim, levantando a sobrancelha para a webcam.

— Sim. Desculpe. Só estava... pensando.

— Sobre...?

— Sobre o baile de amanhã — minto.

— Mentirosa. Você estava pensando nele, não estava?

— Em Bryce?

— Não. Em Dwight. Ah, vamos lá, Mads, sou sua irmã mais velha. Conheço você bem o bastante para ser capaz de dizer quando está mentindo. E é totalmente óbvio quando você está pensando em Dwight, porque fica com esse olhar distante e franze o cenho. Mas, quando é em Bryce, é mais um sorriso.

— Cale a boca agora mesmo.

Ela simplesmente ri.

— Você já falou com ele?

— Não. Por que deveria? Não tenho nada para dizer para ele.

Não contei para Jenna sobre o beijo. Disse apenas que tínhamos brigado e que eu não queria entrar em detalhes.

Ela apenas suspira, e há um olhar pesaroso em seu rosto.

— Tudo bem. Vamos falar sobre alguma outra coisa. Tudo pronto para o baile de amanhã? Pernas depiladas, sobrancelhas feitas?

Instrumentos de tortura alinhados para curvar os cílios e enrolar os cabelos?

Consigo rir ao ouvir isso.

— Sim. Pelo menos, acho que estou com tudo preparado.

— Sinto não poder ir aí no final de semana.

— Não seja boba! — exclamo. — Jen, isso não importa, honestamente. Nunca esperei que fizesse isso, de qualquer forma. Não sei por que você e nossa mãe fazem tanto barulho por causa disso. Não é nada demais, só estou indo a um estúpido baile da escola.

— Exatamente por isso estamos fazendo tanto barulho — ela argumenta, calmamente. — Você vai para um baile, Madison. Com seus amigos e seu namorado. *Você* vai a um desses estúpidos bailes de escola. Não se ofenda com isso, mas está a quilômetros de distância de quem você era no ano passado. Não que houvesse algo errado com quem você era no ano passado — ela me diz rápida e suavemente. — Mas você está muito mais feliz agora. Todos sabemos disso.

A ponta da minha boca se inclina para cima, em um sorriso minúsculo, mas meu coração não está ali.

Sim, tenho uma vida muito melhor aqui. Não quero desaparecer e ser invisível, e não estou tentando simplesmente sobreviver a outro dia. Mas odeio que todos digam coisas como essa com tanto orgulho; que achem que é algo para comemorar... porque isso faz com que pareça que fiz algo maravilhoso, e não fiz.

— Como seja — murmuro, e Jenna entende a dica.

— Então, como vocês vão para lá? Não vão alugar uma limusine como todos nós fizemos?

— Não, Bryce vai nos levar. A maioria das pessoas vai dirigindo, na verdade, eu acho. Não é como se alguém fosse beber lá. Os professores vão se assegurar de manter regras rígidas a esse respeito. Vamos encontrar o restante do pessoal lá.

Jenna assente.

— Parece bom. Mas assegure-se de me mandar fotos, tudo bem? — Ela parece tão exigente e mandona, que por um segundo penso que ela poderia ser nossa mãe quando está em um de seus raros momentos de mau humor. — Eu quero ver *toneladas* de fotos.

Dou uma gargalhada, balançando a cabeça e sorrindo impotente.

— Claro, Jenna. Certamente.

Ela se recosta em seu assento e me dá um sorriso largo.

— Ótimo! E você vai arrumar o cabelo do jeito que falamos, né?

Reviro os olhos. Jenna se preocupa mais com o modo como vou usar o cabelo do que eu. Eu tinha imaginado usá-lo do mesmo jeito de sempre, já que está curto demais para fazer alguma coisa com ele, até mesmo enrolá-lo. Jenna, no entanto, tinha falado com nossa mãe, e elas tinham decidido que eu deveria comprar pequenas presilhas prateadas, para parecer um pouco mais especial. Concordei sem reclamar porque era a coisa mais fácil a se fazer, e, para ser bem sincera, eu não me importava.

— Sim, vou usar aquelas presilhinhas prateadas.

— Ótimo. — Então ela faz uma pausa antes de dizer: — Então você e Bryce vão... você sabe... — Ela faz uma pausa novamente. — Ele reservou um quarto de hotel para vocês ou algo do tipo?

Minha testa se enruga, confusa por um instante ou dois, até que percebo aonde ela quer chegar.

— Ah! Ah, não. Não, não vamos fazer nada disso. Pelo menos, não até onde eu saiba. Além disso, há uma festa depois do baile, para onde todo mundo vai. Mas mesmo assim. Sem chance.

Jenna assente e diz, sem rodeios:

— Ótimo. Não faça. Eu conheço várias garotas que acham que isso é realmente especial, e talvez seja, dependendo de quem você é e como está seu relacionamento, mas não acho que seja uma boa ideia para você. Agora, não me entenda mal. Estou só cuidando de você. Você sabe, fazendo o papel de irmã mais velha e tudo mais. Sexo seguro, camisinha... você conhece a coisa toda, Mads. Mas sei como você é, e sei que só está com o cara há poucos meses. Eu só não sei se é uma boa ideia para você.

Eu não fico corada; Bryce pode ter me feito corar algumas vezes, mas consigo lidar com esse tipo de coisa, e mordo a parte interna do meu lábio levemente enquanto Jenna fala. Ela é bem aberta e franca — ela sempre foi assim comigo, então, eu deveria ter esperado isso. Mesmo assim, ela me pega desprevenida.

Eu sequer pensei seriamente em... em realmente fazer sexo com Bryce. Claro, cruzou minha mente algumas vezes quando estávamos dando uns beijos no quarto dele, mas descartei a ideia porque sabia que não estava pronta. E ainda não estou.

E era o que vinha falando para ele desde que ele perguntou. Ele sempre foi um pouco difícil de decifrar, então, eu não podia dizer se ele estava ok com isso ou não. Ele sempre *disse* que estava bem. E ele precisaria ficar — eu não iria apressar nada. Se era só disso que ele estava atrás, então, não valia meu tempo. Mas ele disse que me amava, por isso, acho que ele não se importaria de esperar por mim.

Assim, digo para Jenna, impassível:

— Ok.

— Você estava prestando atenção em mim? — Ela franze o cenho de leve, como se não tivesse certeza se estou dizendo ok para que ela pare de falar, ou se quero dizer que concordo com ela.

— É claro que sim.

Ela continua a franzir o cenho para mim pela tela do computador, antes de finalmente dizer:

— Ótimo.

Ouço minha mãe gritar lá de baixo — "Dice, o jantar está pronto!" —, daí, grito de volta "Ok", antes de dizer para Jenna que preciso ir e que vou mandar fotos, provavelmente no domingo.

— Vou mandar uma mensagem de texto para você amanhã, antes que você saia, mas tenha uma noite maravilhosa, ok, Mads? — Minha irmã mais velha me dá um sorriso largo, com uma certa ansiedade no rosto. Ela está genuinamente animada por mim. Mais animada do que eu, na verdade.

— Obrigada — digo e desconecto a chamada.

Desço para jantar; minha mãe coloca um prato de carne de panela para cada uma de nós (meu pai está trabalhando até tarde) e pergunta:

— O que Jenna disse?

— Ah, ela só ficava falando, falando e *falando* sobre o baile de amanhã — conto para ela com uma risada. — Ela está mais animada do que eu.

Minha mãe ri também, mas, então, hesita um segundo e diz:

— Mas você também está animada, não está?

— É claro! — respondo instantaneamente. Eu *estou*. Não do mesmo jeito exuberante e tagarela das outras garotas, mas tenho um sorriso no rosto a maior parte do dia por causa deste baile. Estou realmente indo a um baile, com meus amigos e meu namorado, e vou poder beijá-lo e dançar uma música lenta com ele no fim da noite e, então, vamos para uma festa de verdade...

Mas estou nervosa — e um pouco assustada também —, e isso equilibra a animação e resulta em uma aparente indiferença. *Meio como o que meu tutor de Física estava falando sobre interferência destrutiva na difração de ondas*, penso distraída — e quero rir, mas me contenho, porque é o tipo de piada que eu gostaria de compartilhar com Dwight, só que não estamos nos falando, e ele me odeia.

Minha mãe sorri para mim:

— Estou tão feliz por você, Dice. Você sabe disso, certo?

— Eu sei — digo com um sorriso. — Estou feliz por mim também.

Depois de engolir um pouco de carne de panela, minha mãe sorri e diz:

— Eu só gostaria que você tivesse escolhido alguma coisa um pouco mais... um pouco mais colorida do que aquele vestido preto. Embora ele tenha ficado fantástico — ela acrescenta, apressada.

Dou de ombros.

— O que posso dizer? Foi amor à primeira vista, aquele vestido era "o vestido", não podia haver outro como ele.

Ela apenas ri, balança a cabeça, e me diz para parar de ser tão sarcástica e comer a carne de panela.

NO SÁBADO, JÁ ESTOU AGITADA, minhas mãos estão úmidas de ansiedade pelo Baile de Inverno. Termino minha lição de casa de Álgebra e respondo a algumas questões de Biologia, arrumo meu quarto, jogo videogame, leio alguns dos meus livros de Inglês. Mas nem assim o tempo passa rápido o bastante. Tudo se arrasta e rasteja, pelo que parece ser uma eternidade, até que só faltam duas horas para Bryce chegar, e decido que já é tarde o bastante para que eu possa começar a me arrumar.

Duas horas, porém, eram um pouco de tempo demais, como percebo logo depois de sair do banho, por isso, prolongo o restante das minhas preparações pré-baile: passar creme, fazer o cabelo e a maquiagem. Mesmo assim, fico pronta uns bons dezessete minutos antes da hora em que Bryce deveria aparecer.

Sento na beirada da cama, alisando a saia do meu vestido. Já calcei os sapatos, coloquei todas as presilhinhas no cabelo, e usei uma camada sutil de delineador e sombra prata para iluminar minha feição. Tenho uma bolsa de mão prateada também, e meus sapatos são da mesma cor.

Eu não ia *inteiramente* de preto — até eu tracei esse limite.

Quando o relógio finalmente marca oito minutos de espera por Bryce, desço para o térreo. Estou com o convite do baile, o celular, algum dinheiro... e meu iPod. Não pude evitar. Está em um compartimento fechado com zíper, dentro da bolsa. Tenho outra bolsa com uma troca de roupa para a festa depois do baile.

Vou até o pé da escada e minha mãe espia da sala de estar. Aposto que ela estava esperando ouvir meus passos.

— Ah, Dice, querida! — ela exclama, e um sorriso imenso se espalha em seu rosto. — Você está absolutamente linda.

Sorrio para ela, mas meu estômago está retorcido em um nó.

— Obrigada, mãe.

Meu pai sai do escritório, segurando sua câmera.

— Cuidado para que eu não quebre as lentes — digo para ele, acenando com a cabeça na direção da máquina. Meus pais riem, e minha mãe arruma uma das fivelinhas prateadas no meu cabelo antes de me segurar com o braço estendido e sorrir para mim. Eu podia estar errada, mas, por um instante, acho que ela estava quase à beira das lágrimas.

Eu a abraço com força quando ela me abraça, mas ela se afasta primeiro. Funga de leve, e diz:

— Não queremos amassar seu vestido, não é?

— Quando Bryce deve chegar? — meu pai pergunta.

— Logo — digo, e é quando todos ouvimos um carro parar lá fora. Eu já o ouvi descer do carro vezes suficientes para perceber que é ele. E, de repente, a batida na porta faz meu estômago se contorcer do jeito mais nauseante possível. Há um apito em meus ouvidos que bloqueia as batidas do meu coração, e encaro sem enxergar a parede creme diante de mim.

Meu pai abre a porta, e ouço os dois conversando — as gentilezas costumeiras do tipo "como vai você". Então, me ocorre: deveria me virar em sua direção. Ele vai pensar que estou sendo mal-educada.

Me obrigo a voltar à vida, sair do estado atônito, e viro para encarar Bryce, dando um sorriso para ele.

Antes que eu possa dizer "oi", ele me cumprimenta assim:

— Uau. Você está... uau.

Reviro os olhos, mas um rubor quente se espalha pelo meu rosto. Gosto desse tipo de rubor, que causa uma sensação difusa na boca do meu estômago.

— Você parece bem elegante.

Ele inclina a cabeça de lado, erguendo uma sobrancelha.

— *Elegante?* — Dou de ombros, e ele ri para mim. — Bem, obrigado.

Ele parece ainda mais maravilhoso do que o normal vestido de smoking. É preto, claro, assim como sua gravata. A camisa branca se encaixa confortavelmente em seu peito musculoso e, se eu achava antes que ele era areia demais para meu caminhãozinho, agora tenho certeza.

Mas ele está sorrindo para mim como se eu fosse a única coisa em todo o universo, e tudo o que posso fazer é olhar timidamente para ele antes de abaixar meu olhar até seus sapatos extraordinariamente brilhantes e indubitavelmente caros.

— Hora da foto, eu acho! — meu pai anuncia.

— Ah, espere! — Bryce levanta uma mão, que até agora estava escondida. — Eu quase me esqueci. Seu corsage.

Eu tinha me esquecido completamente dessa tradição do corsage.

Mas é bonito — uma rosa branca com fitas brancas. Tiro minha pulseira prateada e ele amarra o buquê ao redor do meu pulso esquerdo e, então, beija as costas da minha mão, o que me faz dar risadinhas. Daí, ele me puxa para perto, passa o braço ao redor da minha cintura, e nós sorrimos para a câmera enquanto meu pai tira algumas fotos.

— Estão com os convites? — minha mãe nos pergunta.

— Bem aqui — Bryce responde animado, batendo no que presumo ser um bolso interno do paletó do smoking.

— Ótimo. Agora se lembre de ligar se quiser uma carona para casa depois dessa festa pós-baile, ok?

— Sim, mãe, eu sei — suspiro. Ela só me disse isso um bilhão de vezes. E eu disse para ela um bilhão de vezes que não seria preciso, porque iria ficar na casa de Tiffany, com as outras meninas.

Pego minha bolsa com a troca de roupa e me viro para Bryce com um sorriso.

— Pronto?

— Sim. Boa noite — ele diz para meus pais enquanto começo a empurrá-lo para fora.

— Tchau! — grito para eles.

— Tchau! Divirtam-se, crianças! — eles gritam em resposta. — Madison, mande uma mensagem quando chegar na casa de Tiffany.

— Ok.

E, então, estamos no carro de Bryce e a porta da frente se fecha. No silêncio, a minha ansiedade toma conta de mim. Com um suspiro pesado, encosto a cabeça no banco e fecho os olhos.

— Você está bem? — Bryce pergunta. — Seus pais não são tão constrangedores assim, Popzinha, não se preocupe.

Dou uma risada e finjo que era isso, porque é melhor do que explicar por que estou realmente apavorada. Estou entusiasmada, feliz, ansiosa e assustada ao mesmo tempo. Minhas mãos estão úmidas, meu estômago está cheio de borboletas e meu coração bate erraticamente. A coisa da qual mais tenho medo é me mostrar desajeitada e não saber o que fazer — e parecer tão deslocada que todo mundo poderá descobrir que nunca fiz isso antes.

E realmente, realmente não quero que isso aconteça.

Bryce aperta minha mão, e olho para ele, dando um sorriso.

— Sim?

— Tem certeza de que está tudo bem?

— Sim, tudo ótimo — asseguro, ampliando ainda mais meu sorriso. — Desculpe, eu só estou um pouco... um pouco aérea hoje, acho. Animada.

Ele me olha com cautela por um momento, mas, em seguida, então se inclina na minha direção e dá um beijo suave e longo nos meus lábios.

— Amo você.

— Também amo você.

Nós nos beijamos mais uma vez antes que ele engate o carro e saia. O baile é na escola — o que, considerando que o Midsommer High é um colégio fantástico, não é tão ruim quanto parece.

— Você está absolutamente incrível esta noite — ele me diz.

— Obrigada. Você também.

— Obrigado. — Há uma pausa, e ele limpa a garganta antes de dizer: — Escute, Madison, eu estava pensando mais cedo... bem, meus pais estão acompanhando o baile, então, estarão na escola até bem tarde. Aí pensei, talvez, se você queria ir para minha casa um pouco, em vez de ir para a festa depois do baile... podemos ir para a festa depois, se você quiser, mas...

Ah, cara.

*Isso de novo.*

Tenho de admitir que ele está sendo meio romântico, já que é o Baile de Inverno, mas...

Bem, é isso exatamente. *Mas.*

— Bryce, ainda não estou pronta — digo para ele sem rodeios.

Noto seu suspiro. É quase inaudível, mas não deixo de notar. E não comento.

Ele diz:

— Tudo bem, Popzinha. Não se preocupe com isso. Vou esperar. — E me dá um sorriso antes de se voltar para olhar a estrada. Ele estende uma mão para apertar meu joelho, como se quisesse me tranquilizar.

Quero perguntar se ele realmente *tem* problema com isso — comigo —, mas não quero estragar a noite. Posso perguntar em outro momento. Talvez.

# 34

O SALÃO DA ESCOLA ESTÁ ABSOLUTAMENTE INCRÍVEL. É um espaço reservado para reuniões formais — só tivemos duas durante todo o tempo em que estou aqui — e comporta cerca de mil pessoas. Então, não é exatamente um lugar apertado para colocar as mesas, o palco para a banda e cerca de duzentos alunos.

Está decorado com balões azuis, prateados, pretos e brancos. Eles se espalham pelo chão e estão pendurados nas paredes. Os enfeites de mesa são vasos simples com flores artificiais azuis ou brancas. Na entrada, há um arco feito de balões, com um fotógrafo profissional tirando fotos dos casais que vão entrando.

A música não é muito alta, no entanto, o que é bom; ela se sobrepõe ao barulho das conversas, mas você não precisa gritar para ser ouvido.

— Tenho a impressão de que o comitê do baile tem uma queda por balões — murmuro no ouvido de Bryce quando no juntamos à pequena fila de pessoas que esperam para tirar foto.

Bryce ri alto, fazendo com que algumas cabeças se virem na nossa direção.

— No passado, eram serpentinas para todo lado. Juro por Deus que estávamos nos afogando nelas. As pessoas ficavam tropeçando nelas também: acabaram todas no chão no final do baile, porque eram pesadas demais para ficarem penduradas no teto.

Dou uma risada ao imaginar a cena.

— Então, acho que tivemos sorte com os balões.

— Não se você tiver medo de balões — ele aponta.

— Verdade — concordo. — Bem, se a maior parte do orçamento foi para a decoração, vou esperar nosso jantar de três pratos com expectativa bem baixa.

— É um orçamento bem grande — ele me diz.

— E é um monte de balões.

Então, é nossa vez de tirar foto e, assim que terminamos, entramos no salão.

Bryce começa a perguntar:

— Você está vendo alguém em...

Quando alguém grita:

— Ei, pessoal! Bryce! Aqui, cara!

E nós dois vemos Kyle acenando para nós de uma mesa no outro canto do salão. Bryce pega minha mão novamente e eu o sigo na direção dos outros. Summer e Marcus estão aconchegados ali, sempre o casal mais doce de todos, e Kyle e seu par — uma garota que reconheço das festas e da escola, Mary-Jane — sentada ao lado dele. As mesas são de tamanhos variados, mas a nossa é uma das maiores, feita para, pelo menos, dezesseis pessoas, por isso, há espaço suficiente para todos nós.

Sento-me ao lado de Bryce e digo oi. Mary-Jane comenta:

— Seu vestido é incrível.

— Ah, hmmm, obrigada — respondo tímida. Nunca falei muito com ela; ela é do último ano. — O seu também é lindo.

— Obrigada. Mas, falando sério, usar preto é uma escolha tão ousada! Mas fica fantástico... realmente se destaca.

Sorrio, e é totalmente genuíno. Acho que Summer foi a única outra pessoa que gostou do vestido. Eu estava preocupada com o fato de que as pessoas poderiam achar que eu ficaria estranha nele — embora não o suficiente para não comprá-lo.

— Obrigada.

— Viu só? — Summer entra na conversa, separando-se da boca de Marcus. — Eu disse que você ficaria sensual.

— Definitivamente sensual — Bryce concorda em um sussurro alto em meu ouvido, fazendo todos rirem. Ele dá um beijo em meu rosto antes de continuar sua conversa com Kyle.

— Você também está muito bonita — digo para Summer. — Apenas para dizer o óbvio.

Ela dá uma risada e sorri para mim.

— Ora, muito obrigada. — Seu telefone toca alto na mesa, a tela se acende. — Ah, provavelmente, é a Tiffany... sim, ela está a caminho.

— E quanto a Melissa?

— Ah, ela deve chegar a qualquer momento.

Adam é o próximo a chegar, com seu par, Ann, e depois Ricky e Alison aparecem ao mesmo tempo em que Melissa e Owen. Tiffany é a última a chegar — com um cara que nunca vi antes. Eu achava que ela já tinha um par — ela me disse que viria com Tom, um dos caras do time de futebol americano, do último ano.

Lanço um olhar um pouco confuso para Summer e Melissa, enquanto Tiffany se aproxima de nós. Acho que elas estão tão surpresas quanto eu.

— Oi, todo mundo! — ela cantarola. Ela está incrível: o vestido pende nela como prata líquida, e parece ofuscante contra sua pele escura. — Ah, este é Justin. Ele é um antigo amigo da família.

Justin é alto — é a primeira coisa que noto. Tem quase trinta centímetros a mais do que Tiffany, então, deve ser um pouco mais alto do que Bryce. Pela constituição forte, imagino que seja esportista. Ele tem o cabelo claro cortado curto, bem penteado, e seu smoking é impecável.

— Cara, eu me lembro de você! — Bryce exclama de repente. — Você morava na casa ao lado de Tiffany, e se mudou antes do ensino médio ou algo assim, certo? Sou Bryce, Bryce Higgins.

— Ah, sim! — o tal cara, Justin, responde. Bryce se levanta e eles fazem aquela coisa estranha de bater as mãos e depois apertá-las que os rapazes sempre fazem. — Eu me lembro de você agora. Eu costumava ser babá para você e Tiffany, certo?

Bryce ri.

— Sim, esse era eu. Então, como você está? Ouvi dizer que ganhou uma bela bolsa de estudos para jogar futebol americano?

— Sim, estou no segundo ano, na Universidade do Alabama. É a mesma universidade que meu pai fez.

— Justin veio para passar o final de semana — Tiffany explica para Summer, Melissa e para mim enquanto se senta graciosamente em um dos dois assentos que estão vazios. — Veio visitar alguém da família.

— E não é orgulhoso demais para um baile do ensino médio? — pergunto para ele, sem ser rude.

— Você nunca é velho demais para um baile do ensino médio — ele me responde com seriedade.

Dou uma risada, entendendo o sarcasmo.

— Acho que não sei seu nome.

— Madison.

Ele assente.

— Oi.

Respondo:

— Olá.

Bryce segura meu braço.

— Vamos dançar.

POSSO VER QUE ALGUMA COISA está incomodando Bryce, mas, quando pergunto, ele diz que não há nada de errado. Não forço a barra porque não quero estragar a noite. É só um pouco mais tarde, quando estamos prestes a provar os aperitivos deliciosos, que penso que o problema pode ser Justin.

Eu poderia estar errada, claro, mas Bryce parece um pouco diferente em relação a Justin agora do que quando o rapaz chegou.

Tiffany, percebo, faz questão que todo mundo saiba que Justin é dela. Fica colocando a mão em seu braço, sua perna, afastando uma mecha de cabelo dele — esse tipo de coisa. Enquanto eu estava dançando e conversando com as pessoas mais cedo, todo mundo parecia estar falando sobre Justin, porque: a) ele é "lindo de cair o queixo"; b) ele já está na faculdade, pelo amor de Deus! Tiffany tem tanta sorte, e c) ele é um jogador de futebol americano incrível — essa bolsa que ele ganhou não é conquistada por *qualquer um*.

Justin, por sua vez, parece ser bastante agradável: tem dezenove anos, está no segundo ano da faculdade e estuda para se tornar terapeuta esportivo. Não demora muito para que todos nós nos sentemos para o jantar.

— Parece que não gastaram o orçamento todo nos balões — Bryce me diz com uma risada, empurrando seu prato vazio quando termina de comer a entrada.

— Aham — eu o advirto. — Esses eram só os aperitivos.

— Verdade. Vou reservar meu julgamento para o final da refeição.

Dou uma risada, ele levanta o garfo novamente e pega um dos pedaços de frango que restam na minha salada. Viro a cabeça e ergo a sobrancelha para ele. Gradualmente, ele sobe o garfo até sua boca e dá uma mordida lenta, de propósito, no frango.

— Roubando minha comida — digo, fazendo uma cara feia brincalhona para ele, e batendo meu joelho no dele por debaixo da mesa. — Malcriado.

Ele me dá uma piscadinha e depois um beijo rápido, e não posso deixar de rir.

— Vocês vão para a festa depois do baile? — Mary-Jane pergunta.

Há respostas afirmativas por toda a mesa. Virando-se para Justin, Marcus pergunta:

— E quanto a você?

— Festa? — ele diz. — Estou dentro.

Enquanto os garçons recolhem a maioria dos pratos vazios e nos trazem o jantar, a conversa se volta automaticamente para a comida — é algum tipo de carne com molho de vinho tinto, e o cheiro é absolutamente delicioso.

— Lembro do último baile do qual participei no ensino médio — Justin começa a dizer com riso na voz. — Foi um desastre gigante com o pessoal do bufê, porque eles tinham estourado o orçamento para contratar um pop star em ascensão e acabou sobrando pouco para a refeição. Mesmo assim, tentaram ser elegantes e serviram escargot na entrada. Não acho que alguém chegou a tocar naquilo. Depois, trouxeram ostras como prato principal, e algum tipo de manjar horroroso de sobremesa. Daí, pedimos uma tonelada de pizza.

— Posso imaginar como o comitê de baile ficou lisonjeado com isso — comento.

Ele ri.

— Diabos, sim. Minha namorada ficou maluca por eu tê-la tornado motivo de chacota.

— Namorada? — Melissa percebe o que tenho certeza de que todos estávamos pensando.

— Terminamos há uma década — ele diz com pouco caso.

— Ah, é uma pena... Alguém na cena agora?

Ninguém poderia legitimamente pensar que ela estaria interessada em Justin — parecia mais que ela estava tendo com ele apenas uma conversa educada.

— Não — ele responde. — Mas isso é parcialmente porque meu treinador nos faz trabalhar até cansar, então, não sobra muito tempo para namorar neste momento. — Ele dá de ombros como se não fosse grande coisa, mas há um sorriso malicioso em seu rosto que nos diz que ele não é muito afeito às regras, e alguns de nós dão risada. Percebo que Bryce não ri, o que me fez virar para ele de modo questionador.

Ele me dá um sorriso e aperta meu joelho por baixo da mesa. Coloco a mão sobre a dele e a aperto também.

— Ei, estou de olho em vocês dois — Justin diz de repente, deixando-me sobressaltada. — Nada de gracinhas por baixo da mesa. Deixem isso para depois da festa.

Consigo não ficar ruborizada e forço uma risada. A mão de Bryce fica um pouco tensa sob a minha — irritação, talvez.

— Tem certeza de que está tudo bem? — pergunto baixinho.

— Claro — ele responde, e me sorri de novo.

A conversa é fácil durante o jantar; depois da sobremesa, todo mundo está tão satisfeito que ninguém quer se mexer... Mas gradualmente as pessoas começam a se levantar e a seguir para a pista de dança, onde a banda voltou a tocar. Bryce está em uma conversa profunda com Kyle e Ricky, então, deixo as garotas me levarem.

— Qual o problema de Bryce? — Melissa me pergunta. — Ele está agindo de um jeito estranho.

— Não sei — respondo, honestamente. — Mas meio que tenho a impressão de que ele não gosta de Justin.

— Bem, isso faria sentido — ela me diz dando de ombros. — Aposto que ele se sente ameaçado, é isso. Quero dizer, Bryce é basicamente o cara mais gostoso e popular daqui e, então, de repente esse outro cara gostoso *que está na faculdade* aparece. — Ela dá de ombros de novo. — Apenas rapazes sendo rapazes. Guerra de testosterona.

— Sim, acho que sim...

— Vocês dois não estão com problemas, estão? — ela pergunta.

— Não! — respondo, rapidamente. — Por que você pensaria isso?

— Ah, não, eu não quis dizer nada com isso! É só que imaginei que talvez fosse por isso que ele está agindo de modo estranho.

— Ah. Bem, não, estamos bem.

— Ótimo.

— Sim.

Mas, estranhamente, me sinto culpada por dizer isso — como se tivesse mentido para ela. E me recuso a admitir para mim mesma que esse pode ser o caso. Não quero pensar nisso agora. Posso pensar no assunto amanhã. Nesta noite, vou só me esquecer de tudo e me divertir, e desfrutar meu primeiro baile.

# 35

A NOITE PASSA RÁPIDO, coisa que eu não estava esperando. Acho que é porque estou me divertindo demais para perceber. Todo mundo parece estar ansioso para a festa depois do baile, mesmo assim, a animação original começa a desaparecer conforme o Baile de Inverno se aproxima do final. A banda toca algumas músicas lentas, e está um pouco mais escuro agora que o sol se pôs.

Estou perto da mesa de bebidas, pegando outro copo de ponche de frutas, quando uma voz familiar diz:

— Oi.

— Andy! Oi! — digo entusiasmada, sorrindo para ele. Seu cabelo está desafiando a gravidade como sempre, sua gravata está torta, e a camisa está para fora da calça, mas tenho de admitir que ele está elegante; embora, em geral, eu o veja com o uniforme de Educação Física. — Como você está?

Ainda vejo Andy quando me escondo embaixo da arquibancada na aula de Educação Física, mas nunca mais conversamos. E, depois daquela partida de futebol, tenho mantido distância. E Carter e eu não temos conversado muito nas aulas de Artes no último mês. Mas dá para me culpar?

Dwight me odeia.

Eu não quero ser lembrada disso cada vez que converso com seus amigos; presumo que eles devam ter algo contra mim porque Dwight me odeia. Não é isso o que as pessoas — os amigos — fazem?

*Sinto falta de vocês, rapazes*, percebo.

— Estou bem — ele diz com um aceno de cabeça, bebendo seu ponche. — E como você está? Não tenho te visto muito ultimamente. Desde que ficou determinada a me evitar nas aulas de Educação Física. — Ele ergue a sobrancelha de modo acusador, e eu abaixo o olhar para o chão.

— Sinto muito...

— Está tudo bem — ele diz. — Estou só... curioso, acho. Mas eu não deveria bisbilhotar. Vou parar de falar agora. Você está muito bonita esta noite, Madison.

Dou uma risada.

— Obrigada. Você também está muito bem.

— É claro que estou — ele diz de modo brincalhão, e eu rio.

— Você vai na festa depois do baile? — pergunto, mas já sei a resposta.

Ele apenas bufa.

— Não é nosso estilo, para ser honesto. E você está se divertindo?

— Sim, na verdade, estou — conto para ele com um sorriso. — E quanto a você? Veio com alguma garota?

— Não, um bando de nós veio em grupo — ele diz, dando de ombros. — Ei, você sabe, Dwight e Carter estão logo ali — ele aponta com a cabeça na direção das mesas em que todos jantamos mais cedo —, se quiser dizer "oi".

Mordo meu lábio inferior e engulo em seco. Só posso imaginar como seria horrível se eu fizesse isso. Dwight certamente não quer que eu apareça para dizer "oi". E sei que isso só faria com que eu me sentisse péssima também, e a noite está sendo tão boa... não posso estragar tudo agora.

— Eu, ah, eu... não acho que deva — gaguejo em um murmúrio.

— O que aconteceu entre vocês dois? — Andy pergunta. — Se não se importa, agora estou bisbilhotando. Dwight não é o mesmo desde que vocês dois pararam de se falar. E você também anda bem estranha conosco. O que aconteceu?

*Nós nos beijamos, foi o que aconteceu. Eu tive de dar o fora antes que tudo se desfizesse em pedaços. Não podia voltar ao que eu era antes. Sinto muito.*

— Está me dizendo que ele não contou para vocês?

— Não. Ele simplesmente se cala sempre que Carter ou eu mencionamos seu nome.

— Ah.

Há uma pausa.

— Então, você também não vai me dizer?

— Não — respondo e minha voz, de repente, fica bem baixa.

Andy simplesmente suspira e balança a cabeça. Mas, antes que qualquer um de nós possa dizer mais alguma coisa, a música para de tocar e alguém diz no microfone:

— Ei, pessoal, preciso da atenção de vocês, por favor! Chegou a hora de anunciar o Rei e a Rainha do Baile de Inverno deste ano!

Andy e eu nos viramos para o palco. Reconheço Lucy, a capitã da equipe das líderes de torcida, presidente do comitê de baile e presidente de classe do último ano.

— Acho melhor você ir — Andy diz. — Você não quer ser vista comigo se for escolhida.

— Não seja estúpido — digo com uma leve cara feia para ele.

— Não sou estúpido. Eu votei em você. Muita gente votou. Você tem uma boa chance de ganhar.

— Não foi o que eu quis dizer e você sabe.

— Só dê um grito se algum dia precisar de um acompanhante nerd — ele me diz com um sorriso bem-intencionado e, então, volta para sua mesa, deixando-me sozinha.

— Madison! — ouço Summer me chamar. Fico na ponta dos pés e a vejo acenando para mim; vou até ela enquanto Lucy começa todo o suspense, anunciando o Rei do Baile de Inverno.

Eu sempre achei que toda essa coisa de rei e rainha do baile era um pouco desnecessária. Ainda não entendo por que todo mundo está tão animado agora.

— Ouvi de uma fonte bastante confiável que você tem muitos votos — Summer diz no meu ouvido. — Tiffany não está nada contente com isso.

— Eu recebi votos? — Aquilo me surpreende de verdade. Eu tinha presumido que Andy estivesse brincando quando disse que tinha votado em mim; eu sabia que eu tinha sido indicada, mas as pessoas realmente votaram em mim...? — Está falando sério?

— Hmmm, merda, sim, estou falando sério — ela dá uma risadinha. — Eu votei em você. Mas você não me ouviu dizer isso.

— ...Bryce Higgins! — Lucy anuncia em voz alta, e palmas e gritos se seguem. — Venha aqui em cima! — Um holofote ilumina Bryce, enquanto ele abre caminho pela multidão para pegar sua coroa. Ele sorri e acena para todo mundo e, então, me vê e dá uma piscadinha, o que faz com que Summer comece a rir e me cutuque nas costelas.

— Se você ganhar também, vai ser a coisa mais linda.

— Não quero ganhar — digo com honestidade.

— Mas você poderia.

— Tiffany vai ganhar, já que Lucy está presidindo.

— Ela poderia não ganhar. Você sabe, muita gente gosta de você também. Você é bastante popular, mesmo estando aqui há poucos meses.

— Mas...

— E a Rainha do Baile de Inverno... é... — Há uma pausa longa e excruciante. Meu estômago se contorce em nós. E se for eu? Quero que seja eu? — Tiffany Blanche!

Mais aplausos e gritos. Estou aplaudindo também, e não posso deixar de me sentir um pouco aliviada. Summer aplaude, mas diz em meu ouvido:

— Não conte para Tiffany, mas eu queria que você vencesse.

Não tenho certeza de como responder a isso, além de:

— Não se preocupe, meus lábios são um túmulo... — E são.

Os holofotes em Tiffany e Bryce se unem enquanto eles são instruídos a descer para a pista de dança. A multidão forma uma espécie de semicírculo ao redor deles, e ambos são o centro das atenções. A banda começa a tocar novamente — uma canção lenta que reconheço ser uma versão acústica de uma música do You Me at Six.

De repente, Marcus aparece ao lado de Summer.

— Uma última dança, linda?

— Acha que posso dizer não para essa carinha? — ela ri. Summer me dá um sorriso apologético, mas eu apenas sorrio de leve para eles. Mesmo depois de meses perto dos dois, nunca paro de me surpreender com quão óbvio é o amor entre eles. O que me leva a pensar sobre Bryce e eu... e me recuso a fazer isso agora.

Olho ao redor enquanto todo mundo se junta em pares para dançar. Meu par, no entanto, está bem no meio do salão com uma das minhas amigas mais próximas neste momento, assim, parece que tenho de me sentar.

Eu me viro para procurar um lugar para sentar quando alguém encosta no meu ombro e me faz dar meia-volta de novo. É Justin.

— Se importa se eu tirar você para dançar? — ele pergunta. — Já que nossos pares estão ocupados?

Dou de ombros.

— Claro. Por que não?

E eu o deixo segurar minha mão e me levar para a pista de dança. Ele coloca as mãos ao redor da minha cintura, e eu coloco as minhas sobre seus ombros. Estou feliz por usar salto; de outro modo, eu não conseguiria alcançá-los.

— Então, o que se passa entre você e Bryce? — ele me pergunta. — Há quanto tempo estão juntos?

— Alguns meses — respondo. — Eu me mudei para cá no final de agosto, e começamos a namorar algumas semanas depois.

Justin assente.

— E entre você e Tiffany? — pergunto.

— Por quê? Está com ciúmes? — ele me pergunta com um sorriso sedutor. Reviro os olhos em resposta, e ele diz: — Cruzei com ela há alguns dias no Walmart, e ela me convidou para vir. Como eu não tinha nenhum outro plano, pensei, por que não?

Mordo a língua antes de falar que não parece que Tiffany pense assim. Ela está agindo como se os dois estivessem juntos.

Justin acrescenta, por sua própria vontade:

— Ela é um pouco... como posso falar isso de um jeito gentil? Hmmm... Obcecada por si mesma.

Eu não respondo: sei como as palavras podem ser perigosas, como podem ser torcidas e mal interpretadas; não quero que chegue até Tiffany que eu disse todo o tipo de coisas sobre ela pelas costas, já que não fiz isso.

Mas, ao mesmo tempo, não discordo. Afinal, ela pode ser um pouco egoísta de vez em quando. Tento mudar de assunto; estou desesperada para falar sobre alguma coisa *mais segura*. Mas somos interrompidos antes que o silêncio que caiu entre nós se torne perceptível.

— Se importa se eu interromper aqui?

— Bryce. — O nome dele desce pela minha língua enquanto o alívio toma conta de mim. Tiffany está logo atrás dele, e está olhando para mim de um jeito que não consigo identificar muito bem, mas que causa arrepios na minha espinha. Com aquela coroa prateada na cabeça, as palavras *Rainha do Gelo* aparecem em minha mente antes que eu possa evitar.

— Claro, cara — Justin diz, despreocupado, e dá um passo para trás, entregando-me para Bryce e pegando a mão de Tiffany. Eu me seguro em Bryce e nós nos afastamos antes que ele coloque as mãos ao meu redor e comecemos a dançar ao ritmo da música.

— O que foi aquilo? — ele pergunta, franzindo o cenho.

— O que quer dizer?

— Você e ele. Dançando daquele jeito.

— Ele me convidou para dançar porque você e Tiffany estavam dançando, e eu disse sim — explico, lentamente. Ele está enciumado ou apenas irritado? Não consigo decidir. — Não acho que seja nada demais.

Ou pelo menos, não achei, até que Justin começasse a agir como um completo imbecil.

— O que foi? Está com ciúmes? — Não posso deixar de perguntar.

— Me desculpe por não gostar de ver minha namorada agarrando outro cara — ele replica.

— Eu não estava! — Faço um esforço para manter a voz baixa, caso alguém esteja escutando e cause uma cena.

— Certamente, não era o que parecia. Então, me desculpe por ficar um pouco irritado quando você se mostra toda oferecida a outro cara e, mesmo assim, ainda não se sente confortável o suficiente para ficar assim comigo.

Tudo o que posso fazer por um instante é ficar boquiaberta.

Uau...

Ok.

Eu só... eu, literalmente, não tenho palavras para dar uma resposta para ele. É sério que ele pensa isso sobre mim? E não é só isso, é o fato de que está trazendo à tona toda a história do sexo de novo. Como se fosse fazer com que eu me sentisse culpada ou algo do tipo.

Não gosto nada desse lado de Bryce. A maior parte do tempo, ele é um cara legal — doce, engraçado, gentil e agradável. Mas, agora... bem, ele não é esse cara.

Não tenho de aguentar isso. Por mais popular que ele seja. Quer as pessoas pensem ou não que sou a garota mais sortuda da escola porque ele é meu namorado. Então, afasto as mãos dele e saio de perto. A música termina nesse momento, de todo modo. Eu o ouço me chamar, mas acelero um pouco o passo, indo até nossa mesa, onde deixei minha bolsa.

Eu queria que essa noite fosse boa. Não queria estragar tudo. Mas esse plano foi para o ralo. Uma noite. Era tudo o que eu queria. Uma noite sendo a nova Madison e realmente me divertindo, desfrutando do meu primeiro baile.

Isso era pedir muito?

*Ainda tem a festa depois do baile. E você teve uma boa noite, sem contar essa cena, certo? Ainda pode passar muito bem sem ele. Você vai se divertir com as garotas. Não adianta ficar chateada agora porque seu namorado foi um babaca — isso pode esperar até amanhã.*

Enfio isso na cabeça e pego minha bolsa, tentando colocar a pequena alça ao redor do punho.

Uma mão se fecha ao redor do meu braço.

— Madison, pare com isso. Por favor. Fale comigo um minuto.

Respiro fundo e me viro, tirando a mão de Bryce do meu braço e me recusando a olhá-lo no rosto.

— O que foi tudo aquilo?

— *O que foi tudo aquilo?* — repito, incapaz de manter a frustração e a raiva longe da minha voz. — Você estava sendo um babaca, é isso o que foi tudo aquilo! Você realmente acha que eu... não sei... que fico agarrando outros caras enquanto ainda estou com você? Se essa é sua honesta opinião a meu respeito, então, você não me tem em muito alta conta, não é?

— É claro que não é o que eu penso, Popzinha, eu...

— Pare! — replico. — Não me chame assim. Não aja como se realmente se importasse comigo, quando é óbvio que não é assim.

Se realmente se importasse, você respeitaria minha decisão quando fico lhe dizendo não.

Ele não precisa que eu explique do que estou falando, mas argumenta:

— Eu respeito sua decisão!

— Então, por que fica falando sobre isso e forçando a barra?

— Não estou forçando a barra! Eu nunca pretendi fazer isso.

— Mas você está, e deve saber. Eu já falei uma dúzia de vezes!

— Madison, eu não pretendia forçar a barra — ele diz. Coloca um dedo no meu queixo e levanta minha cabeça, para que eu olhe para ele. — Eu amo você.

Afasto a cabeça.

— Pare.

— Todo esse tempo você também disse que me amava — ele começa a dizer; e então: — Você realmente queria dizer isso? Me olhe nos olhos agora e me diga.

— Bryce, pare com isso agora mesmo! — replico para ele, ainda sem levantar a voz. — Não vou fazer isso agora. Não vou discutir isso com você agora. Entendeu? Agora, eu vou para a festa com minhas amigas e vou tentar me divertir no resto da noite. Não vou ter essa conversa aqui, para que todo mundo possa ouvir.

Minha voz soa tão diferente de mim. Soa calma, tranquila e confiante. Não sinto nada daquilo. Sinto-me abalada, ferida e confusa; o sangue ruge nos meus ouvidos, e minhas unhas estão enfiadas nas palmas das mãos para que eu pare de tremer, e parte de mim quer chorar.

— Madison... — ele tenta pegar meu braço, mas eu não deixo. — Madison.

Eu o ignoro e, em vez disso, saio pelo salão para encontrar Summer e Marcus, que estão prestes a partir. Summer está pegando o casaco.

— Ei, hmmm, vocês acham que eu poderia pegar uma carona para a festa com vocês? — pergunto hesitante, com a voz um pouco sem fôlego.

Eles trocam um olhar. Marcus pergunta:

— E quanto ao Bryce?

Abaixo o olhar.

— Nós... meio que tivemos, hmmm... uma briga...

— É claro que você pode — Summer me responde. Ela coloca uma mão no braço de Marcus e diz: — Você se importa de ir buscar o carro, por favor, querido? Conversa de garotas.

— Claro — ele diz, beijando a testa dela. Ele espera e ela pega a chave do carro em sua bolsa, entregando-a para ele.

Quando ficamos sozinhas, ela lança um olhar atrás de mim, antes de me puxar para mais perto da saída. Abaixando a voz, pergunta:

— O que aconteceu?

— Ele só estava... sendo um idiota — suspiro, impotente. — E estou cansada disso.

Ela me dá um olhar triste e, de certa forma, confuso, esperando que eu explique, mas não digo nada.

— Não quer falar sobre isso agora?

Nego com a cabeça.

— Só quero ir para a festa e tentar aproveitar o restante da noite. Conto os detalhes para você amanhã... prometo.

— Ok.

— Obrigada.

Ela sorri.

— Para que servem os amigos? Onde estão suas coisas para a festa?

Gemo.

— No carro de Bryce.

— Deixa comigo.

Eu a observo ir até Bryce e conversar com ele por um instante.

Ele olha para mim, finjo não ver e, então, Summer volta com a chave do carro dele.

— Problema resolvido. Vou pegar suas roupas. Vá para a frente do salão e me espere com Marcus, ok?

Sorrio.

— Obrigada.

— Não me agradeça. Ah, mas antes que eu vá... ele está sendo imbecil o bastante para que eu precise, tipo, sabotar o carro dele ou "acidentalmente" — Ela faz gesto de aspas ao dizer "acidentalmente" — levar a chave dele comigo?

Dou uma risada trêmula.

— Não, você não pode fazer isso!

Ela dá de ombros.

— Só estou cuidando de você... volto em um segundo.

Pego meu casaco e vou lá para fora com o restante das pessoas. Vejo o carro de Marcus e sento no banco traseiro.

— Summer está pegando minhas coisas no carro de Bryce — explico. — Ela chega em um minuto.

Ele assente, e eu sinto seus olhos em mim pelo espelho retrovisor. Levanto os olhos e encaro seu olhar refletido.

— E então? O que ele fez?

Dou de ombros.

— É complicado. Ele só está sendo um babaca.

Marcus dá um sorriso irônico.

— Sei que você não costuma falar palavrão, mas esta é provavelmente uma daquelas vezes em que é contextualmente apropriado.

Dou uma risada, mas é um pouco sem graça.

— Provavelmente.

Ele ri também, e esperamos em silêncio — um silêncio não inteiramente desconfortável, no entanto —, até que Summer abre a porta do passageiro e entra, arrumando cuidadosamente seu vestido.

Ela me passa a bolsa com minhas roupas.

— Aqui estão. E eu até devolvi a chave do carro dele.

— Obrigada.

Ela se inclina, dá um beijo rápido em Marcus, e nos juntamos ao fluxo de carros que deixa o Baile de Inverno. Eu me recosto e solto um longo, lento e inaudível suspiro, toda a tensão saindo de mim. Fico sentada no banco de trás do carro, ouvindo o rádio e sem pensar em absolutamente nada.

SUMMER E EU VAMOS PARA um dos banheiros para trocar de roupa. A maioria das garotas, percebo, agora está usando algo sexy e revelador, o que faz com que eu me sinta meio deslocada com minha calça jeans skinny e minha blusa preta. Mas que seja. Como eu me sentiria confortável em algo que não deixa nada para a imaginação?

A casa pertence a um dos garotos do time de futebol. Costumo vê-lo nas festas e coisas assim, mas ele não fica muito conosco na escola. Seu nome é Brandon Jones. Sua casa é imensa, e absolutamente perfeita para uma festa.

Summer e eu decidimos dobrar nossos vestidos e guardá-los em nossas bolsas.

— Eles vão ter de ir para a lavanderia de todo modo — ela lembra. — Vejo você lá embaixo daqui a pouco. Estou morrendo de vontade de fazer xixi. A noite toda, não dava para levantar o vestido o suficiente para conseguir fazer xixi. — E, com uma risada, ela corre de volta para o banheiro antes que alguém mais entre. Rio também, pensando em como sou feliz por não ter escolhido uma saia rabo de peixe, como ela.

Fecho minha bolsa com cuidado e desço. Vou até a sala de estar, mas vejo Bryce perto da porta e mudo de direção. Acabo na sala de jogos, onde uns caras estão jogando bilhar.

— Ei — digo, aproximando-me de Ricky e Adam.

— Oi — eles respondem.

Adam percebe minhas mãos vazias e diz:

— Ainda não está bebendo?

— Não.

Ele sorri.

— Bom para você.

— Aconteceu alguma coisa entre você e Bryce? — Ricky me pergunta. — Vocês não vieram juntos.

Dou uma risada e digo:

— Achei que só garotas gostavam de uma boa fofoca.

— Posso ser extremamente afeminado — Ricky insiste, fazendo nós três rirmos. — Não, falando sério.

— Tivemos uma briga — digo por fim.

— Sobre...?

— Sobre nada que seja da sua conta — respondo para Adam, mas não de maneira rude. — Realmente temos de falar sobre isso?

— Então, o quê? Vocês dois... não sei, ainda estão juntos?

— Não sei — respondo com honestidade. — Acho que sim.

Adam dá de ombros.

— Ok, então. Obrigado por nos esclarecer isso.

Dou uma risada.

— Não tem de quê. Vocês se divertiram no baile?

Conversamos mais um pouco, antes que eu resolva tentar buscar algo para beber — nem que seja um copo de água. Encontro algumas garotas que conheço na cozinha, e converso com elas. Então, decido procurar Melissa, Summer ou Tiffany, para ficar um pouco com elas. Procuro por toda parte, mas elas não parecem estar no térreo. Assim, vou para o andar de cima.

Encontro Ricky esperando para usar o banheiro e pergunto se ele viu alguma das garotas, mas ele diz que não, por isso, começo a procurar nos vários quartos.

De repente, mãos cobrem meus olhos, e eu quase morro de susto, meu coração acelerando.

— Adivinha quem é?

— Hmmm... — reviro meu cérebro. A voz é familiar, mas não acho... tiro as mãos e me viro. — Justin, oi. — Minha voz parece tensa e irritada.

— O que está fazendo, andando sozinha por aí?

— Não consegui encontrar ninguém! — explico. — Você viu Tiffany em algum lugar?

Ele nega com a cabeça e dá de ombros.

— Não na última hora, ou coisa assim.

— Não importa.

— Onde está seu namorado? — ele pergunta, sem grosseria.

— Não sei.

— Ah, querida. — Ele parece genuinamente preocupado comigo. — Problemas no paraíso, é isso?

— Nada que seja da sua conta — replico, tentando dar a volta por ele, mas ele me impede.

— Está tudo bem?

— Na verdade, não. — Não sei por que estou falando com ele, entre todas as pessoas. Mas ele parece sincero, e estou cansada de dizer que estou bem.

— Quer falar sobre isso? Ouvidos imparciais para escutar aqui, se você quiser.

Nego com a cabeça.

— Obrigada, mesmo assim.

Ele me dá um sorriso hesitante, e segura meu queixo de leve.

— Cabeça erguida.

Antes que eu possa dar risada ou sorrir de volta, nós dois somos pegos de surpresa por alguém limpando a garganta muito alto e de modo bem marcado.

Eu me viro e vejo Tiffany; ela olha para Justin e para mim, com um brilho gélido nos olhos. Tento não engolir em seco.

— Tiffany! Por onde você andou a noite toda? — Vou até ela, passando por Justin. — Estive procurando por você.

— Bem, podia ter procurado com mais vontade — ela replica.

Eu apenas sorrio para ela. Ela me olha por um momento, antes de se virar e dizer:

— Justin, querido, pode pegar uma bebida para mim, por favor?

— Ah, claro. — Ele me dá outro sorriso e acena enquanto desaparece escada abaixo.

Imediatamente Tiffany quer saber:

— O que aconteceu entre você e Bryce? Ele me disse que você ficou brava com ele e foi embora.

— Não foi nada disso. Ele estava sendo um imbecil, tivemos uma briga e eu fui embora.

— Ah. Certo. Ok.

Ela não é a mesma pessoa animada que estou acostumada a ver nas festas. Esse é o lado de Tiffany que faço o possível para ignorar: a parte que me diz que eu deveria abandonar os All Star, que eu deveria me esforçar mais para cuidar da aparência (se eu "queria tirar o melhor de mim") e que meu gosto musical é horrível.

Talvez, digo para mim mesma, ela só está agindo assim por causa da coisa toda com Bryce — quero dizer, eles são amigos há anos, ela só me conhece há alguns meses. Se eu irritei Bryce, ou pelo menos o deixei de mau humor, ela tem todo o direito de estar irritada comigo, a princípio. Sim. Provavelmente é isso.

Mas, definitivamente, ela não parece feliz comigo neste momento — então, escapo discreta e apressadamente para o banheiro mais próximo, que vem a ser no quarto à minha direita.

Assim que chego lá, tranco a porta. Não me incomodo em acender a luz. Há uma pequena janela que lança um brilho suave da iluminação da rua, no entanto, e as sombras cruzam meu rosto quando me vejo no espelho em cima da pia.

Abro a torneira e lavo as mãos sem motivo algum. A água é morna contra minha pele. Penso em lavar o rosto, mas passei tanto tempo fazendo a maquiagem e não quero estragar tudo agora.

Eu me pego pensando em Bryce.

Eu deveria dar outra chance para ele? Quero dizer, ele é tão doce e gentil, e faz com que eu sinta como se a antiga eu nunca tivesse existido, e...

Não. *Vou terminar com ele*, decido. *Não tenho de aguentá-lo agindo desse jeito. Nem mesmo quero isso. Amanhã vou falar com ele, quando ele não estiver bêbado ou zangado comigo, e definitivamente vai poder se lembrar de que estamos oficialmente separados.*

Não quero deixar de ser amiga dele, mas quem sabe quão constrangedor as coisas ficarão entre nós? Espero que tudo fique bem. Não quero que isso afete minha amizade com o restante deles — é isso o que mais me preocupa. Mas não vou ficar com ele só por causa dos demais.

Penso em Tiffany também — como ela se virou contra mim tão de repente. O olhar de acusação que ela deu para Justin e para mim, como se tivéssemos sido pegos nos beijando ou algo do tipo. Eu me pergunto se Bryce lhe disse que eu estava "agarrada" com Justin no baile antes, e agora ela estava procurando por coisas que, definitivamente, não existem.

Sei que Tiffany pode ser exatamente como algumas das garotas que costumavam me perturbar quando eu morava no Maine — mas estava tão feliz por ela ter me colocado sob sua asa que ignorei isso. E isso não significava que ela não tivesse qualidades redentoras: ela era inteligente, mesmo que não se vangloriasse disso, e era engraçada, e, quando não estava sendo terrível, costumava ser bem gentil.

Fico no banheiro mais alguns minutos, respirando fundo e me esforçando para não pensar demais. Só tenho de aguentar o resto desta noite; amanhã posso resolver o que fazer. *Só preciso passar por esta única noite.*

Depois do que devem ser décadas, mas que não parece ser muito tempo, giro a maçaneta e saio.

E nada — *nada* — pode me preparar para o que está prestes a acontecer.

Há duas pessoas na cama, e meu primeiro instinto é desviar o olhar e tampar os ouvidos. Mas não afasto os olhos antes de reconhecê-lo:

— *Bryce?*

Sai como algum tipo de resmungo engasgado, algo entre um sussurro e uma exclamação de susto. Coloco a mão sobre a boca, desejando não ter dito nada.

Começo a recuar para a porta do quarto, mas é tarde demais: eles me ouviram.

— Madison? — ele diz, soando tão horrorizado quanto me sinto. — Droga. Madison...

Ele começa a empurrar a garota na cama, e puxa a cueca e a calça jeans para cima novamente, tropeçando um pouco porque estão enroscadas ao redor de seu tornozelo. Ainda estou recuando para a porta, incapaz de fazer outra coisa além de abrir e fechar a boca, completamente sem palavras.

Vacilo quando, de repente, a porta é pressionada contra minhas costas. Em um segundo, dou meia-volta, consigo pegar a maçaneta e saio correndo dali.

— Madison! Madison, espere um segundo!

Quero gritar e berrar com Bryce, perguntar há quanto tempo ele está fazendo isso pelas minhas costas, romper em lágrimas. Não posso. Pareço fisicamente incapaz de qualquer coisa além de fugir dele.

Desço correndo as escadas, trombando nas pessoas, até que consigo chegar na porta da frente. Ótimo. A música — e o barulho das pessoas rindo, gritando, cantando e conversando — desaparece completamente com o rugido em meus ouvidos.

Mas ainda posso ouvi-lo me chamar.

— Madison! Espere só um minuto! *Madison!*

Cambaleio enquanto desço a rua. Mas mal chego ao fim dela quando ele passa por mim e bloqueia meu caminho. Os botões de sua camisa estão tortos, e sua calça jeans está aberta. Gotas de chuva caem sobre ele e escorrem por seu rosto.

— Madison... Por favor, eu posso explicar. Só me dê um minuto, Popzinha, por favor. Eu juro, não é o que parece...

Tudo o que consigo fazer é me perguntar como ele acha que será capaz de se livrar dessa.

# 36

Eu me sinto entorpecida. Entorpecida, e meio que enjoada. Mas, principalmente, entorpecida. Estou atordoada, como se estivesse em um sonho.

Minhas pernas se movem, mas o movimento não é consciente, e minha mente parece deslocada do corpo. Estou me movendo — mas não tenho ideia de para onde estou indo.

*Para longe. Só preciso dar o fora daqui.*

Não posso ligar para minha mãe; ela vai surtar. Não posso ligar para meu pai; ele vai contar para minha mãe.

Então, minhas pernas, apesar de parecerem rígidas e pesadas, continuam se movendo.

Mas meus joelhos se dobram enquanto eu caminho, e meus pés vacilam a cada passo que dou. São os saltos, percebo; então tiro os sapatos e levo-os na mão. A aspereza da calçada machuca, mas pelo menos agora consigo andar.

Ah, e está chovendo.

Não uma garoa ou uma chuvinha. Não. Em vez disso, é um pé d'água torrencial, e as gotas de chuva ricocheteiam nas calçadas como projéteis, e borram as luzes das ruas, de modo que manchas cor de âmbar iluminam meu caminho.

Estou ensopada até os ossos, mas entorpecida demais para me preocupar com algo que agora parece ser um fato tão insignificante.

*Madison... por favor, eu posso explicar. Só me dê um minuto, Popzinha, por favor. Eu juro, não é o que parece...*

As palavras de Bryce enchem minha cabeça e não consigo me livrar delas. *Não é o que parece*. Rá. Me pergunto o que ele teria dito se eu tivesse lhe dado tempo para se explicar. *Não é o que parece*... Que monte completo e total de *merda*.

E, de repente, quero rir, porque sou uma bela idiota.

Não sei para onde minhas pernas estão me levando até que toco a campainha.

Enquanto o barulho do *ding dong* se desvanece, começo a voltar à realidade. Minhas roupas estão grudadas no corpo, meu cabelo está escorrido na testa. E, então, percebo que meu corpo todo está tremendo — pequenos espasmos, do rosto até a ponta dos dedos, passando pelos joelhos — e meus pés estão tão gelados e doloridos que mal consigo senti-los.

Não consigo dizer se a água que escorre pelo meu rosto é só a da chuva ou se estou chorando.

A porta se abre um pouco; ouço um barulho de alguma coisa sendo arrastada, e uma arfada pesada, um latido, e então...

— Gellman, senta!

O rosto e um ombro de Dwight aparecem no espaço da porta aberta. No segundo em que me veem, seus olhos ficam sombrios e sua testa se franze. Começo a pensar que talvez essa não tenha sido uma ideia muito boa; talvez eu devesse ter ligado para minha mãe e aguentado o surto dela. Este cara me odeia; não sei o que estou fazendo aqui. Não preciso da pena dele; não preciso de um "eu não disse?"; eu não...

*Eu preciso de um amigo.*

Ele começa a falar:

— Que diabos você... — mas então me vê de verdade e percebe o estado em que me encontro, porque fica em silêncio.

No segundo seguinte, ele abre a porta totalmente e me puxa para dentro.

— Jesus, Madison, no que você está pensando? Ficou maluca? Você pode ter uma hipotermia ou algo assim. O que aconteceu? Está tudo bem?

Posso ouvir um videogame. Através da pequena fresta aberta na porta da sala de estar, vejo luzes piscantes.

Dwight segue meu olhar assim que contém a massa de pelo dourado despenteado que é Gellman pulando em mim.

— Os caras estão aí. Meio que numa festa de *nerds*. — Há uma ênfase em "nerds" que me causa uma pontada de culpa. Dói.

Mas é bom, — pelo menos, consigo sentir culpa. Porque isso significa que não estou completamente sem coração, que ainda me resta alguma coisa.

— Madison.

Levo meus olhos para seu rosto. Pela primeira vez em muito tempo, ele me encara sem desviar os olhos. Pisco. Não consigo fazer mais nada. Então pisco de novo.

— Madison — ele repete e se aproxima. Ele abaixa a voz, parecendo tão suave, triste e preocupado. — Dice. O que aconteceu?

E eu digo:

— Estou molhando o tapete da entrada.

DWIGHT ME PEGA PELA MÃO e me puxa para o andar de cima. Leva-me até o banheiro e abre a água quente; o aposento se enche de vapor em um minuto.

— Tem toalha limpa bem ali — ele diz, apontando para uma prateleira perto da porta. — Vou deixar algumas roupas para você na porta. Se jogar as suas para fora, posso colocá-las na secadora.

A voz dele ainda é suave. Como se ele realmente se importasse. Não como se me odiasse do fundo da alma.

Concordo com a cabeça em resposta para ele, porque não confio na minha voz neste instante. Ele fecha a porta atrás de si e, quando escuto seus passos desaparecerem pelo corredor, tiro a roupa. Meus braços e pernas estão relutantes em cooperar. Parece que leva uma eternidade até que eu consiga entrar embaixo do chuveiro.

Quanto tempo eu fico no chuveiro é um mistério para mim. Minha mente é um caos. Bilhões de pensamentos correm de um lado para o outro, mas nenhum deles é coerente. Quero calar todos eles. É muito barulho.

O banho me ajuda um pouco fisicamente. Estou dolorida, e meus pés estão me matando, mas não estou mais tremendo nem entorpecida, e me sinto um pouco mais aliviada. Enrolo a toalha com firmeza ao redor do corpo, antes de colocar a cabeça para fora da porta.

Minha roupa pós-festa encharcada foi substituída por uma camisa de flanela vermelha e uma calça de moletom cinza, com cordão na cintura. Fico feliz por ter tido a ideia de ficar com minhas roupas íntimas. Eu as coloquei no chão, perto do aquecedor, e já estão quase secas agora.

Visto as roupas e deixo meu cabelo pingando devagar pela nuca. Olho para o espelho para verificar se tirei toda a maquiagem e não pareço algum tipo de monstro, prima do Frankenstein.

Só então, eu me aventuro para fora do banheiro e desço cautelosamente as escadas. Fico feliz que a casa de Dwight não tenha degraus que rangem para me denunciar.

Mas tem um cachorro que late e me entrega.

Gellman se aproxima de mim quando chego ao pé da escada. Meus joelhos estalam quando me abaixo para coçar suas orelhas. Ele me olha, a língua pendurada no canto da boca, fixando em mim aqueles lindos olhos grandes e negros, e quase consegue me fazer sorrir.

— Madison?

Dou um pulo quando Dwight diz meu nome. Gellman também vira a cabeça e late. Olho para Dwight. Abro a boca para dizer alguma coisa, mas não sai nada. Não consigo achar as palavras certas. Não sei o que posso dizer. Há tanta coisa que preciso falar.

Ele fecha um pouco a porta da sala de estar. Acenando com a cabeça para a escada, diz:

— Venha.

— Mas... — Minha garganta dói. Minha voz não parece me pertencer. — Você não pode... seus amigos...

— Eles vão entender. Venha.

Dou outra olhada nas luzes piscantes que vêm da TV da sala. Aposto que Andy e Carter estão ali. Talvez mais algumas pessoas com quem Dwight costuma sair. Não sei. Mas não quero descobrir. Não posso lidar com mais ninguém agora.

Então, eu sigo Dwight escada acima novamente.

Quando chegamos ao quarto dele, ele acende a luz e fecha a porta, mas não completamente. Eu fico parada ali, olhando ao redor.

É mais organizado do que eu imaginei que o quarto de um garoto seria, mas mais bagunçado do que eu esperava de Dwight. Há algumas camisetas, meias e caixas de jogos largadas por aí, e uma lata de refrigerante aberta na escrivaninha, ao lado do computador.

Há uma estante repleta de livros de todos os tipos, além de gadgets e outras engenhocas — como um inseto de metal com controle-remoto, um modelo de avião da Segunda Guerra Mundial, e um desses pêndulos de Newton — e uma prateleira com troféus, da qual me aproximo para olhar mais de perto.

Nenhum troféu de futebol ou outro esporte. Campeonato de soletrar da terceira série. Campeonato de Matemática. Cartões de jogadores de beisebol também.

— Sinto muito pela bagunça — ele diz distraído, e com minha visão periférica vejo-o chutar uma cueca para fora da vista. Sorrio internamente. — Eu não... Ok, bem, isso é arrumado para mim. Eu só não esperava companhia.

Dou uma risada ao ouvir isso. Ele está tentando me fazer rir.

— Ah, senta... senta — ele diz. — Quer que eu pegue algo para você beber ou algo assim? Eu deveria ter oferecido antes.

— Sinto muito — digo.

Ele para de falar, e suas sobrancelhas escuras se juntam, exprimindo sua confusão.

— Sente muito pelo quê?

— Por aparecer aqui esta noite — explico. — Sei que você me odeia, mas eu não... eu não estava pensando, só...

— Opa, espere. Você acha que eu odeio você?

Agora é minha vez de franzir o cenho e parecer confusa.

— Bem, sim, quero dizer... você não está falando comigo e nem mesmo olha para mim desde que... — Não termino a frase, mas sei que ele entende.

Dwight solta uma risada curta, sem humor.

— Madison, eu não odeio você. *Nunca* odiei você. Eu fiquei irritado com você, claro, mas era você quem não conseguia me olhar e agia como se eu não existisse. Achei que *você* me odiasse.

Isso é verdade? Eu realmente fiz isso?

— Achei que você não podia ficar perto de mim — murmuro.

Dwight dá outra risada seca e passa os dedos pelos cabelos.

— Então o quê? Você não me odeia ou...?

— Eu não odeio você — digo baixinho, com sinceridade. — Eu não podia encarar você, era só isso. E tinha tanta certeza de que você me odiava...

— Dice, venha aqui — ele diz, e avanço mais para perto dele. Com um suspiro, ele dá um passo maior na minha direção e envolve os braços ao meu redor sem dizer uma só palavra. É isso. Ele apenas me abraça. Depois de semanas e mais semanas sem nenhum de nós reconhecer a existência um do outro, ele me abraça, porque ele sabe que é exatamente o que eu preciso neste momento. Fico parada, rígida e sem me mexer por um instante, antes de colocar os braços ao redor de seu corpo magro e desengonçado, e enterrar o rosto em seu peito, inalando seu cheiro. Mas não choro.

Um pouco depois, ele abaixa os braços e me pega pelos pulsos, para que eu sente na cama. Cruzo as pernas por baixo do corpo e Dwight se senta do mesmo jeito, me encarando. Há um fio solto em seu edredom, e eu o enrolo na ponta do dedo.

— O que aconteceu?

— Não sei nem por onde começar — digo para ele.

— Pelo começo — ele me diz. — É sempre um bom lugar para se começar.

# 37

Conto tudo para ele.

— E você sabe qual é a pior parte? — digo, minha voz sem emoção alguma, enquanto olho bem nos olhos dele. — Não acho que cheguei a amá-lo. Seria mais doloroso se eu tivesse amado. E não dói. Ele pode ir... pode transar com quem quiser. Eu não me importo. Achei que sim. Mas, de verdade, honestamente, não me importo.

— Você sabe... não tem problema ficar chateada com isso — ele diz lentamente, mantendo meu olhar. — Ninguém vai pensar que você é fraca se ficar chateada.

— Mas não estou. Eu acho... — Busco as palavras certas, tentando colocar os pensamentos em ordem. — Acho que o problema era que eu estava mais apaixonada pela *ideia* de Bryce do que pelo próprio Bryce. Acho... acho que a ideia de ter um namorado tão fantástico e maravilhoso no papel me cegou para o fato de que ele poderia ser um tipo de imbecil na vida real. — Dou uma risada sem graça. — Pareço tão sem coração e cruel.

— Não, não parece.

Eu o olho nos olhos novamente.

— Sim, pareço. É a mesma coisa com Tiffany. Eu estava tão, mas tão cativada pelo fato de que ela queria ser minha amiga que eu só podia olhar para ela de um jeito positivo, e não queria pensar em como ela fazia com que eu me sentisse diminuída de vez em quando.

Depois de outro momento, digo, falando mais para mim mesma do que para Dwight.

— Eles não viraram pessoas más de repente. É mais como se, de repente, eu olhasse para eles sem o filtro. Estive deixando de lado todas as coisas ruins, ignorando-as. Elas sempre estiveram ali, só escolhi ignorá-las.

— Não acho que alguém possa culpá-la por nada disso — Dwight me diz. — Não é sua culpa que Bryce prefira transar a ter um relacionamento significativo. Não é sua culpa que Tiffany possa ser uma megera completa que gosta de estar acima de todo mundo, incluindo seus amigos. E não é sua culpa que você tenha querido se encaixar e ignorar as coisas ruins.

Esfrego uma mão no rosto e lhe dou um sorriso vazio. Dou de ombros, impotente, e olho ao redor do quarto. Um nó se forma em minha garganta, mas eu controlo a ameaça das lágrimas. Não vou chorar, não por causa disso. Coisas piores já aconteceram, e para pessoas muito melhores do que eu.

A verdade surge em um sussurro impotente, ameaçador, antes que eu possa evitar, antes mesmo que eu possa realmente pensar nisso.

— Eu só não queria que as coisas voltassem a ser como eram. Sou uma pessoa horrível, horrível — sussurro. Porque eu sou.

O que já fiz de bom na minha vida? Não sou inteligente e não sei tocar um instrumento. Não sou muito boa em artes, matemática ou nada do tipo — fui aprovada na escola no ano passado e estou indo bem este ano, mas "bem" não é "excelente", e não é algo para se orgulhar. Talvez eu fosse melhor se me esforçasse mais, mas não me esforço. Não faço nada de útil com minha vida, como um trabalho de caridade.

Sou muito boa em fugir dos meus próprios problemas. Encará-los seria algo digno de se fazer, e quando foi a última vez que fiz isso?

Eu não percebo que estou chorando, até ver uma lágrima pousar nas costas da mão de Dwight, que ainda está no meu joelho. Puxo a barra da camisa que estou usando e seco os olhos com ela.

— Sinto muito. — Não quis dizer que sentia muito por estar chorando. Quis dizer que sentia muito por tudo. — Por esta noite, por fazer você pensar que eu o odiava, por não dizer nada quando Kyle foi um imbecil com você naquele primeiro dia de aula, por beijar você na biblioteca naquele dia, por...

Ele coloca uma mão sobre minha boca.

— Pare. Pare.

Tiro a mão dele, mas antes que eu possa dizer mais alguma coisa, ele já está falando de novo.

— Pare de se desculpar por coisas que não são sua culpa. Nós todos estragamos tudo, ok? Olhe, Dice, é... Apenas pare, ok?

Então, ficamos sentados em silêncio, olhando um para o outro, até que sinto que posso falar. E, quando falo, digo, como sempre faço:

— Podemos não falar sobre isso agora? Por favor?

Dwight suspira.

— Claro. Mas você sabe onde me encontrar quando quiser conversar, ok?

Confirmo com a cabeça em silêncio. Ele hesita por um instante, antes de se inclinar para frente e me dar um beijo na testa. Não é um gesto romântico, na verdade: é mais um ato de conforto, que me diz que ele está ali. O canto da minha boca se vira em um sorriso.

— Você pode ficar aqui esta noite, ok? Vou dormir no sofá.

— Não, não posso...

— Sim, você pode, e você vai. São três da manhã. Seus pais não vão ficar muito felizes de serem acordados a esta hora, aposto.

— Eles não vão se importar — insisto. — Sério. Não posso deixar você dormir no sofá. Eu vou para casa. Está tudo bem.

— Não, não está. Olhe, não vou deixar você ir para casa neste estado. Vou sequestrá-la se for preciso — ele brinca, e eu sorrio de verdade ao ouvir isso. — Mas não quero que você fique sozinha agora. Então, você pode ficar aqui, e eu durmo no sofá.

Mordo meu lábio superior antes de sussurrar:

— Obrigada.

Ele sorri.

— Quando precisar. Ah, eu quase esqueci — ele fala, de repente, parando no meio da porta. Ele se vira e pega alguma coisa no bolso: meu celular e meu iPod. — Estavam no bolso da sua calça. Não sou projetista de foguetes, mas posso dizer que a secadora não é o melhor lugar para essas coisas.

Dou uma risadinha, que soa mais para mim mesma.

— Obrigada. Boa noite, Ike.

E ele responde.

— Boa noite, Dice.

Ele apaga a luz antes de fechar a porta. Espero em silêncio um pouco. Posso ouvir o barulho de vozes e do videogame lá embaixo; Gellman bufa baixinho.

Aperto um botão do meu celular para trazê-lo à vida. A tela se ilumina, mostrando notificações de ligações perdidas de todo tipo de gente. A maioria delas é de Summer, percebo. Algumas poucas são de Bryce. E duas são da minha mãe — como sempre.

Há uma mensagem de texto da minha mãe, pedindo para que eu ligue para ela quando chegar na casa de Tiffany. Ela mandou há meia hora. Envio uma mensagem de volta, dizendo que estou na casa de Tiffany. Posso explicar direito amanhã, decido, quando estivermos cara a cara. Ela vai entender. Não é justo deixá-la em pânico no meio da noite, quando ela deveria estar dormindo.

Mando uma resposta curta para Summer também, porque sinto que tenho de contar algo para ela. *Estou bem. Desculpe. Vim para casa mais cedo, não pude ficar. Vou pegar minhas coisas amanhã, obrigada por guardar tudo para mim. X.*

Decido que, assim como minha mãe, Summer merece uma explicação cara a cara.

Entro embaixo das cobertas da cama de Dwight e descanso a cabeça em seu travesseiro. Minha mente está lotada demais de pensamentos para que eu consiga dormir, então, simplesmente fico encarando a parede, onde há um pôster desbotado da tabela periódica.

Acho que eu quase preferiria estar realmente chateada com toda essa situação. Mas não sinto quase nada. Antes, eu sentia vontade de chorar porque tinha medo de toda minha vida aqui, como a nova Madison, se desfizesse em pedaços.

Continuo encarando a parede. Sinto um pouco de enjoo, para ser honesta.

A verdade é que não sei se ainda posso ser amiga deles depois de tudo isso. Em especial se considerar o quão constrangedora a situação entre Bryce e eu vai se tornar... simplesmente não vai dar certo. Mas, além disso, eu não sei se quero continuar a sair com eles e a chamá-los de meus amigos. Parte de mim gostaria que eu simplesmente cortasse todos eles completamente.

Como se fosse tão fácil.

Mas o restante de mim sentiria falta das brincadeiras de Adam e Ricky, do sarcasmo ocasional e dos comentários inteligentes de Marcus — e de Summer, porque ela sempre foi gentil comigo, e nunca fez com que eu me sentisse que não era querida.

Não sei. Honestamente, neste exato momento, não sei o que fazer ou mesmo o que pensar a respeito de toda essa situação e de todas essas pessoas.

Terei de esperar para ver o que acontece. É o que posso fazer agora. É a melhor coisa a ser feita.

Sentindo-me um pouco aliviada por esse pensamento, me aconchego na cama e fecho os olhos. O cheiro do travesseiro é bom; gradualmente a fatiga e o sono tomam conta de mim.

ACORDO ÀS SETE E MEIA. É horrivelmente cedo, mas, considerando que só dormi quatro horas, sinto-me muito melhor. Posso ouvir um cão latindo. Resmungo sonolenta e me viro, afundando o rosto no travesseiro. Gellman deve acordar a casa inteira se já está desperto tão cedo, penso.

Mas estou acordada agora, e sei que não vai ter como voltar a dormir. Então, saio da cama e passo os dedos pelo cabelo. Saio do quarto na ponta dos pés, só para o caso de os demais conseguirem dormir com a algazarra de Gellman, e vou até o banheiro. Lavo o rosto e evito me olhar por muito tempo no espelho — embora veja meu cabelo; está espetado para todo lado, então, com um suspiro, abro a torneira de novo e umedeço-o um pouco.

Já que não tenho outra roupa além daquela que Dwight me emprestou noite passada, que está amassada por eu ter dormido com ela, desço parecendo um pouco desgrenhada, na esperança de encontrar Dwight acordado.

Quando chego no pé da escada, ouço vozes vindo da cozinha, então, deduzo que ninguém consegue dormir com os latidos de Gellman.

Hesitando na porta, vejo a mãe de Dwight, Teresa, fritando bacon; Cynthia está sentada na mesa, conversando, animada. Elas devem ser pessoas matutinas, penso imediatamente. Já estão até vestidas.

Espero que a mãe de Dwight não se importe por eu ter passado a noite ali. Não quero incomodá-la ou nada do tipo. E, quem sabe, talvez ela não goste mais de mim depois que Dwight e eu ficamos semanas sem nos falar.

— Oi — digo nervosa.

— Oi! — Cynthia diz, entusiasmada, virando-se para sorrir para mim.

— Bom dia — Teresa diz, tão alegre quanto a filha. — Espero que esteja com fome. Aos sábados, nós sempre temos muitas frituras para o café da manhã.

— Faminta — respondo com uma risada, porque estou muito aliviada por ela parecer não guardar rancor.

— Dwight acabou de sair para caminhar com Gellman — Teresa continua. — Eles não vão demorar. É que ele fica inquieto tão cedo! O cão, quero dizer, não Dwight.

Dou uma risada.

— Sinto muito se estou incomodando... eu só...

— Ah, honestamente, querida, não se preocupe com isso. Dwight me contou que você teve uma noite bem difícil e que precisava de um lugar pra ficar. Não vou fazer nenhuma pergunta. — Sorrio, e ela continua: — Se divertiu ontem no baile?

— Sim. Foi ótimo, obrigada.

Cynthia suspira, sonhadora.

— É sério, mal posso esperar para ter idade suficiente para ir a um baile.

— Vou contar um segredo para você — digo para ela. — São completamente superestimados.

Alguns minutos mais tarde, a porta da frente se abre.

— Estou de volta! — Dwight grita. Ouço Gellman ofegar e, um segundo mais tarde, ele entra na cozinha e vai direto para seu pote de água, enfiando a cara inteira nele. Dwight o segue, pendurando a guia vermelha de Gellman em um gancho.

— Bom dia — ele me diz. — Como está se sentindo?

— Bem — digo para ele, e não estou mentindo. — Obrigada, mais uma vez.

— Não precisa agradecer, de verdade.

Teresa começa a servir o bacon, as torradas e os ovos fritos, e nos instrui a sentarmos para tomar o café. Todos obedecemos. Mais ou menos na metade da refeição, meu celular toca no bolso da calça de moletom que estou usando.

— Desculpem — digo rapidamente.

— Não se preocupe — garante Teresa, acenando com a mão. — Vá em frente e atenda. Podem ser seus pais.

— Obrigada — digo baixinho, e vejo o telefone. É minha mãe, pedindo para que eu ligue se precisar de carona para casa. Posso responder mais tarde, decido, e guardo o celular novamente.

— Então — a mãe de Dwight diz —, como vai aquele projeto no qual estavam trabalhando?

— Bem... — digo, hesitante.

— Ok — Dwight fala no mesmo tom. Trocamos um breve olhar antes de continuarmos a comer.

A mãe dele ri.

— Uau. Mal consigo fazer vocês dois calarem a boca.

— Sim — brinco. — Vamos lá, Ike, você mal está me deixando falar uma palavra aqui.

Noto um sorriso fugaz em seu rosto e ele balança a cabeça para mim.

— Ike? — O tom abrupto de Teresa chama minha atenção. Ela parece... atordoada, acho. É a única palavra para descrever. As sobrancelhas dela se erguem também.

— Hmmm... — limpo a garganta baixinho. — É meu... hmmm... o apelido que dei para ele?

Nenhum deles diz nada, e me pergunto por que sinto como se tivesse feito algo errado e dito algo que não devia. Eu precisaria falar alguma coisa, mas não tenho ideia do quê. Teresa olha para o filho, mas ele simplesmente não demonstra nada.

Então, ele me diz:

— Vou pegar suas roupas na secadora, para que você possa se trocar.

Não deixo de notar o olhar que ele dá para a mãe quando sai da cozinha. Fico sentada por um instante, perguntando-me o que aconteceu e, então, pego seu prato vazio e o meu, e vou colocá-los ao lado da pia.

Teresa diz:

— Madison?

Eu me viro:

— Sim?

Ela faz uma pausa, e eu a vejo morder o lábio, como se estivesse decidindo se deveria ou não me dizer algo. Espero que ela fale "não importa", mas, em vez disso, ela diz:

— Ele não deixa que ninguém mais o chame assim. Desde que seu pai morreu, ele sempre odiou esse apelido. O pai foi o primeiro a chamá-lo assim, você entende — ela acrescenta, baixinho.

— Ele... — engulo em seco. Meu tom é arrependido quando comento. — Ele não me disse nada.

— Não, eu imagino que não tenha dito. — Antes que eu possa me perguntar o que isso quer dizer, ela me surpreende dizendo: — Você faz bem para ele, Madison. Estou feliz que tenham voltado a se falar.

Então, ouço passos atrás de mim, e me viro para ver Dwight segurando minha roupa da festa de ontem à noite. Ele sorri:

— Aqui está.

— Obrigada.

Vou lá para cima para me trocar, perguntando a mim mesma por que ele me deixou chamá-lo de Ike se odeia tanto esse apelido.

QUANDO SAIO DO BANHEIRO, olho pelo corredor e vejo movimento no quarto de Dwight. Sua porta está entreaberta, então, eu me aproximo e digo:

— Toc-toc.

Ele se vira.

— Ei.

— Oi.

Nós dois ficamos parados, em silêncio por um longo instante, e ambos começamos a falar ao mesmo tempo:

— Tem certeza de que você...

— Por que você não me disse...

Paramos de falar no mesmo instante também, o que nos faz rir. Ele diz:

— Você primeiro.

— Por que... por que você não me disse que não gosta de ser chamado de Ike?

Ele fecha os olhos e aperta as pontas dos dedos sobre as pálpebras.

— Ela contou para você.

— Sim — respondo com suavidade. — Mas por que você não me disse?

— Porque... — Ele dá de ombros e, então, me olha com um sorriso impotente. — Você pareceu tão contente por ter inventado um apelido para mim, e eu não queria desapontar você. E... não sei... suponho que eu simplesmente não me importe por você me chamar de Ike.

— Por quê?

Ele dá de ombros.

— Não sei.

Dou uma risada.

— Achei que, supostamente, você era o gênio aqui.

Ele sorri.

— É a minha vez de fazer perguntas agora. Como você está?

— Eu falei mais cedo, estou bem.

Ele levanta uma sobrancelha, em dúvida.

— Sério?

— Sim, sério — digo, marcando minhas palavras com um sorriso genuíno. — Obrigada. Pela noite passada, quero dizer. E, honestamente, sinto muito por...

— Ei! — ele replica, me interrompendo. — O que eu disse sobre se desculpar? Eu disse para você parar com isso. Lembra?

— Não — respondo. — Sinto muito.

Ele ri.

— Então, você... você quer ficar aqui mais um pouco ou quer ir para casa?

— Acho que é melhor ir para casa. Preciso explicar calmamente para minha mãe, com o mínimo possível de detalhes, o que aconteceu... preciso pegar minhas coisas na casa de Summer.

— Ok. — Uma pausa e então: — Você sabe onde me encontrar se precisar de mim.

Um pequeno sorriso aparece no meu rosto, e eu confirmo com a cabeça.

— Sim.

Não sei qual de nós dois se move primeiro, mas de repente nos aproximamos e nos abraçamos. É tudo. Nós simplesmente nos abraçamos. Não é como daquela vez na biblioteca quando ele estava me consolando e acabamos nos beijando. Isso é completamente inocente, e é exatamente o que preciso agora.

Eu o aperto com força antes de soltá-lo e dar um passo para trás.

— Obrigada.

Ele apenas sorri e responde:

— Estou feliz que estejamos nos falando de novo.

# 38

Dizer que minha mãe "surtou" quando contei para ela que tive uma briga com Bryce e que depois o peguei me traindo e que por isso passei a noite na casa de Dwight — e, ah, sim, Dwight e eu voltamos a nos falar — seria um eufemismo grosseiro.

O que mais me surpreende, no entanto, é como meu pai fica zangado com toda essa história. Ele nunca ficou realmente bravo com Jenna ou comigo, mas, quando conto para ele sobre minha noite, seu pescoço e suas orelhas ficam vermelhos, e ele começa a xingar "aquele garoto".

Quando finalmente escapo para meu quarto, ligo para Summer.

— Madison? — Ela atende ao primeiro toque. — Você está bem? O que aconteceu?

— Não — falo baixinho. — Mas você primeiro. O que aconteceu na festa? Acho que devem ter falado alguma coisa sobre Bryce e mim.

— Bem, sim, é claro que falaram. Estavam dizendo que ele subiu para o quarto com uma garota qualquer, mas depois disseram que você estava dando em cima daquele cara, Justin, e que você e Bryce que foram para o quarto, mas, então, você recuou e vocês tiveram uma briga... não sei. Ninguém parece saber o que aconteceu. O rumor sobre você e Justin pareceu ser a escolha popular. Tiffany me disse que viu vocês dois.

— Eu estava procurando por vocês, e ele estava... — suspiro. — Ele só estava sendo *gentil*. Nada aconteceu. Acho que Tiffany apenas... viu o que queria ver.

— Ok, vamos deixar isso para lá. O que aconteceu entre você e Bryce?

— Fui para o banheiro, e quando saí, ele estava na cama com outra garota. E você sabe o que ele tentou me dizer quando fui embora? *Não é o que parece*. Quando ele estava com a cueca na altura dos tornozelos.

— Ah, meu Deus — é tudo o que Summer consegue dizer. E ela repete isso várias vezes, como um disco riscado. Espero até que ela encontre mais algumas palavras. — Coitada de você! Você deveria ter me ligado noite passada! Quer que eu vá até aí?

Balanço a cabeça, apesar do fato de que ela não pode me ver.

— Não. Está tudo bem. Isso vai parecer horrível, mas... não dói tanto assim. Devia, mas não dói. E eu estava planejando terminar com ele de todo modo, depois da briga que tivemos — acrescento.

— Mas ele não sabe disso. Isso foi... argh! Não posso acreditar que ele fez isso! Então vocês tiveram uma briga boba! Ele não sabia que você queria terminar de vez. Simplesmente... argh!

Ela parece mais zangada do que eu jamais estive sobre essa situação. Talvez seja porque ela conhece Bryce há mais tempo e achava que ele fosse melhor do que isso. Ou talvez ela só esteja sendo uma boa amiga e realmente se preocupa comigo.

— Não sei o que fazer amanhã, no entanto. Não quero vê-lo. — Isso foi o que eu não disse para Dwight: que agora estou realmente um pouco com medo de ir para a escola. Porque não sei o que todo mundo vai falar de mim, quão ruim as coisas podem ficar.

— Pense dessa maneira: se você pode manter a cabeça erguida e ir para a escola depois dele ser tão... — Ela continua com uma fileira de palavrões que eu nunca gostaria de repetir novamente na vida. — Então, você vai parecer ser a pessoa melhor.

— Sim, suponho que esteja certa...

— Além disso, eu estarei lá. E tenho certeza de que as garotas vão entender, depois que você contar tudo para elas. E os rapazes também, aposto. Vai ficar tudo bem, Madison.

— Você não tem como saber — falo baixinho.

— Não. Mas você tem de esperar pelo melhor. O que tem a perder?

ENTÃO, SIGO O CONSELHO DE SUMMER e me levanto na segunda de manhã para ir para a escola. Visto um short preto e uma regata branca, e calço meus All Star. A única maquiagem que uso é um pouco de delineador e corretivo para disfarçar as bolsas sob os olhos. Não quero nada que chame muita atenção; se as coisas derem errado hoje, posso querer voltar a bancar a invisível.

Caminho até a escola, porque não quero chegar cedo. E é isso que acontece — chego lá cerca de dez minutos antes da hora da entrada. Ninguém está no nosso lugar de sempre, na mesa lá fora; eles devem estar nos armários, pegando as coisas, eu acho. Então, entro. Não me dou o trabalho de tirar os fones de ouvido — gosto da música que está tocando.

Entrar por aquelas portas é como entrar em um sonho.

Não, não em um sonho. Em um pesadelo.

Os corredores estão lotados. Ouço todo mundo conversar, mesmo com os fones de ouvido; tiro um deles, mas tudo o que consigo ouvir é a cacofonia de conversas e risadas. Por que está tão cheio aqui? Ainda temos dez minutos para o início das aulas. Nunca é tão lotado, a menos que esteja chovendo lá fora, o que não é o caso.

Começo a abrir caminho entre as pessoas, mas acontece que não preciso fazer isso — elas se afastam e criam um caminho em zigue-zague para mim, as cabeças se virando na minha direção. Minha testa se franze um pouco. O que está acontecendo?

Posso sentir os olhos de todos em mim, e mantenho a cabeça baixa. Mas não posso deixar de olhar de canto de olho e, certamente, todo mundo está olhando para mim. E, mesmo que eu não consiga entender o que as pessoas estão dizendo, eu imediatamente tenho a impressão de que estão falando a meu respeito.

Viro à esquerda para seguir na direção do meu armário.

É quando tudo faz sentido.

Há folhas de papel por todos os lados: espalhadas no chão, coladas nos armários, pregadas nas paredes e nas portas das classes... Os barulhos param quando as pessoas percebem minha presença, e, em vez disso, começam a sussurrar, como se falar pelas minhas costas não fosse tão ruim. Meu peito começa a se apertar e, de repente, não consigo respirar. Só tenho de chegar no meu armário.

*Apenas vá para o armário, Madison. Apenas vá para o armário...* O jeito como entoo isso repetidamente para mim mesma faz soar como se o armário fosse algum tipo de santuário neste lugar.

Não me importo mais de encontrar os outros. Nem mesmo Summer. Posso encontrá-los mais tarde. Só tenho de chegar no meu armário e me esconder no banheiro até a hora da aula, e depois ir para as aulas de História, e depois Arte e Fotografia. Preciso aguentar vinte e cinco minutos. Consigo aguentar isso. Vinte e cinco minutos. Só isso.

Chego no armário e o mundo todo para de girar. Tudo congela por um momento horrendo e interminável.

Uma das bilhões de folhas de papel está presa na porta do meu armário, no nível dos meus olhos, colocada por alguém que sabe quão baixa sou. Estendo a mão e pego o papel. É uma fotografia — não da melhor qualidade, e um pouco borrada, mas é clara o suficiente para identificar um momento.

É uma foto de Dwight e eu nos beijando na biblioteca.

Não tem como ser qualquer outra coisa; não tem como alguém pensar que era outra coisa além de nós dois nos beijando. Não sei quem tirou ou por que aquilo está no meu armário, mas isso não importa agora. Isso não muda o fato de que a foto está espalhada por toda a escola, e que todo mundo a viu.

Levanto os olhos, e minha cabeça se vira lentamente de um lado para o outro. E, então, eu o vejo: Dwight pega a foto colada em seu armário, seu rosto fica pálido, e eu o vejo engolir em seco. Então, ele amassa a foto na mão. Ele vira e me vê imediatamente.

Olho novamente para meu armário, abaixando a mão com a fotografia. Ah, e, olhe, só fica melhor — é claro que sim.

Há letras riscadas no meu armário. Não pintadas. Nada que possa ser removido, limpo ou pelo menos pintado por cima. As letras estão encravadas no meu armário, riscos irregulares prateados que se destacam na porta colorida.

V-A-D-I-A.

*Vadia.*

A palavra rodopia descontroladamente na minha cabeça, indo de um lado para o outro, ecoando.

Então, eu me lembro de que preciso respirar e faço isso, uma respiração curta e trêmula. E outra. E outra e mais outra. Expirar. Inspirar novamente. E expirar. sim. É isso aí. Já é bom o bastante.

A foto em minha mão cai lentamente no chão. Dou um passo para trás, afastando-me do meu armário estragado. Não consigo ouvir nada além de sussurros e da minha própria respiração rápida, vazia.

— Puta! — alguém exclama. E as palavras não param, chegando até mim de todos os ângulos, um ataque verbal. — Ah, meu Deus, como ela ousa, o pobre Bryce, não entendo o que aconteceu, ela sempre pareceu tão legal, ouvi dizer que ela ficou com aquele tal de Justin, você sabe, aquele que Tiffany levou ao baile, pobre Bryce, eu sabia que ela era uma vadia, louca, vadia, louca...

E, com isso, os sussurros de repente ficam altos demais e as palavras todas se misturam em minha cabeça e não consigo mais suportar.

Isso é muito pior do que eu temia acontecer.

Nunca quis que ninguém aqui descobrisse sobre a antiga eu. Eu não queria que a Maddie Gorducha voltasse para me assombrar, para arruinar a vida que eu tinha construído para mim. Eu tinha ficado acordada até de madrugada, mais de uma vez, deixando que vários cenários se desenrolassem em minha mente, nos quais todo mundo descobria o que eu costumava ser.

Mas isso...

Isso é muito, muito pior do que eu jamais poderia ter imaginado.

Não é meu passado voltando para me assombrar. É meu presente, e está destruindo tudo o que construí para mim aqui. A vida da nova Madison está se desfazendo em pedaços. E a antiga Madison não tem nada para se esconder atrás agora.

Eu refaço os muros que passei tanto tempo construindo em Pineford; não vão me ver chorar. Não vou dar a eles a satisfação de que conseguiram me atingir, que me quebraram.

Coloco o outro fone de ouvido, e a música, qualquer que seja, preenche meus ouvidos. Coloco a mochila um pouco mais para cima no ombro. Dou meia-volta e começo a andar.

Não me incomodo em tentar parecer como se estivesse tentando manter minha dignidade, como se não desse a mínima para o que dizem ou pensam de mim. Mantenho os olhos fixos nos meus pés, enquanto eles se movem com firmeza, um na frente do outro, a cabeça baixa. Eu só gostaria de não ter cortado meu cabelo tão curto; agora não tenho nada para me ajudar a me esconder.

Sinto como se estivesse ficando cada vez menor por dentro. Sinto como se estivesse me contraindo e me escondendo nos lugares mais distantes da minha mente, até que sou só uma casca seguindo passo após passo pelo corredor.

Isso não é como Pineford de novo.

Esta não é como a Maddie Gorducha, que ninguém deixava ser invisível.

Isso é muito pior.

Ao longe, ouço as pessoas falando, fofocando — me xingando.

Alguém para diante de mim; vejo os tênis, a barra da calça jeans rasgada. Paro de caminhar, e meu olhar segue pelas pernas, tronco, até o rosto.

*Bryce.* Meus lábios formam seu nome, mas minha voz não está funcionando.

Ele está me dizendo alguma coisa. Posso ver seus lábios se movendo. Posso ouvir sua voz. Mas meu cérebro não está fazendo as conexões entre sua voz e suas palavras. É como se eu tivesse me fechado completamente. Minha mente está barulhenta demais, e o restante de mim está apenas — apenas *ali*.

Então, olho novamente para o chão, passo por ele e sigo em frente.

Depois de um tempo, acabo entrando em uma sala de música.

Não há ninguém aqui. Só os instrumentos, os suportes de partitura e as cadeiras arrumadas em círculo, ao redor do tablado do maestro. Tiro os fones de ouvido e, então, me lembro exatamente por que fiquei tão ligada à música, logo de cara — ela ajuda a afogar todos os meus pensamentos quando está assustadoramente silencioso, como agora.

Lentamente, enrolo os fones de ouvido ao redor do iPod, e o coloco na mesa na frente da sala. Largo a mochila no chão e ainda estou parada, sem saber o que fazer, quando a porta se abre.

— Madison, você está...? — Dwight se cala, e eu me viro para olhá-lo. Seus olhos estão pousados em mim, e tão cheios de tristeza.

Ele se aproxima, lenta e cautelosamente, como se eu fosse algum tipo de animal feroz que pudesse arrancar sua cabeça a qualquer momento. — Madison... — Ele me olha com cuidado. — Vai ficar tudo bem.

Ele está falando sério?

Ele estende os braços para colocar as mãos em meus ombros, e posso ver que está prestes a dizer alguma coisa — e eu apenas estouro completamente. Afasto seu braço e o empurro para trás, gritando com ele:

— Como pode dizer isso? Você não tem ideia. Como é que vai ficar tudo bem?

Ele segura minhas mãos e as prende contra seu peito, imobilizando meus braços pateticamente fracos. Eu me debato e me viro, tentando me libertar, embora saiba que não vai adiantar de nada.

Não consigo respirar. Não consigo respirar. Tento encher os pulmões de ar, mas não está funcionando. Não estou mais lutando com *ele*; estou lutando porque estou me debatendo para respirar direito. Dwight percebe que alguma coisa está errada, porque me solta — mas só um pouco. Suas mãos não me deixam. Ele apenas me faz abaixar em direção ao chão e me move para que minha cabeça fique posicionada entre as pernas.

Então, diz três palavras.

Para qualquer outra pessoa, elas podem não significar muito, mas para mim significam tudo e mais um pouco, e isso é tudo. A voz dele é suave e calma, totalmente contida, e eu posso praticamente sentir suas palavras sussurradas, roçando minha pele.

— Dice, estou escutando.

E é só aí que paro de lutar.

Neste momento, desisto de tentar lutar.

Desmorono contra ele e, finalmente, finalmente meus pulmões aceitam o oxigênio, e consigo respirar. Dwight tomba um pouco com meu peso morto contra ele, e gira ao redor para que possa se sentar comigo, em vez de se equilibrar nos calcanhares. Seus braços me envolvem, mantendo-me perto.

Meu corpo é sacudido por soluços que não querem sair. Não há lágrimas escorrendo pelo meu rosto. Eu me pergunto por que não estou chorando. Se já houve um momento para chorar, é este. Mas não há lágrimas agora.

Pela primeira vez, me pego desejando chorar. Depois que você chora, sua cabeça lateja, sua boca fica com um gosto ruim, sua garganta dói, mas, apesar de tudo isso, você se sente muito melhor — mais limpo. Em Pineford, eu não chorava por causa de nada disso, pelo menos fazia o melhor possível para não chorar. Agora, eu quero — e não consigo.

— Dice — ele diz no meu ouvido. É um incentivo para me fazer falar com ele, para contar para ele, mas não é só isso. É o jeito como sua voz soa, tão reconfortante, tão tranquilizadora, que me diz que ele também quer que eu saiba que ele está ao meu lado. E, apesar do fato de que estou encolhida e trêmula, apoiada nele, a garantia verbal de que ele está ali me acalma levemente.

— Ninguém nunca... — Minha respiração falha, e não consigo terminar a frase. — Ninguém nunca... jamais me disse... como isso ia ser difícil — gaguejo. Minha voz parece tão quebrada e desesperada. Sinto-me total e completamente patética agora.

Mesmo assim, não choro.

— Como seria difícil o quê? — Dwight me pergunta suavemente.

— Isso. A vida. É...

— Difícil?

A raiva ameaça ferver dentro de mim novamente; posso sentir na boca do estômago. Mas não chega a nada — a dor é suficiente para aplacá-la. Então, soo bem indiferente quando digo:

— Não seja condescendente comigo.

— Eu não pretendi ser. Me desculpe. Continue.

Preciso de mais um minuto — ou talvez um pouco mais, não sei. Seria melhor se eu estivesse chorando, acho. Só para me fazer sentir menos vazia.

Puxo os braços de Dwight, e ele entende a mensagem, apertando seu abraço. Coloco os braços ao redor dele agora, porque preciso saber que ele não vai a lugar algum. Talvez, se eu ficar assim tempo suficiente, isso vai me impedir de desmoronar.

— Eu tentei — digo para ele, sussurrando porque tenho medo de falar alto demais. — Tentei tanto fazer com que desse certo, e simplesmente... não deu. Tentei me esconder e ser invisível, e isso não funcionou; então tentei... tentei do outro jeito. Tentei não ser invisível. E *não funcionou.*

Dwight não responde. Não oferece nenhum conselho útil, nem tenta entender. O que é bom. Ele só me balança e me abraça, e está aqui, e é o melhor que ele pode fazer neste momento.

Olho fixamente para o logotipo em sua camiseta, vendo os minúsculos pontos que o seguram no lugar. Passo o dedo pela costura, e inspiro profundamente, ainda trêmula, e solto o ar de uma só vez.

Então, digo:

— Estou tão fodida.

A mão que está fazendo círculos nas minhas costas para. De fato, todo o corpo de Dwight fica imóvel por um instante.

Não levanto os olhos, mas sinto sua mandíbula se mover contra minha cabeça e sei que ele está prestes a dizer alguma coisa. E tenho uma boa ideia do que seja.

— Não diga. Não estou procurando desculpas. Não estou pedindo para que diga que estou errada. Eu sou uma bagunça. Não sou inteligente, bonita ou talentosa, e...

Não quero parecer estúpida, como se estivesse me afogando em autopiedade; mas acho que vou me perdoar, só desta vez. Porém, ele me interrompe antes que eu possa prosseguir.

— Será que dá para parar de falar desse jeito?

Dwight realmente parece... zangado. Como se estivesse realmente, genuinamente zangado. E sei que cada grama dessa raiva está dirigida diretamente para mim, por qualquer razão bizarra. Ele me coloca sentada, suas mãos segurando meus ombros. Seus dedos se enterram na minha pele; ele está agoniado.

— Pelo amor de Deus, Dice, ouça você mesma! Você não pode simplesmente...

— Você está me machucando.

Ele abaixa as mãos no mesmo instante. Então, seus braços estão ao meu redor novamente, e o jeito como ele me puxa para perto de si é quase desesperado.

— Me escute. — A voz dele é rouca e baixa, e há uma tensão nela que me faz prestar atenção. — Sei que é difícil. E você passou por mais dificuldades do que muita gente. Mas só porque há gente lá fora que não consegue ver o que está fazendo com você, isso não faz de você uma má pessoa.

Começo a protestar, mas ele continua antes que eu consiga proferir dizer uma única sílaba.

— As pessoas implicaram com você no Maine e tornaram sua vida um inferno. As pessoas destruíram a vida que você construiu aqui e te deixaram em pedaços, aos chutes. Isso *não quer dizer* que você não importa. Isso só faz de você uma lutadora e tanto por não ter desistido antes.

Eu bufo. Uma lutadora?

Ah, tá. É claro.

Uma corredora, talvez.

Não percebo que disse isso em voz alta até que ele fala:

— Talvez.

*Bom, tudo o que preciso fazer é tentar de novo*, penso comigo mesma.

— É o que todos fazemos, no entanto, não é?

— Como?

— Nós tentamos. E tentamos, e tentamos, e tentamos, e esperamos que dê certo da próxima vez e, quando achamos que pegamos o jeito da coisa e que fizemos certo, tudo se desfaz em pedaços de novo. E sabe o quê, Dwight?

— O quê?

— Estou cansada disso.

Leva um tempo para ele responder.

Estou chorando agora. Em silêncio. As lágrimas descem pelo meu rosto, pelo meu pescoço. Minhas pernas e braços estão pesados. E, por dentro, tudo dói.

Solto um soluço e me penduro em Dwight.

— Só... não vá embora. Por favor. Apenas me abrace.

E ele faz isso. Ele beija minha testa, deixando os lábios ali, pressionados contra minha pele, e seus braços estão tão apertados ao meu redor que eu poderia reclamar da dor se eu não me sentisse tão entorpecida por dentro.

Parece que se passam anos, antes que ele fale.

— Dice, escute. Eu sei que é difícil, ok, eu sei. E sei que as pessoas não tornam nada disso mais fácil para você. E sei que pode parecer impossível continuar tentando, mas eu conheço você; sei que você não vai deixá-los vencer, e vai continuar tentando. E... — Ele para de falar. Desta vez, sou eu que espero para ouvir o que ele tem a dizer. — E eu não quero que você desista, porque preciso de você por aqui também. Você é tipo... tipo um cachorro de rua ao qual eu me apeguei.

— Caramba, obrigada.

Mas isso quase me faz rir, e me sinto um pouco mais como eu mesma. Não como a antiga Madison e, nem como a nova. Como a Madison que sou quando estou com Jenna e Dwight — a Madison que não se considera estúpida por roncar quando gargalha, e que admite abertamente que pode ser uma completa idiota sem se sentir diminuída por dizer isso.

— Talvez não seja a melhor comparação — ele fala, timidamente. — Mas é verdade. Eu preciso de você por perto.

Os cantos da minha boca se torcem em um sorriso. Alguns minutos depois, as lágrimas secam. Minha garganta parece em carne viva, e minha cabeça dói por conta do meu choro. Eu me sinto acabada, então, sei que devo parecer uma dúzia de vezes pior.

— Apenas me prometa uma coisa — Dwight diz de repente, a voz baixa e muito perto do meu ouvido.

— O quê? — Sento e me viro para olhá-lo melhor, passando os dedos pelo rosto para limpar as marcas deixadas pelas lágrimas.

— Me prometa — ele diz com firmeza — que nunca mais vai pensar desse jeito sobre você mesma.

Uma das mãos dele acaricia meu braço, do ombro até o cotovelo. Ele levanta a outra mão para segurar meu rosto, para que eu não possa evitar seus olhos, que estão intensos e sinceros agora.

E, então, muito lentamente, eu concordo com a cabeça.

— Sim?

— Sim — sussurro em resposta.

Embora eu esteja acabada de tanto chorar, Dwight inclina a cabeça para frente. Também inclino meu rosto na direção dele, uma ação subconsciente. Espero que ele me beije, mas ele não me beija.

Em vez disso, ficamos sentados ali, com nossas testas se tocando, nossos narizes encostados um no outro. Os cílios dele brincam com a pele embaixo da minha sobrancelha quando ele fecha os olhos.

E, enquanto ficamos sentados ali, naquele estranho abraço e naquele momento, tudo começa a doer um pouco menos, e minha mente parece menos barulhenta. E é quando penso que, desta vez, quando eu tentar, vai valer a pena correr o risco de novo.

# Epílogo

GIRO A MINÚSCULA COLHER DE CHÁ na caneca com meu latte. Ainda não consigo gostar daquilo — mas tenho de pedir alguma coisa para ficar ali, e latte parece apropriado.

Estou esperando há dez minutos que ele apareça. Perguntei para a garota atrás do balcão, e ela disse que ele estava terminando de arrumar algumas coisas, e que voltaria a qualquer minuto.

Está um dia tranquilo aqui. Não sei se é porque é domingo, ou se é porque está chovendo e a maioria das pessoas está em casa. É mais provável que seja a última opção; aquele chuvisco fino, cinzento e implacável faz com que tudo pareça tão horrível do lado de fora!

Uma porta se abre, e minha cabeça se levanta.

— Sim! Vejo você na quinta-feira! — ele exclama por sobre o ombro e, então, sua cabeça se vira, e seus olhos me localizam de imediato, sentada na pequena mesa para dois, no meio do salão, longe de todo mundo.

Não consigo decifrar sua expressão. Algo entre surpresa e sorridente. Lentamente, ele se aproxima e puxa a cadeira diante de mim. Ele a gira e se senta de pernas abertas, abraçando o encosto.

— Oi — ele diz, baixinho.

Dou um pequeno sorriso para ele.

— Oi, você.

— O que... — Ele para de falar e balança a cabeça de leve.

Eu tomo a dianteira enquanto ele decide que pergunta vai me fazer primeiro.

— Como você está?

— Hmmm, sim, eu... eu estou bem. Está tudo bem. Quando... quando você voltou?

— Sexta à noite — respondo baixinho, segurando a caneca quente entre as mãos e envolvendo os dedos ao redor dela. Está um pouco quente demais para ser confortável, mas não me importo. — Não sabia se deveria ligar para você ou não.

Ele abre a boca, mas pensa melhor e a fecha de novo.

— Como você tem passado?

Dou uma risada, mas não é inteiramente sem graça.

— Não sei. Ok, acho. Estou melhor. Acho que depois daquilo... daquele dia na sala de música, consegui colocar tudo para fora. Estou melhor.

— Você vai voltar para a escola? — ele pergunta, hesitante.

— Meus pais pensaram que seria melhor simplesmente me transferir de novo, mas falei para eles que isso iria atrapalhar meus estudos. Além disso, eu falei que poderia acabar matriculada em um curso preparatório de Geometria desta vez, e eu não sei quanto a você, mas isso me parece ainda pior do que o preparatório de Física. Sem contar que, se isso acontecesse, você não estaria lá para me ajudar a passar de ano.

Ele dá uma gargalhada.

Senti falta dessa gargalhada.

Senti falta daquele sorriso torto também: do jeito que ele se inclina mais alto de um lado, do jeito como seus olhos se enrugam nos cantos quando ele sorri assim.

O cabelo dele está mais comprido. Dá para ver que os cachos estão mais definidos agora. As sardas são as mesmas de sempre, no entanto, seus olhos estão do mesmo tom verde-mar, e ele está tão desengonçado como sempre. Não acho que também mudei muito fisicamente. Cortei meu cabelo há uma semana. É só isso.

— Isso é bom, não é? Que você vai voltar?

Confirmo com a cabeça, olhando para o vapor que sai do meu latte.

Agora, estamos em janeiro. Depois daquele dia na escola, Dwight me acompanhou até em casa, e ficou comigo, cabulando aula o dia todo para me fazer companhia até que meus pais chegassem. Então, eu contei tudo para eles.

Minha mãe decidiu naquele mesmo instante que todos nós precisávamos de uma pausa. Então, eu perdi os últimos dias de aula, e fomos para Nova York visitar minha irmã. Voltamos logo depois do ano-novo. Meus pais não tinham muita certeza sobre me mandar de volta para a escola, mas eu quero voltar. Eu me sinto renovada. E, mais do que isso, estou determinada.

As férias me ajudaram a colocar as coisas em perspectiva também. Minha vida inteira não tem que girar em torno de Bryce, Tiffany e do resto da panelinha popular. Eu encontraria outros amigos. Pessoas da minha classe. As garotas da equipe de atletismo. Dwight e seus amigos.

Embora, deva dizer, tenha evitado falar com Dwight desde aquele dia.

Mandei uma mensagem para ele, dizendo que precisava de espaço para me resolver, e ele respondeu *Ok*, e me deu esse espaço.

Eu sabia quem tinha estragado meu armário e colado todas aquelas fotos pela escola. Não tinha provas, claro, mas eu tinha visto o sorriso triunfante no rosto de Tiffany naquele dia, e eu sabia que tinha sido ela. Mas por Bryce ser enteado do diretor Peters e Tiffany ser uma de suas alunas modelo, e por todo mundo provavelmente estar intimidado demais pelo que aconteceu comigo para seguir em frente se tivessem algum tipo de prova, nada seria feito para resolver aquela situação.

— Ajudou? — Dwight pergunta de repente, tirando-me de meus pensamentos. — Ter algum espaço, quero dizer. Ficar longe de tudo por um tempo.

Dou de ombros.

— Fomos visitar Jenna. Ela ficou muito feliz em nos ver.

— Você não está respondendo à minha pergunta — ele observa, com um tom de diversão na voz que me faz sorrir.

— Ajudou.

Ele assente, reconhecendo que isso provavelmente é o melhor que vai tirar de mim.

— Eu liguei algumas vezes.

Confirmo com a cabeça.

— Sim. Eu... sinto muito. Eu só não sabia o que dizer para você.

— Então... você me manda uma mensagem dizendo que vai sair da cidade por algumas semanas, sem nenhuma outra explicação além de que precisava de espaço para pensar? Fiquei preocupado com você.

Ele estende os braços e coloca as mãos sobre as minhas, mas solto a caneca e coloco minhas mãos no colo, abaixando o olhar.

— Dice, lembra do que me disse quando me fez subir na casa da árvore?

Dou de ombros.

— Você me disse que sempre há pessoas para ajudar, mesmo se você não quiser notar que estão ali para ajudar. E você só precisa deixar que elas ajudem.

Reviro os olhos e suspiro dramaticamente.

— Bem, você acaba de me fazer engolir minhas próprias palavras, não é mesmo? Jesus. Você não tem piedade, Ike Butler?

Mas há um riso em minha voz, e ele ri também, e é uma sensação boa.

— Mas estou falando sério — ele diz. E estende a mão para tocar meu queixo e me fazer olhar para ele novamente. Eu afasto a mão dele. — Dice.

— Como estão sendo suas férias? —pergunto para ele. — E Andy e Carter, estão bem?

— Claro, eles estão bem. E estão sendo boas. — Ele sorri um pouco, e começo a pegar minha caneca novamente. Os dedos de Dwight se estendem pela mesa, na minha direção, e quando encostam nos meus, eu puxo a mão, quase derrubando a caneca.

Mas ele me alcança e segura meus dedos com força. Esqueci quão forte ele pode ser, ainda que não aparente isso.

— Me solte — digo rispidamente, tentando soltar a mão dele.

— Dice, olhe para mim — ele diz, e, com a outra mão, ergue meu queixo para que eu tenha de olhá-lo diretamente. Estou de cara feia, mas suavizo a expressão lentamente quando vejo a ruga em sua testa, a sombra em seus olhos, e a dor em sua expressão. — Qual é o problema?

— É só... é só...

Talvez ele não pense em mim de um jeito romântico. Sei que nos beijamos uma vez, e parecia que ele estava fazendo pequenos gestos românticos, mas talvez eu esteja errada. Provavelmente. A vez que nos beijamos, foi só simpatia — ele sendo amigável, e eu interpretando de maneira incorreta.

Eu não quero falar isso e bancar a boba.

Mas eu lhe devo uma explicação. E se eu bancar a boba... bem, sei que com Dwight, pelo menos, posso rir da situação.

— É só que... todos aqueles pequenos gestos íntimos! Não sei se você estava só sendo gentil ou se... se eram porque você gosta de mim, mas não importa, porque você não me quer por perto, ok, eu só... eu não acho que sou boa com isso, em todo caso. Neste momento, só quero me concentrar nos estudos. E... e talvez não devêssemos mais ser amigos.

Deixo escapar as palavras antes que possa me conter. Estou lutando para colocar tudo aquilo em palavras para ele, mas parece que faz sentido me distanciar dele. Eu gosto de Dwight, de verdade, e senti tanta falta dele nessas últimas semanas! Só não seria justo com ele eu ficar por perto quando estou tão... tão... dispersa.

Eu me levanto, e minha cadeira faz barulho ao ser arrastada.

— Eu preciso ir. Eu só queria dizer oi antes de voltar para a escola, só isso. Eu devia isso para você.

— Espere aí — ele me chama, e eu o ouço me seguir enquanto caminho em direção à porta. Puxo o capuz do meu blusão por sobre a cabeça. Não estou com guarda-chuva; não estava chovendo tanto quando minha mãe me deixou ali, a caminho do mercado. — Dice, espere aí. Madison!

Ele segura meu ombro quando saio pela porta.

— O quê? Então é isso? Só "ei, voltei, mas não podemos mais ser amigos"! É só isso? Isso é tudo o que recebo? Você aparece aqui do nada, depois de ignorar minhas mensagens, minhas ligações e meus e-mails por semanas, e tudo está normal até que não podemos mais ser amigos?

Eu me atrapalho por um momento, enquanto tento procurar uma resposta.

— Você contou para Summer o que estava acontecendo. Onde você estava, como estavam as coisas.

Meus olhos se estreitam para ele.

— Como você sabe?

Ele me encara, sem se abalar.

— Ela me contou. Veio andando até mim no corredor, no almoço, um dia, e perguntou se eu sabia o que estava acontecendo com você. Eu disse que, na verdade, não. Ela se encontrou comigo depois da aula e me contou a história toda. Estava quase tão preocupada quanto eu. Foi ela quem me manteve atualizado, sempre que você atendia às ligações dela, mas não as minhas.

Não respondo. Não posso. Não tenho ideia do que dizer, ou mesmo do que ele quer ouvir de mim nesse momento.

Summer me deixou várias mensagens de voz que beiravam à histeria, me dizendo para ligar para ela, porque ela estava preocupada comigo, então, mantive contato. Eu a deixei informada, mas não tinha percebido que ela estava passando essas informações para Dwight. Eu achava que estava fazendo um favor para ele.

— Depois de tudo o que aconteceu, depois de tudo pelo que você passou, eu tentei estar ali ao seu lado, e agora você simplesmente...

— Sou uma desgraça, Dwight, ok? É isso o que você queria ouvir? Ainda estou tentando descobrir quem eu sou. Você não precisa se sentir responsável por mim. E eu não quero ter de olhar para você e ver a mesma expressão que noto no rosto dos meus pais quando eles não acham que estou olhando, tudo bem? Preocupados que eu ainda esteja chateada. Porque eu gosto de você, Dwight, eu realmente gosto, não quero estragar tudo de novo, então, é melhor se... se eu não estiver por perto, você...

Paro de falar porque... porque... bem, não sei por quê.

Em parte, porque estou chorando — porque sei que isso é o melhor a se fazer, mas eu realmente não quero perdê-lo, e minhas lágrimas salgadas estão se misturando com a chuva que cai no meu rosto, embora estejamos parados embaixo do toldo do lado de fora da cafeteria. E parcialmente porque não sei como terminar. E parcialmente por causa do olhar que ele está me dando, que é tão terrivelmente triste.

Ficamos nos encarando por muito tempo. Um carro passa por nós, e outro logo depois, na direção oposta.

— Dice...

Ele diz meu nome com tanta suavidade, tanta gentileza, que desta vez eu deixo que ele me puxe para seus braços e os envolve ao meu redor como se nunca mais fosse me deixar ir embora de novo, o que é uma sensação excepcionalmente boa. Enterro meu rosto em seu peito, porque, usando tênis, não consigo alcançar muito mais do que isso. O cheiro dele é tão familiar! É bom.

Ele me solta só um pouquinho, e eu olho para cima, de modo questionador. Tão de perto assim, penso como ele é inconvenientemente bonitinho, com seu jeito nerd, em especial com todas essas sardas. E penso como é bom ser abraçada por ele, e não posso evitar o pequeno sorriso que se espalha em meu rosto.

De repente, não importa o que acho que é o melhor para ele, porque tudo o que ele faz me diz que ele não quer me perder. E fico feliz.

Ele sorri de volta e beija minha testa.

Mas não é o que eu quero que ele faça.

Então, inclino a cabeça para trás, fico na ponta dos pés, e beijo sua boca.

Beijo gentilmente no começo, porque não sei se ele realmente quer que eu faça isso. Mas depois de meio segundo de surpresa e hesitação, ele me beija também, com tanta força que acaba com qualquer tipo de dúvida — que tive desde que nos conhecemos — de que ele poderia algum dia gostar de mim.

Eu o beijo também, e ele envolve os braços ao meu redor, inclinando-se para trás, então, eu literalmente perco o chão. Dou uma risadinha de encontro aos seus lábios e, quando ele me coloca em pé novamente, estamos na chuva, e a água escorre por nossos rostos, mas isso não importa mais.

A escola provavelmente será um pesadelo amanhã; provavelmente ficará assim por mais um tempo. Meu reaparecimento será um maravilhoso novo tópico para as conversas de todos, e tenho certeza de que isso só vai aumentar as fofocas sobre o que aconteceu depois do Baile de Inverno.

Embora... se eu não me importar com o que eles pensam, eles não podem me machucar muito. Funcionou em Pineford, e vou ter de conseguir fazer o mesmo aqui, de alguma forma.

*Desta vez é melhor*, penso. Eu estava tão determinada a me afastar de Dwight porque pensava que era o melhor, mas com os braços dele ao meu redor e seus lábios nos meus, percebo como estava errada.

Não estou sozinha, não desta vez.

Não estou *solitária*.

Quando finalmente nos separamos, em busca de ar, Dwight e eu apenas olhamos um para o outro.

E ele diz:

— Eu não deixaria você escapar de jeito nenhum. Ainda devo uma aula de surfe para você.

Ele leva as mãos até meu rosto, e afasta a água da chuva, o que é um gesto inútil, mas doce mesmo assim, e eu rio novamente, feliz — verdadeiramente feliz.

**Primeira edição** (agosto/2019)
**Papel de capa** Cartão Triplex 250g
**Papel de miolo** Lux Cream 70g
**Tipografias** Arnhem Blond e Gotham
**Gráfica** LIS